약편

仙道 체험기

13

신선神仙되는 길이 보인다
경이적인 현상이 눈앞에 펼쳐진다!!
선도수련의 현장을 체험으로 파헤친 충격과 화제의 소설

약편 선도체험기 13권을 내면서

『약편 선도체험기』13권은『선도체험기』59권부터 63권까지의 내용에서 선별하여 구성하였다. 시기적으로는 2001년 2월부터 10월까지 일어난 삼공 김태영 선생님의 선도 체험 이야기, 수련생과의 대화 그리고 독자와의 이메일 문답 내용이다.

『선도체험기』에는 선도수련에 대한 이론은 물론 그 체험이 다수 실려 있다. 따라서 독자는 이 책을 읽는 동안 다양한 수련 체험을 간접 경험하고, 자신도 모르게 수련이 되는 효과를 얻는다. 삼공 선생님께서 말씀하시길, 술을 담그면 숙성기간이 꼭 필요한 것과 같이 그리고 곡식을 파종하면 생장 기간이 반드시 있어야 하는 것과 같이, 적어도 한 사람의 무명중생(無明衆生)의 의식이 변화하여 구도자로 바뀌려면 적어도 4 내지 7개월의 숙성(熟成) 기간이 필요하다고 하셨다.

단권의 이론서를 읽거나 많은 권수의『선도체험기』를 속독으로는 읽는다면 이러한 심신의 변화를 체험할 수 없다. 중요한 것은 내용 파악이 아니라 이 책을 읽는 동안 체험을 하고 감동을 하고 깨달음을 얻어 마음과 몸과 기가 바뀌고 진화하는 것이기 때문이다. 그래서『약편 선도체험기』는『선도체험기』의 내용을 무리하게 줄여 싣지 않음으로써 체험의 순간이 가능한 한 그대로 전해지도록 하고 있다.

한편 『약편 선도체험기』가 발행되기 전부터 일본과의 관계가 껄끄러운 상태이다. 삼공 선생님께서는 20년 전부터 말씀하시길, 우리가 일본으로부터의 경제 예속에서 벗어나지 못하는 한 우리가 제아무리 일본 총리의 신사 참배를 반대하고 역사 교과서 왜곡, 독도 영유권 주장, 일본 각료들의 식민지 합리화 망언을 규탄하고 일제 상품 불매 운동을 전개한다고 해도 일본은 미동(微動)도 않고 코웃음만 칠 것이다. 우리가 수출하는 고부가가치 제품에 사용하는 40 내지 80프로에 달하는 일본의 핵심 부품과 소재를 국산화하여 일본 제품보다 국제 경쟁력이 강한 것으로 만들어야 한다고 강조하셨다.

또한 2차 세계대전 당시 일본군 위안부 문제 관련해서는, 대한민국 헌법은 엄연히 1919년에 수립된 상해 임시 정부를 계승한 것으로 되어 있다. 한반도에서 20만 명의 미혼 처녀들이 위안부로 끌려간 것은 대체로 1930년에서 45년 이전에 벌어진 일이다. 따라서 한반도를 실효적으로 통치하지 못한 임시 정부를 계승한 대한민국 정부가 대신 책임을 져야 한다. 물론 생존 위안부들에게 일본은 당연히 사과하고 보상해야 한다. 그러나 후안무치한 일본이 이를 거부하고 있는 이상 일본이 제정신을 차리고 사과와 보상을 해 줄 때까지는 우리나라 정부가 마땅히 책임지고 이를 대행해야 한다고 말씀하셨다.

이번 13권은 위와 같은 현실적인 사안에 대한 이야기는 물론, 소설로 각색되지 않은 수련생과의 생생한 이메일 문답 내용 중 교훈이 될 만한 것들을 선별하여 실었다. 한편으로는 지면이 부족하여 포함하니 못한 내용이 있어 아쉬움이 남긴 했다. 마지막으로, 교열에 동참해 주신 후배와 글터 한신규 사장님 덕분에 이번에도 책이 나오게 되었으니 감사의 뜻을 전한다.

단기 4354년(2021년) 10월 7일

엮은이   조 광 배상

차 례

〈59권〉

감정 조절이 안 될 때

다음은 단기 4334(2001년) 2월 27일부터 같은 해 5월 2일 사이에 필자와 수련생 사이에 있었던 대화와 그 밖의 필자의 선도 체험 내용을 수록한 것이다.

도영호라는 30대 중반의 남자 수련생이 물었다.

"선생님, 저는 감정 조절이 잘되지 않아서 큰 걱정인데 무슨 해결책이 없겠습니까?"

"감정 조절이 안 되다니요? 그게 무슨 말입니까?"

"결혼한 지 얼마 안 된 누이동생이 있는데, 시집살이가 좀 고된 모양입니다. 저는 그 얘기만 들으면 속에서 불끈불끈 치솟는 격분 때문에 도저히 견딜 수가 없습니다. 제 소중한 누이동생이 시집가서 그러한 대우를 받고 있다고 생각하니 당장 그 집에 달려가서 그 애를 괴롭히는 시어머니며 이것을 방관하는 매부를 흠씬 두들겨 패 주고 싶은 생각이 굴뚝같이 치밀어서 도저히 견딜 수가 없습니다.

억지로 참자니 속에서 불덩이가 치밀고 부들부들 치가 떨려서 가만히 앉아 있을 수가 없습니다. 한 번 불덩이가 치밀어 오르면 밤에 잠도

오지 않습니다. 이런 때는 어떻게 해야 제 감정을 가라앉힐 수 있겠습니까?"

"여동생의 부부 사이는 어떻습니까?"

"부부의 금실은 괜찮은 모양입니다."

"그렇다면 그것은 도영호 씨로서는 주제넘는 간섭입니다."

"넷?"

"주제넘은 간섭이라는 말입니다. 도영호 씨는 결혼했습니까?"

"네."

"부인은 지금 누구와 같이 살고 있습니까?"

"제 부모님과 저와 함께 살고 있습니다."

"아이는 있습니까?"

"어린 남매가 있습니다."

"부인과 어머니 사이는 어떻습니까?"

"그저 그렇고 그런 고부 사이 같습니다."

"분명히 말씀해 보세요. 고부간이 모녀 사이처럼 다정하다고 보십니까? 아니면 가끔 알력이 있다고 보십니까?"

"아무래도 시어머니와 며느리 사이니까 약간의 마찰과 알력은 있을 겁니다."

"그럼 도영호 씨 부인이 친정에 가서 시집살이의 고충을 얘기할 때 옆에서 듣고 있던 처남이 도영호 씨처럼 불끈불끈 성을 내고 도영호 씨 집에 쳐들어와서 도영호 씨 어머니와 도영호 씨를 두들겨 패려고 한다면 기분이 어떻겠습니까?"

"저도 그 생각을 안 해 본 것은 아닌데도 여동생의 고충을 듣기만 하면 시도 때도 없이 치미는 격분은 도저히 삭일 수가 없습니다."

"도영호 씨는 왜 자기 생각만 하고 상대 쪽 생각은 안 하십니까?"

"사리와 분별로 따지자면 당연히 제가 나쁘죠. 그런데도 여전히 감정 조절이 안 되는 것이 문젭니다."

"듣고 보니 문제의 핵심은 여동생의 시집살이에 있는 것이 아니고 도영호 씨 자신에게 있습니다."

"네, 저도 그것을 알고 있습니다."

"그렇다면 무엇이 문제입니까?"

"제가 감정 조절을 못 한다는 겁니다."

"그럼 문제는 다 해결된 거나 같군요."

"그런데 저에게는 그렇지 않습니다."

"왜요?"

"여전히 감정 조절이 안 됩니다."

"그럼 감정 조절이 되도록 노력을 기울여야 합니다."

"어떻게 노력해야 합니까?"

"감정을 조절하는 주체가 무엇인지 아십니까?"

"그건 제 마음이 아닐까요?"

"그렇습니다. 도영호 씨의 감정은 도영호 씨의 마음이 능히 조절할 수 있습니다. 그러한 확신을 가지고 자기 자신을 관(觀)하십시오."

"저 자신을 살펴보라는 말씀이십니까?"

"그렇습니다."

"어떻게 관해야 될까요?"

"도영호 씨 자신을 극장의 무대 위에 올려놓고 관객의 입장에서 냉정하게 객관적으로 자신이 하는 행동을 바라보십시오."

"제가 무슨 행동을 하는 것을 바라보아야 합니까?"

"어느 날 도영호 씨가 느닷없이 여동생의 시집에 쳐들어가서 여동생의 시어머니와 처남을 감정이 내키는 대로 두들겨 패 주고 발길로 걷어차고 세간을 부수고 난동을 부리는 장면을 구체적으로 그려 보라 그겁니다.

그때 그 현장에 있던 여동생의 입장은 어떻게 될 것이며, 마침 외출 나갔다가 들어오던 여동생의 시아버지가 이 광경을 보았다고 칩시다. 시아버지는 웬 난데없는 폭력배가 난동을 부리는 줄 알고 그 자리에서 112에 신고를 할 것이고, 경찰이 달려옵니다. 그렇게 되면 무대 위의 도영호 씨는 꼼짝없이 경찰서에 연행될 것이고 조사를 받게 될 것입니다.

나중에 비록 화해가 되어 방면이 된다고 해도 도영호 씨는 어쩔 수 없이 정신병자 취급을 받을 수밖에 없을 것입니다. 정신병자가 아니고 일시적인 정신 착란을 일으켰다는 것이 판명되었다고 해도 도영호 씨 자신은 여동생의 시댁에 도저히 씻을 수 없는 수치와 누를 끼치게 될 것입니다. 까딱하면 그것이 치명적인 약점이 되어 누이동생의 결혼생활에 돌이킬 수 없는 파탄을 초래할 수도 있습니다."

"물론 그렇겠죠."

"그래도 계속 누이동생 문제로 감정 조절이 안 될 것 같습니까?"

"그런데. 저는 아무래도 제 누이동생이 단순한 누이동생이 아닌 것 같은 느낌이 들 때가 있습니다."

"어떤 느낌 말입니까?"

"어찌 생각하면 극진히 사랑하는 애인이나 아내와 같은 느낌이 문득 문득 들 때가 있습니다."

"그럴 겁니다."

"무슨 뜻입니까?"

"지금 문제가 되고 있는 여동생은 전생에 도영호 씨와는 지극히 금실 좋은 천생배필이었으니까요."

"선생님, 그게 사실입니까?"

"내 영안(靈眼)에는 그런 화면이 떠오릅니다."

"그럼 전 어떻게 하면 됩니까?"

"그거야말로 도영호 씨가 금생에 풀어야 할 숙제들 중의 하나입니다."

"제가 어떻게 해야 이 위기를 벗어날 수 있을지 좀더 구체적으로 말씀해 주실 수 없겠습니까?"

"수행을 계속 발전시켜 성(性)의 경지를 초월해야 합니다."

"성의 경지를 초월한다는 것이 무엇을 말합니까?"

"원래 무위계(無爲界)에는 처음부터 남자와 여자가 따로 없습니다."

"그렇다면 수행으로 그 성의 경지를 뚫을 수 있다는 말씀입니까?"

"그렇습니다."

"수행이 어느 경지에까지 가면 그렇게 될 수 있겠습니까?"

"연정화기(煉精化氣)의 경지는 넘어서야 합니다. 그건 그렇고 도영호 씨가 여동생 생각만 하면 왜 그렇게 지나칠 정도로 그리고 지극히 비정상적으로 감정이 폭발하는지 그 원인을 알았으니까 앞으로는 좀 달라질 것입니다."

"그렇지 않아도 방금 선생님으로부터 제 전생 얘기를 듣고 나서 그동안 저를 옭매고 있던 수수께끼가 풀리면서 제 감정이 많이 진정된 것 같은 느낌이 듭니다. 역시 직접적인 원인은 저 자신에게 있었다는 것을 알게 되자 이제는 이 문제를 해결하는 데 어느 정도 자신이 생긴 것 같습니다."

"다행입니다. 모든 문제는 그 원인을 알면 이미 해결된 것이나 마찬가지입니다."

"그래서 여동생 얘기만 나오면 가슴이 덜덜 떨렸다는 것도 이제는 분명히 그리고 확실히 알 것 같습니다."

"그래서 아는 것이 힘이라고 하지 않습니까? 원인을 알면 불안과 의혹이 풀리게 될 것이고 그렇게 되면 문제의 반 이상은 이미 해결된 것과 같습니다."

"결국은 자업자득(自業自得)이군요."

"그렇습니다."

"그리고 결자해지(結者解之)해야 한다는 것도 알게 되었습니다. 결국은 제 탓이었습니다."

무엇이 정도(正道)인가?

이때 우창석 씨가 말했다.

"선생님, 『모습 없는 모습으로 다가온 사람들』이라는 책에 보면 주인공이 고객의 부탁을 받고 초능력으로 그때까지 계속 될 듯 될 듯하다가 안 되곤 하던 계약을 성립시켜 주고 자녀를 대학에 합격시켜 주는 장면이 나오는데, 저는 아무래도 그건 정도(正道)가 아니라고 보는데 선생님께서는 어떻게 생각하십니까?"

"그럼 우창석 씨는 무엇이 정도라고 생각하십니까?"

"계약이 성립되지 않는 것은 어디까지나 당사자가 알아서 해결해야 할 숙제라고 저는 생각합니다. 그러한 숙제를 풀어 나가는 시행착오 과정을 통해서 그 사람도 인격적으로 성장을 거듭하게 될 것입니다.

어디까지나 당사자 스스로 문제를 해결함으로써 자신감을 갖고 앞으로도 그의 앞에 닥쳐올 난제들을 하나하나 풀어 나가도록 유도해 주는 것이 스승이 제자들에게 해 줄 일이지 그렇게 자신의 초능력을 발휘하여 일거에 해결해 주면 결과적으로 그에게서 자립하여 공부하는 기회를 박탈하게 될 것입니다. 초능력을 구사하여 입시생이 합격을 하게 하는 것도 마찬가지 결과를 가져와 결국은 두 사람 다 남을 의존하는 나태한 인간으로 만드는 데 기여하게 될 것입니다.

죽은 아들을 살려 달라는 간청을 받고 예수는 나사로라는 청년을 죽은 자 가운데서 살려 주었지만 똑같이 죽은 아들을 살려 달라는 간청을 하는 여인에게 석가모니는 사람이 죽어 나가지 않은 집안에 가서 쌀을 한 줌 얻어 오면 죽은 아들을 살려 주겠다고 말했습니다.

간청한 여인은 아무리 찾아다녀도 사람이 죽어 나가지 않은 집안은 발견할 수 없었으므로 쌀을 얻어오는 데 실패했습니다. 그 대신 그 여인은 한 번 태어난 사람은 예외 없이 죽게 된다는 이치를 깨달았다고 합니다. 생자필멸(生者必滅)의 이치를 깨달은 그 여인은 끝내 멸자필생(滅者必生)의 이치까지도 터득하게 되어 불생불멸(不生不滅)의 진리까지 깨닫게 되었다고 합니다.

저는 이 두 성인(聖人)을 놓고 생각해 볼 때 아무래도 석가모니 쪽이 옳았다고 봅니다. 죽은 사람을 살려 보았자 고작 3, 4, 5십 년 정도를 더 살게 할 뿐이지만 불생불멸의 이치를 깨닫게 함으로써 생사를 초월하게 하는 깨달음을 얻게 하는 것이야말로 훨씬 더 값있는 일이기 때문입니다.

결론적으로 말해서 공짜로 베풀어 줌으로써 의뢰심을 키워 기복(祈福) 신앙자를 만들기보다는 자기 자신의 힘으로 진리를 하나하나 터득하게 하여 자력 구도자로 양성하는 것이 당연히 정도라고 생각합니다."

"내가 보기에는 두 성인(聖人)은 다 같이 자기가 옳다고 생각하는 방법으로 포교를 했습니다. 한 사람은 2천 년 전 기성 종교 조직이 강력하게 주민들을 얽어매어 놓은 유대 사회에서, 다른 한 사람은 2천 5백년 전 인도라고 하는 열대 지방의 조용하고 깊은 사색을 가능하게 하는 정적(靜的)인 인도 사회에서 각기 다른 문화적 배경과 환경에 알맞는 방편을 강구했던 것입니다.

두 성인의 방편 중 어느 것이 옳은가? 하는 것은 전적으로 선택하는 사람의 자유에 달려 있습니다. 누구든지 자기 취향에 맞는 방편을 선택하면 됩니다. 어느 쪽이 옳으냐?의 문제가 아니라 어느 것을 선택하느냐?의 문제라고 봅니다. 여기서 그 어느 쪽도 상대에게 자기의 방법을 강요할 권리는 없습니다."

"무엇 때문이죠?"

"진리를 지향하는 목표는 같지만, 그곳에 도달하는 길은 백인백색(百人百色)이요 천층만층구만층(千層萬層九萬層)이어서 얼마든지 다양할 수 있기 때문입니다."

"그러나 저는 그렇게 생각하지 않습니다."

"그럼 어떻게 생각하십니까?"

"두 성인의 길 중에서 어느 하나가 다른 것보다 옳다고 봅니다."

"그걸 어떻게 알 수 있습니까?"

"결과를 보면 알 수 있습니다."

"그러나 그 결과도 절대적인 것일 수는 없습니다. 그러나 한 가지 확실한 것은 있습니다."

"그게 뭡니까?"

"구도자가 수행 중에 얻은 초능력을 고객의 치부(致富), 합격, 부귀, 명예와 같은 세속적이고 이기적인 목적을 위하여 사용해서는 안 된다는 겁니다. 그것은 양쪽을 다 같이 타락하게 할 것이기 때문입니다.

구도자는 애초부터 세속적인 부귀영화를 등진 사람입니다. 그래서 예수도 형제와 재산을 공정하게 나누어 갖게 말해 달라는 요청을 받고 '누가 나를 재산 나누어 주는 자로 만들었느냐?'고 반문했습니다. 그는 가이사의 것(세속)과 하느님의 것(출세간)을 혼동하지 말 것을 강조했습니다."

"초능력으로 수험생이 시험에 합격하게 할 수 있습니까?"

"초능력이니까 일단 못 하는 일이 없다고 보아야 합니다. 초능력을 구사하여 수험생으로 하여금 미리 봉인된 시험지를 엿보게 할 수도 있습니다. 그러나 이것이야말로 정도(正道)가 아닙니다. 이렇게 해서 합격이 된 수험생은 계속 초능력에만 의존하려고 할 것입니다. 끝내 자활 능력이 상실된 무능력자나 맹신자를 양성하는 결과를 가져올 것입니다."

"지금까지 계속 될 듯 될 듯하다가 안 되던 계약을 성립하게 하는 것도 초능력으로 가능한 일입니까?"

"그런 경우는 반드시 그 일을 방해하는 원령(怨靈)의 장난인 수가 많습니다. 이것은 주인공의 초능력으로 그것을 방해하는 원령들을 천도시켜 버리면 됩니다. 그러나 거듭 말하지만 어느 개인의 치부를 위해서 초능력을 구사하는 것은 지극히 어리석은 일입니다.

그것이야말로 바른 길이 아닙니다. 이것을 외도(外道) 또는 사도(邪道)라고 합니다. 초능력은 어느 경우에든지 구도(求道) 이외의 목적에는 사용해서는 안 됩니다. 그런 일은 무당이나 박수나 점쟁이가 할 일입니다. 구도자가 세속사(世俗事)에 간여할 수는 없습니다."

"그리고 그 책의 저자의 방에 생수 담은 병을 몇 시간 놓아두면 물맛이 달콤해진다고 합니다. 누구나 한 번 그 물맛을 보면 자꾸 그것만 찾게 된다고 합니다. 그런 일이 과연 일어날 수 있습니까?"

"있습니다."

"그건 어떻게 된 겁니까?"

"그 주인공에게서 나오는 편안하고 강한 기운이 물에 작용하여 물맛을 바꾸어 놓을 수 있습니다. 똑같은 재료를 사용해서 똑같은 방식으로 요리를 했는데도 어떤 사람이 만든 것은 맛이 있고 어떤 사람이 만든 것은 맛이 없는 경우가 흔히 있습니다."

"그건 왜 그렇습니까?"

"요리하는 사람의 기운이 각기 다르기 때문입니다."

"똑같은 사람이 같은 재료를 가지고 만든 음식인데도 어떤 때는 맛이 있고 어떤 때는 맛이 없는 경우가 있는데 그건 어떻게 된 것입니까?"

"음식 만든 사람이 건강하고 기분이 좋을 때 만든 음식은 맛이 있지만 건강이 좋지 않고 기분이 상하거나 우울할 때나 슬플 때 만든 음식은 맛이 없습니다. 건강하고 기분이 좋을 때의 기운이 다르고 건강하지 못하고 기분이 좋지 않을 때의 기운이 다르기 때문입니다.

그때그때의 기운이 음식에 작용하는 것을 알 수 있습니다. 그리고 요리하는 사람이 정성을 다할 때와 정성을 다하지 않을 때의 기운이 다르므로 음식 맛도 다릅니다. 기운이 다르면 자연히 그가 만든 음식 맛도 다를 수밖에 없습니다."

"그것뿐이 아니고 어떤 사람 앞에 앉아 있으면 마음이 편안해지고 단전이 뜨겁게 달아오르는가 하면 기분도 좋아져서 마냥 언제까지나

그 자리를 떠나고 싶지 않은 경우가 있는가 하면 어떤 사람과 같이 있
으면 공연히 불안해지고 몸이 싸늘하게 식는 것 같고 기분이 좋지 않
는 수가 있는데 이건 어떻게 된 겁니까?"

"그것 역시 그 사람의 수행 정도와 도력(道力)에 따라 주위에 발산하
는 기운이 다르기 때문입니다. 그래서 기문(氣門)이 일단 열린 사람은
순전히 기운만 가지고도 상대의 수행 정도를 알아맞출 수 있습니다.
아무리 명성이 내외에 널리 알려진 국제적인 성인이라고 해도 그 사람
옆에 가 보면 그 진위 여부가 금방 판가름이 납니다. 그 사람한테서 온
화하고 편안한 기운 대신 써늘하고 불안한 기운이 전달되어 오면 생각
을 달리해야 할 것입니다."

"어떻게 말입니까?"

"적어도 구도자로서는 진짜가 아니라는 것을 그것만 보고도 금방 알
수 있습니다. 일단 그렇게 판단이 되면 지체 없이 그 자리를 물러나와
야 합니다."

되는 일이 없는 사람

사십 대 중반의 윤진석이라는 수련생이 말했다.

"선생님, 저는 이 나이가 되도록 무슨 일을 해도 성공한 일이 없습니다. 학업운(學業運)도 없어서 남들이 다 가는 대학교도 못 가 보고 겨우 고등학교밖에 못 나왔고, 사업운(事業運)도 없어서 무슨 일이든지 손만 댔다 하면 실패만 거듭해 왔습니다.

그런가 하면 결혼운(結婚運)도 없었던지 벌써 세 번이나 결혼을 했건만 번번이 실패하고 말았습니다. 자식운(子息運)도 없었던지 아직 아이 하나 얻지 못했습니다. 게다가 부모운(父母運)도 없어서 양친이 다 일찍 돌아가시고 재운(財運)도 없어서 부모님은 저에게 동전 한푼 남겨 주신 것이 없습니다."

"형제들은 있습니까?"

"형제도 없습니다. 그러고 보니 저는 형제운(兄弟運)도 없습니다. 서발 막대기 마음놓고 휘둘러 보아야 거칠 것이 하나도 없는 혈혈단신입니다. 게다가 되는 일이란 없고 하는 일마다 실패만 거듭하고 있습니다."

"그럼 윤진석 씨는 생계는 어떻게 이어가고 있습니까?"

"변두리에서 헌책방을 하나 운영하고 있습니다. 혼자니까 겨우 먹고 사는 데는 지장이 없습니다."

"어떻게 나를 알게 되었습니까?"

"헌책을 매입하다가 보니 그 속에 우연히 『선도체험기』 14권이 끼어 들어 온 일이 있었습니다. 그것을 읽어 보고 나서 관심이 끌리기에 1권 서부터 58권까지 모조리 구해서 다 읽게 되었습니다."

"그렇다면 한 가지 운은 있군요."

"그게 뭐죠?"

"윤진석 씨는 하는 일마다 실패만 거듭한다고 했지만 사실은 반드시 그렇지만도 않습니다."

"어떤 점에서 그렇습니까?"

"세속적인 운은 없는지 모르겠지만 수련운(修練運)까지 없는 것은 아니니까요."

"그렇습니까?"

"세속운(世俗運)이 열려서 부귀영화의 극을 달린다 해도 수련운이 없으면 말장 다 헛일입니다."

"왜 그렇습니까?"

"세속운은 아무리 좋아 보았자 이 세상 떠날 때는 몽땅 다 놓고 떠나야 하지만 수련한 결과만은 고스란히 지니고 갈 수 있기 때문입니다. 수행으로 습득된 진리는 어떠한 곳에 방치해도 녹스는 일이 없고 좀이 먹히는 일도 없지만 학업운, 사업운, 결혼운, 자식운, 재운, 부모운, 형제운 같은 것은 아무리 강고(强固)한 금고 속에 잘 보관해 놓아도 얼마 안 가서 녹슬고 좀 먹게 되어 있습니다.

구도자는 그렇게 녹슬고 좀먹는 세속운 따위에 현혹될 수 없습니다. 그런 의미에서 나는 윤진석 씨야말로 진정한 행운아라고 봅니다. 부양

하고 가르쳐야 할 아이들이 있나, 봉양해야 할 치매 걸린 부모가 있나, 얼마나 홀가분하고 자유롭습니까? 윤진석 씨는 그렇게 되려고 의식적으로 노력한 일도 없건만 다른 구도자들이 그렇게도 바라는 일을 힘 하나 들이지 않고도 얻어내었으니 얼마나 행운아(幸運兒)입니까?"

"정말 그럴까요?"

"그렇고말고요. 지족자부(知足者富)라고 했습니다. 자신의 처지에 만족할 줄 아는 사람이 진정한 부자입니다. 아무리 억만장자라고 해도 항상 이기심과 열등감에 시달린다면 그 사람이야말로 가장 불쌍한 인생이 아닐 수 없을 것입니다. 이기심에 사로잡힌 억만장자는, 비록 가난하긴 해도 남을 열심히 도우면서 살아가는 환경미화원보다 더 열등한 존재라는 것을 알아야 합니다. 마음의 상태가 문제이지 돈이 많고 적음이 문제가 아니기 때문입니다.

마음의 중심에 확고한 부동심(不動心)이 자리잡았느냐가 문제이지 권력의 고하가 문제가 아닙니다. 바로 이 때문에 빈 술통 속에서 기거하던 고대 희랍의 디오게네스는 그에게 은전을 베풀겠다는 당시 최고의 권력자 알렉산더 대왕에게 햇볕이나 가리지 말라고 무안을 줄 수 있었습니다.

『논어』에 보면 '지지자불여호지자(知之者不如好之者)요, 호지자불여낙지자(好之者不如樂之者)'라고 했습니다. 진리를 아는 자는 진리를 좋아하는 자만 못하고, 진리를 좋아하는 자는 진리를 즐기는 자만 못하다는 말입니다. 이 세상에서 가장 행복한 사람은 바로 진리를 즐기는 사람, 다시 말해서 진리를 일상생활화 하는 사람입니다.

　이런 의미에서 윤진석 씨는 마음 하나만 바꿀 수 있다면 모든 구도자들이 다 같이 부러워할 진리를 즐길 수 있는 온갖 조건을 유감없이 다 구비하고 있습니다. 도대체 무엇이 문제입니까?"

　"과연 그럴까요?"

　"그렇고말고요. 자신의 처지에 만족할 줄 아는 사람이 진정한 행운아라는 것을 알아야 합니다. 그리고 윤진석 씨는 남이 갖고 있지 못한 좋은 조건을 하나 가지고 있습니다."

　"그게 뭐죠?"

　"책에 둘러싸여 있다는 것입니다. 그 책 속에는 윤진석 씨의 구도에 도움이 되는 책들을 얼마든지 읽을 수 있습니다."

　"저의 구도에 도움이 되는 책이라면 어떠한 책들이죠?"

　"『선도체험기』 14권을 헌책들 속에서 우연히 발견하고 그것이 빌미가 되어 『선도체험기』 시리즈를 모조리 다 구해서 읽었듯이 윤진석 씨의 흥미와 관심을 끄는 잘 읽히는 책이면 무엇이든지 구도에 도움이 될 것입니다."

　"내용이야 어찌되었든 잘 읽히기만 하는 책이면 됩니까?"

　"그렇습니다. 책이란 무조건 술술 읽혀져야 합니다. 남들이 아무리 좋다고 선전을 해도 내 눈으로 직접 읽어 봐서 읽히지 않으면 나에겐 좋은 책이라고 할 수 없습니다. 아무리 세계적인 고전(古典)이라고 해도 읽히지 않으면 읽지 말아야 합니다. 읽히지 않는 책을 억지로 읽는 것은 그야말로 고역이요 시간과 노력의 낭비에 지나지 않습니다. 그러나 읽히는 책을 읽다가 보면 반드시 얻는 것이 있습니다."

"그건 무엇 때문일까요?"

"가독성(可讀性)이 있는 책이라면 우선 읽을 만한 가치가 있기 때문입니다. 일단 읽을 만한 가치가 있는 책이면 그 책을 쓴 사람의, 사물에 대한 정확하고도 기발한 관찰과 표현력이 그것을 읽는 독자의 능력을 앞섰거나 그의 취향과 부합되기 때문입니다. 그런 의미에서 읽히는 책은 반드시 배울 만한 점이 있게 마련입니다.

사물에 대한 탁월하고 정확한 관찰을 기술했다면 십 대의 어린이가 썼다고 해도 팔십 대의 노인을 감동시킬 수 있을 것입니다. 그 책이 흥미를 끄는 것은 그 독자가 지금껏 막연히 느끼고는 있었지만 표현하지 못했던 것이 쓰여 있기 때문입니다. 그러한 책은 그 내용이 어떠하든 간에 독자를 반드시 매혹하게 되어 있습니다. 정확하고 기발한 관찰 속에는 어김없이 보편타당한 우주의 진리가 포함되게 되어 있기 때문입니다.

윤진석 씨가 그 많은 헌책들 속에서 유독 『선도체험기』에 눈이 갔다는 것은 그만큼 평소에 구도에 관심이 있었기 때문입니다. 구도심이 마음의 중심에 자리잡고 있지 않았다면 그러한 책에 눈에 들어오지도 않았을 것입니다.

나는 윤진석 씨의 도심(道心)을 믿기 때문에 이러한 말을 마음놓고 합니다. 윤진석 씨는 남이 갖고 있는 세속운(世俗運) 대신이 그것과는 비교도 할 수 없이 소중한 구도운(求道運)을 타고난 것을 다행으로 알아야 합니다."

여자도 접이불루(接而不漏)가 되는가?

도영숙 씨가 물었다.

"선생님, 여자도 접이불루(接而不漏)가 됩니까?"

"물론입니다."

"선생님은 남잔데 그걸 어떻게 아십니까?"

"안다는 것은 실제 체험으로 얻은 지식도 있지만 들어서 아는 것도 있고, 통찰과 직감을 통해서도 터득할 수 있습니다. 그뿐만이 아닙니다. 현생의 남자는 전생에도 남자로만 살아온 것은 아닙니다. 여자로 살았을 때의 전생을 떠올려 볼 수도 있습니다. 어떤 남성 작가는 여성 작가보다도 더 여성 심리 묘사에 탁월한 경우가 있습니다. 이것도 그가 전생에 여자로 살았을 때의 잠재의식을 되살릴 수 있었기 때문에 가능한 일입니다.

그뿐만이 아닙니다. 이치로 따져서 아는 수도 있습니다. 생리적 구조로 보아 여자는 남자보다 수동적입니다. 똑같은 조건하에서 남녀가 똑같이 수행을 했다면 접이불루에 도달하는 것은 남자보다 여자가 더 빠르게 되어 있습니다. 왜 그럴까요? 남자의 성기는 돌출되어 있고 공격적이고 능동적이므로 여자보다 더 심한 자극을 견디어야 합니다. 따라서 비교적 자극을 덜 받는 방어적이고 수동적인 여자 쪽이 접이불루에 더 빨리 도달할 수 있습니다. 생리적으로 여자는 남자보다 모든 면

26

에서 더 강한 인내력을 발휘할 수 있게 되어 있기 때문입니다.

여기서 좀더 근원적으로 거슬러 올라가면 남자와 여자는 본래 하나였습니다. 예수도 하늘나라에는 남자와 여자가 따로 없어서, 시집가고 장가가는 일이 없다고 말했습니다. 존재의 근원은 본래 하나라는 것을 알았기 때문에 그는 이렇게 말할 수 있었던 것입니다."

"그런데 왜 현생에서는 남자와 여자로 구분이 되었을까요?"

"용변부동본(用變不動本)입니다."

"그게 무슨 뜻입니까?"

"근본은 하나이지만 현세의 필요에 의해서 남자와 여자로 갈라졌을 뿐이라는 뜻입니다."

"현세의 필요란 무엇을 말합니까?"

"시간과 공간이 지배하는 물질세계에서는 종자의 번식을 위해서 반드시 암컷과 수컷이 필요했던 것입니다. 무극(無極)이 현세의 필요에 의해 태극(太極)으로 바뀐 것과 같은 이치입니다."

"선생님의 견해대로라면 남아선호 사상은 그야말로 아무런 근거도 없는 편견에 지나지 않는 것이 되는데 현실은 그렇지 않지 않습니까?"

"다수의 국민들이 비록 남아선호 사상에 은연중 쏠려 있다고 해도 그것이 근거 없는 편견이라는 데는 변함이 없습니다. 백 명의 집단 속에서 99명이 도둑놈이고 단 한 사람만이 바른 사람이어서 다수결에 의해 아무리 민주적으로 의사 결정이 이루어진다고 해도 그들이 잘못된 집단이라는 데는 변함이 없습니다.

바른 것은 바른 것이고 그른 것은 그른 것입니다. 다수 의견이라고 해도 무조건 다 옳다고 할 수는 없습니다. 민주주의는 어디까지나 방편이지 목적 그 자체는 아닙니다. 그러나 이 옳고 그른 것도 따지고 보면 우리나라의 적정 인구 유지를 위한, 필요에 의한 것이지 절대적인 가치가 있는 것은 아닙니다.

지구 전체의 환경에 알맞는 인구 유지를 위해서는 현재의 60억 인구는 너무 많은지도 모릅니다. 인구 폭발을 막기 위해서는 남녀 성비가 꼭 맞아야 할 필요는 없을지도 모릅니다. 따라서 옳고 그른 것도 상대적인 것이고 견해에 따라 얼마든지 달라질 수 있습니다."

"정의와 불의도 어디까지나 상대적이라는 뜻입니까?"

"그렇습니다. 정의와 불의 자체가 이미 상대성을 띠고 있지 않습니까? 어쨌든 여자와 남자는 본래 하나였고 필요에 의해 둘로 갈라졌을 뿐이라는 것은 의학적으로도 증명되고 있습니다."

"그게 사실입니까?"

"그렇습니다. 요즘 성전환 수술은 일상사가 되어 버렸습니다. 남자로서 여자가 되고 싶으면 여성 호르몬 주사만 계속 주입해도 금방 여성의 신체 특징이 살아납니다. 그 반대의 경우도 마찬가지입니다. 이것은 본래 남녀는 생리적으로도 하나였다는 것을 말해 줍니다."

주부 우울증에서 벗어나려면

사십 대 중반의 주부 수련생인 박규옥 씨가 물었다.

"선생님, 요즘은 아이들 다 길러 놓고 한가해진 중년 주부들 중에 주부 우울증에 빠지는 경우가 많습니다. 심한 경우에는 고층 아파트에서 떨어져 자살을 할 정도로 심각한 사태가 심심찮게 벌어지고 있습니다.

보통 심각한 일이 아닙니다. 차라리 옛날 60년대 이전처럼 찢어지게 가난하게 살 때는 가난에 시달리면서 살아가기에 바빠서 우울증 따위에 걸릴 시간 여유조차 없었는데, 요즘은 조금 살 만하고 시간 여유가 생기니까 이런 괴이한 일이 벌어지는 것 같습니다. 주부 우울증에서 벗어나기 위한 무슨 효과적인 대책이라고 있으면 좀 말씀해 주시겠습니까?"

"주부 우울증도 일종의 질병입니다. 병이 있으면 반드시 치료법도 있게 마련입니다."

"어떤 치료법이 있을까요?"

"주부 우울증은 다른 보통 병과는 달리 당사자의 심신 관리의 잘못에 그 원인이 있으므로 본인 자신이 각성하고 스스로 살길을 뚫으려고 해야 합니다. 주부 우울증이란 마치 밤길을 가다가 부주의로 시궁창에 빠진 것과 같습니다.

다시 말해서 주부 우울증은 게으름과 나태가 불러온 일종의 정신 질환입니다. 좀더 정확히 말해서 자기 통제력의 상실에서 오는 병입니다. 운전자가 운전 중 한눈을 팔다가 자기 차를 도랑에 끌어 박은 것과 같습니다. 이럴 때는 잃어버린 주의력과 자제력을 회복하도록 본인 스스로 일어서야 합니다. 따라서 당장 시급한 일은 자제력을 회복하여 인생을 살아가는 참지혜를 터득하는 일입니다."

"어떻게 하면 자제력을 회복하고 삶의 지혜를 터득할 수 있겠습니까?"

"가장 간단하고 효과적인 방법은 걷기를 생활화하는 겁니다."

"걷기라구요?"

"네."

"보행(步行) 말입니까?"

"그렇습니다."

"걷기만 하면 된다는 말입니까?"

"그렇습니다."

"너무나 뜻밖의 처방입니다. 걷는 것과 우울증이 무슨 관계가 있다는 말씀입니까?"

"있고말고요. 분명히 있습니다."

"아니, 걷는데 어떻게 우울증이 해소됩니까?"

"틀림없이 됩니다. 박규옥 씨도 기분이 우울할 때 한번 실천해 보십시오."

"그렇습니까? 그럼 이 세상에 걷지 않는 사람도 있습니까?"

"실내에서나 잠시 왔다갔다하는 것하고는 좀 다릅니다. 내가 말하는 걷기는 실외에서 장시간 규칙적으로 걷는 것을 말합니다."

"그럼 어디에서 하루에 몇 시간이나 걸어야 합니까?"

"가능하면 산이나 공원이나 한적한 공기 좋은 야외에서 하루에 한 시간 반 정도씩 만보(萬步) 즉 6킬로씩 걸으면 됩니다. 걷는 것이 답답하면 달리기를 해도 됩니다."

"아니 그렇게 걷기만 하면 우울증에서 정말 빠져나올 수 있습니까?"

"그렇고말고요. 걷기 위해서 손과 발을 활발하게 움직이는 것만으로도 침체되어 있던 온몸의 신진대사가 활발하게 되살아나게 합니다. 두 발로 규칙적으로 땅을 차고 두 손을 힘차게 앞뒤로 젓는 것만으로도 손과 발에 분포되어 있는 육장육부(六臟六腑)의 말단 경혈을 활발하게 자극하여 잃었던 생기를 되찾게 해 줍니다. 그리고 온몸에 잠재되어 있던 우울증의 침울한 안개도 깨끗이 날려 버리고 맙니다."

"운동이라면 걷기보다 지루하지도 않고 재미있고 스릴도 있는 테니스, 배드민턴, 탁구, 에어로빅 같은 것도 있는데 왜 선생님께서는 하필이면 걷기를 권하십니까?"

"반드시 상대가 있어야 하는 테니스나 배드민턴 같은 운동이나, 일정한 장소에서 정해진 시간에 집체적으로 해야 하는 에어로빅 같은 것은 비용과 시간의 제약이 있지만 걷기는 두 발만 있으면 시간과 비용의 구애를 받지 않고 언제 어디서든지 할 수 있습니다.

걷기는 다른 운동과는 달리 뇌를 적당히 자극하여 잃었던 자제력을 되찾아 줍니다. 그뿐만 아니라 활발한 걷기 동작만으로도 깊은 자기성찰(自己省察)과 명상을 하게 하여 삶의 지혜를 일깨워 줍니다. 따라서 걷기는 등산과 함께 그 이외의 다른 운동에서는 얻기 어려운 매우 긍

정적인 효과를 거둘 수 있습니다.

그래서 어려운 문제의 해결책을 강구하다가 생각이 막힌 사람은 즉 각 산책을 시작합니다. 정신없이 걷다가 보면 자기도 모르게 돌파구가 생겨납니다. 영감(靈感)과 아이디어가 번쩍인다는 말입니다. 그리하여 역사상 위대한 정치가, 경제인, 기업가, 예술가, 군인, 학자, 철학자, 종 교인 쳐놓고 산책이나 걷기를 일상생활화 하지 않은 사람은 거의 없습 니다.

이 밖에도 걷기는 온갖 성인병의 80프로 이상을 자연 치유해 줍니 다. 하루에 만 보씩 걷기를 일상생활화 하고 있는 사람 쳐놓고 성인병 이나 우울증에 걸린 사람은 찾아보려고 해도 찾아볼 수 없습니다."

"산책(散策)과 걷기는 어떻게 다릅니까?"

"산책은 천천히 걷는 것을 말합니다. 따라서 산책은 별로 운동이 되 지 않습니다. 이왕에 걷기를 시작했으면 빨리 걸어야 합니다."

"어느 정도 빨리 걸어야 합니까?"

"등에서 땀이 날 만큼 걸어야 효과가 있습니다."

"그럼 선생님, 그 걷기를 얼마 동안이나 해야 주부 우울증에서 벗어 날 수 있을까요?"

"걸을 수 있는 능력이 있는 한 평생 하는 것이 좋습니다. 몇 개월 해 보다가 증상이 좋아지면 금방 그만두어 버리면 다시 옛날로 되돌아갑 니다. 그래서 걸을 만한 기력이 있을 때까지는 아예 숨넘어갈 때까지 일상생활화 해야 합니다.

사람의 신체 구조는 하루에 최소한 만 보씩은 걸어야 정상적인 건강을 유지할 수 있도록 만들어져 있습니다. 사람은 자동차를 타게 되어 있는 것이 아니고 걷기에 알맞게 되어 있는 동물입니다. 이것을 모르고 자동차만 드립다 타고 다니니까 뼈가 약해져서 푸석푸석합니다. 골다공증(骨多孔症)입니다. 조금만 충격을 받아도 골절상을 입게 되어 있습니다. 자동차가 생활화되어 있지 않던 옛날엔 이런 골다공증 환자가 없었습니다. 그래서 대오각성(大悟覺醒)하여 걷기를 생활화한 사람은 누가 돈을 주면서 걷지 말라고 사정을 해도 듣지 않습니다."

우울증의 근본 해결책

"허지만 걷기가 우울증의 근본 해결책은 아니지 않습니까?"

"물론 우울증의 근본 해결책은 구도(求道)에서 찾아야 하겠지만 걷기가 우울증 해소에는 가장 확실하고 현실적이고 손쉽고 실용적인 방편인 것만은 틀림이 없습니다."

"우울증의 근본 해결책은 구도에서 찾아야 한다고 하셨는데 그게 무슨 말씀이십니까?"

"우울증이란 욕구 불만에서 온다는 뜻입니다."

"그럼, 욕구 불만은 어디에서 옵니까?"

"욕구 불만은 글자 그대로 욕구가 충족되지 못하는 데서 옵니다."

"그렇다면 욕구를 충족시키려면 어떻게 하면 됩니까?"

"욕구를 충족시키기 위해서 부지런히 연구하고 공부하고 일해야겠죠."

"욕구에는 대체로 어떤 것이 있습니까?"

"출세욕, 명예욕, 재욕(財慾), 권력욕, 애욕(愛慾), 성욕(性慾), 식욕(食慾), 자식욕(子息慾) 등등이 있습니다. 모두가 세속적인 욕망들입니다. 그런데 이러한 욕심들은 어느 수준에서 제동이 걸리지 않는 한 결코 충족되는 일이 없습니다. 다시 말해서 자제력을 상실당한 욕심은 끝을 모릅니다.

자제력을 잃은 욕심을 가진 사람은 백 평 아파트에 살면서도 만족할 줄 모르고, 그 욕구 불만 때문에 언제든지 주부 우울증에 걸릴 수 있습니다. 그런가 하면 15평짜리 아파트에 살면서도 지극히 만족해하는 주부도 있습니다. 재산의 대소가 문제가 아니라 마음을 어떻게 먹느냐가 문제입니다. 구도란 마음 다스리는 방법을 연구하고 공부하는 분야입니다."

"어떻게 하면 마음을 잘 다스릴 수 있습니까?"

"욕심을 다스리는 것이 바로 마음을 다스리는 겁니다. 권력욕, 명예욕, 재욕, 애욕, 성욕이 일어날 때 제때에 제동을 걸 수 있는 사람이 가장 행복한 사람입니다. 왜냐하면 욕심은 죄를 낳고 죄는 사망과 파멸을 불러오기 때문입니다. 그래서 사람에게는 자제력이 필요합니다."

"어떻게 하면 자제력을 발휘할 수 있습니까?"

"중심이 잡혀야 합니다."

"어떻게 해야 중심을 잡을 수 있습니까?"

"마음이 바르면 자연 중심이 잡히게 되어 있습니다. 씨름, 권투, 유도, 검도, 레슬링, 태권도 같은 격투기를 보고 있노라면 어떤 경우든지 중심을 잃은 선수는 반드시 상대의 공격에 제때에 대처하지 못하고 비

틀거리게 됩니다. 언제나 그것이 중요한 패인(敗因)이 됩니다. 자제력
은 그만큼 중요합니다.

　내가 말하는 걷기는 바로 이 마음공부를 할 수 있는 기초 조건을 만
드는 데 기여합니다. 걷기야말로 잃었던 자제력을 회복시키는 데 가장
효과적이고도 누구나 손쉽게 당장 실천할 수 있는 운동입니다. 하루에
매일 만 보씩 걷기만 해도 채 한 달이 못 가서 누구나 잃었던 자제력과
함께 자신감을 되찾게 될 것입니다. 마음공부는 그 후에 해도 늦지 않
습니다."

주제넘은 일

삼십 대 중엽의 마동일이라는 수련생이 말했다.

"선생님께 긴히 상의할 일이 있습니다."

"무슨 일인지 어서 말씀해 보십시오."

"저희 이웃에서 초등학교 여학생에 대한 성추행 사건이 벌어졌습니다"

"가해자가 누굽니까?"

"초등학교 교사입니다."

"그 교사는 몇 살인데요?"

"쉰아홉이라고 합니다."

"여학생은 몇 살입니까?"

"열두 살입니다."

"성추행을 어떻게 했답니까?"

"교실에 단 둘이 있을 때 교사가 여학생의 치마 밑으로 손을 넣어 성기를 만졌다고 합니다."

"단지 그것뿐입니까?"

"네."

"그럼 그 성추행 사건은 어떻게 돼서 알려지게 됐습니까?"

"성추행당한 여학생이 자기 어머니에게 말한 것이 이웃에 알려졌다고 합니다."

"그래서 어떻게 됐습니까?"

"학부모들이 들고일어나 학교장에게 항의하는 바람에 성추행한 교사는 다른 학교로 전근을 보내는 것으로 낙착이 되었다고 합니다."

"그렇다면 무엇이 문제입니까?"

"제가 보기에는 그 처벌이 너무나 가볍습니다."

"그래서요?"

"그 가해 교사에게 파면은 말할 것도 없고, 더 엄격한 형사 처벌이 가해져야 한다고 생각합니다."

"그래서요?"

"제가 앞장을 서서 서명 운동을 벌여서라도 그 가해 교사가 형사 처벌을 받도록 하려고 하는데 선생님께서는 어떻게 생각하십니까?"

"마동일 씨는 그 피해 여학생과는 어떤 관계입니까?"

"그냥 이웃일 뿐입니다. 그렇지만 저는 그 일만 생각하면 정말 피가 거꾸로 끓어올라서 잠을 못 이룰 정돕니다. 도대체 노년기에 접어든 교사가 어떻게 손녀뻘밖에 안 되는 어린 제자에게 그럴 수 있습니까? 이야말로 천인공노할 일이 아니고 무엇입니까? 그런 교사를 믿고 어떻게 자녀들을 학교에 맡길 수 있겠습니까?"

"그래서 학교 당국도 잘못을 인정하고 해당 교사를 다른 학교로 전보시키지 않았습니까?"

"그건 솔직히 말해서 처벌이 아니고 일종의 눈가림식 회피 수단에 지나지 않습니다. 그런 파렴치한은 반드시 교도소로 보내야 정신을 차립니다."

"피해자의 학부모도 가만히 있는데 제3자인 마동일 씨가 왜 그런 일에 앞장을 서려고 합니까?"

"사회 정의를 실현하기 위해서입니다."

"가해 교사는 이미 처벌을 받은 것이나 마찬가지니까 학교 당국을 믿고 내버려두는 것이 좋을 것입니다. 그런 일에는 당사자도 아닌 마동일 씨가 나서는 것이 떳떳하지 못합니다. 비록 학교 당국의 처사에 불만이 있더라도 당사자도 아닌 마동일 씨가 나설 자리는 결코 아닙니다. 그런 일은 학부모와 학교 당국이 알아서 할 일인데 무엇 때문에 제삼자인 마동일 씨가 나서려고 합니까?

마동일 씨가 아니라도 그런 일을 할 사람은 얼마든지 있습니다. 더구나 진리를 공부하겠다는 마동일 씨가 그런 골치 아픈 세속 사에 굳이 관여하려는 것은 주제넘은 일입니다. 마동일 씨가 아니더라도 당사자 외에 신문기자도 있고 경찰관이나 법관들이 알아서 할 일을 왜 마동일 씨가 떠맡고 나서려고 합니까?"

"그럴까요?"

"과유불급(過猶不及)입니다. 지나친 것은 모자라는 것과 같습니다."

"중용(中庸)을 지키라는 말씀이군요."

"그렇습니다. 나설 자리, 나서지 말아야 할 자리, 앉을 자리, 설 자리를 제때에 분별할 줄 아는 것이 삶의 지혜입니다. 모난 돌은 반드시 징을 맞게 되어 있습니다. 그런데 나설 혈기가 있으면 수련에 용맹정진(勇猛精進)하는 데 쓰는 것이 몇백 배 더 유익할 것입니다."

남녀의 사랑에 대하여

우창석 씨가 말했다.

"텔레비전과 라디오의 연속 방송극은 거의가 다 남녀의 사랑을 주제로 다루고 있습니다. 만약에 남녀의 사랑이 아니라면 방송극은 존재 가치를 상실하게 될 것입니다. 남녀의 사랑이 과연 그럴 만한 가치가 있는 것일까요?"

"있고말고요. 이 세상에 존재하는 것은 모두가 존재할 만한 가치가 있어서 존재하는 겁니다. 그런데 남녀 간의 사랑이 여타 사랑과 다른 점이 무엇인지 아십니까?"

"남녀 간의 사랑 이외의 사랑은 성(性)을 초월한 보편적인 인류애라든가, 만물만생을 두루 다 사랑하는 대자대비(大慈大悲) 같은 것이 있습니다. 인류애와 대자대비가 이기심을 떠난 이타행에서 나온 것인데 비해서 남녀 간의 사랑은 이기적인 협의(狹義)의 두 이성 간의 사랑을 그 바탕에 깔고 있다고 봅니다. 이러한 남녀 간의 사랑은 광의(廣義)의 보편적인 사랑과는 구별하여 애욕(愛慾)이라고 할 수 있습니다."

"그런데 한 이성(異性)이 다른 이성을 진정으로 사랑하여 결혼하는 것과 애욕하고는 어떻게 다르다고 보십니까?"

"상대의 매력에 끌려서 자기 자신을 잊고 그를 사랑하는 것을 우리는 흔히 진정한 남녀 간의 사랑이라고 합니다. 이것은 어느 모로 보든지 순전한 이기적인 애욕과는 한 차원 높은 사랑이라고 할 수 있습니다."

"그러나 그것이 아무리 차원 높은 사랑이라고 해도 구도자의 입장에서 보면 한 이성이 특정한 다른 이성을 사랑하는 것에 지나지 않으므로 새로운 업장(業障)을 쌓는 것밖에는 안 됩니다."

"그렇다면 구도자가 이미 결혼을 하여 처자를 거느렸을 경우에는 어떻게 하는 것이 좋겠습니까?"

"스스로 만든 업이니 스스로 그 업에서 벗어나야 합니다."

"어떻게 하는 것이 그 업에서 벗어나는 것입니까? 석가모니나 성철 스님처럼 처자를 버리고 한밤중에 담을 넘어 도망을 쳐야 할까요?"

"그건 각자의 선택에 달려 있는 문제입니다."

"그럼 아직 결혼을 하지 않는 미혼자로서 구도의 길에 들어 선 사람은 어떻게 하는 것이 좋겠습니까?"

"이미 구도의 길에 들어섰다면 구태여 결혼이라는 힘든 길을 택할 필요는 없습니다."

"그렇지만 애욕을 극복해야 하는 현실적인 난관이 엄연히 길 앞을 가로막고 있지 않습니까?"

"구도의 길에 들어섰다면 그것쯤 극복할 수 있을 것입니다."

"구체적으로 어떻게 말입니까?"

"기 수련에 용맹 정진하여 연정화기(煉精化氣)의 고비만 넘기면 성욕이나 애욕 따위에서 얼마든지 벗어날 수 있습니다. 결혼은 구도가 무엇인지 몰랐을 때 저지른 일입니다. 그러나 결혼 전에 구도의 길에 들어섰다면 구태여 결혼이라는 어려운 길을 택할 필요가 어디 있겠습

니까? 결혼을 했든지 안 했든지 간에 남녀의 사랑은 구도자가 꼭 넘어
야 할 관문입니다. 남녀의 사랑은 그것이 제아무리 숭고한 것이라고
해도 구도자가 택할 길은 아닙니다."

"그러나 남녀 간의 성행위를 수행의 수단으로 삼은 경우도 있지 않
습니까?"

"탄트라 수행법과 대부분의 사이비 종교들이 섹스를 수행의 방편으
로 채택하고 있지만 대단히 위험한 짓임에는 틀림없습니다. 문란한 성
행위는 명상 효과를 얻기 위해 마약을 사용하는 것과 같아서 수행은커
녕 몸부터 먼저 망치기 일쑤입니다.

성을 구도의 수단으로 이용하는 것 역시 자연을 거스르는 일종의 역
천(逆天) 행위입니다. 소돔과 고모라, 폼페이 최후의 날의 반복을 초래
할 것입니다. 그것은 성(性)의 극복이 아니라 성의 타락입니다. 그래서
불교의 오계(五戒), 기독교의 십계(十戒) 속에도 어김없이 '간음하지
말라'는 대목이 들어 있습니다. 이 계명을 지키지 않고는 수행은 말할
것도 없고 올바른 사회인이 될 자격도 갖출 수 없습니다."

"연정화기 이외에 애욕을 이길 수 있는 방법으로는 어떤 것이 있습
니까?"

"어떤 일이 있더라도 애욕에 빠져 허우적거리지 말고 그 애욕의 고
삐를 바싹 거머쥐고 그것을 다스려야 합니다."

"어떻게 하면 그렇게 할 수 있습니까?"

자기성찰(自己省察)

"역시 자기성찰 이상 가는 좋은 방편은 있을 수 없습니다."

"자기성찰이라면 관법(觀法)을 말씀하시는 겁니까?"

"그렇습니다. 애욕으로 마음과 몸이 흔들릴 때 조용히 자기 자신을 응시하다가 보면 평소에 보이지 않던 것이 보이게 됩니다."

"예를 들면 어떤 것 말씀입니까?"

"지금 접근해 오는 상대가 아무리 고혹적(蠱惑的)인 이성(異性)이라 해도 결혼 후에 닥쳐올 상황들을 명확한 화면으로 비춰 볼 수 있습니다. 돈벌이는 시원치 않고 원하지 않은 아들딸은 줄줄이 낳아 제대로 교육도 못 시키는, 생활고로 한평생 시달리는 가장(家長)과 바가지 긁는 아내의 모습이 화면으로 떠오를 수도 있습니다.

그렇지 않으면 경제난과 성격 차이로 아내가 가출을 하여 남편 혼자서 아이들을 데리고 도망친 아내를 원망하면서 죽지 못해 살아가는 장면이 뜰 수도 있습니다. 이처럼 보이지 않던 장면이 보이는가 하면 평소에 들리지 않던 소리가 들려올 수도 있습니다."

"어떤 소리 말입니까?"

"무능한 가장을 원망하는 아내와 아이들이 불평하는 소리가 관(觀)에 몰두해 있는 그의 귀에 들려 올 것입니다. 그런가 하면 평소에는 만져지지 않던 생활고의 실상들이 뚜렷하게 감촉될 것입니다. 그리고 평소에는 맡을 수도 없었던 속세의 가난에 찌든 악취까지도 맡을 수 있을 것입니다.

이처럼 관(觀)은 보이지 않는 것을 보게 하고 들리지 않는 것을 들리게 하고, 만져지지 않는 것을 만져지게 하고, 맡아지지 않던 냄새를 맡게 해 줄 것입니다. 이 모든 것이 생활에 찌들고 찌든 생로병사의 윤회의 장면이요 소리요, 냄새요 감촉입니다.

진지한 자기성찰은 이처럼 직접 겪어 보지 않고도 능히 앞날을 내다볼 수 있게 합니다. 그러므로 무슨 일에든지 마음이 흔들리고 위기다 싶으면 지체 없이 마음을 고요히 가라앉히고 깊은 관법(觀法)과 명상에 잠기기 바랍니다."

"그런데, 선생님, 관을 하려고 해도 번뇌, 망상, 잡념 때문에 관이 잡히지 않을 때는 어떻게 합니까?"

"단전에 의식을 두고 숨을 고른 다음에 계속 흔들리는 마음을 지켜보아야 합니다. 마음이 흔들린다는 것은 고요하던 물밑을 휘저어 놓아 부유물(浮遊物)로 시야가 막힌 것과 같습니다. 그 뿌연 부유물이 가라앉을 때까지 인내력을 갖고 지켜보도록 하십시오.

무엇이 잘못되었고 그 잘못을 극복하려면 어떻게 해야 한다는 것이 그 부유물들이 가라앉으면서 환히 손에 잡혀올 때가 있을 것입니다. 처음에는 다소 시간이 걸리겠지만 이것도 자주 하다가 보면 시간이 점점 단축되어 나중에는 관(觀)에 드는 것과 거의 동시에 모든 실상이 포착될 것입니다."

"수행이 어느 경지에까지 올라야 그렇게 관에 드는 것과 거의 동시에 상황 파악을 할 수 있게 될까요?"

"이것은 수행의 경지보다도 성품과 자질의 문제입니다."

"성품과 자질이라뇨?"

"성품이 늘 바르고 착하고 슬기로운 사람에게는 관은 그림자처럼 따라다니는 축복이라고 할 수 있습니다. 이처럼 자기성찰이 몸에 배어 버린 사람은 어떤 역경이나 난관에 봉착해도 두려울 것이 없습니다."

"지구의 종말이 와도 그럴까요?"

"자기성찰은 지구의 종말까지도 한순간에 극복할 수 있습니다."

"어째서요?"

"자기성찰이야말로 생사를 초월하는 여의봉(如意棒)이니까요. 이것으로 극복하지 못할 난관은 없습니다."

언제까지 살아야 하나?

우창석 씨가 말했다.

"의학의 발달과 생활 조건의 개선으로 사람의 수명은 날로 길어지고 있고 벌써 백 세 시대에 대비해야 한다고 의논들이 분분합니다. 우리나라도 이미 고령 사회에 진입하고 있다고 합니다. 선생님께서는 인간은 언제까지 사는 것이 적합하다고 보십니까?"

"사람은 남에게 도움이 될 수 있는 일을 할 수 있을 때까지는 사는 것이 좋다고 봅니다. 그러나 자식이나 주변에 폐를 끼치면서까지 오래 사는 것은 본인 자신을 위해서도 사회를 위해서도 욕은 될지언정 유익한 일은 못 된다고 생각합니다."

"남에게 도움이 된다는 것은 무엇을 말합니까?"

"사회를 위해서 유익한 일을 하는 것을 말합니다. 쉽게 말해서 자기 전공 분야에서 생산적인 일을 할 수 있는 능력이 있을 때까지를 말합니다. 오늘 아침 신문을 보니까 기네스북에 오른 세계 최고령 의사인 95세의 문창모 박사가 70년간의 인술의 길에서 은퇴한 기사가 난 것을 읽었습니다. 이비인후과 의사인 문 박사는 손이 떨려서 더이상 면봉(綿棒)을 잡을 수 없어서 어쩔 수 없이 은퇴한다고 했습니다.

그리고 나처럼 글쟁이라면 남이 읽어 주는 글을 쓸 수 있을 때까지를 말합니다. 화가라면 사람들에게 유익한 그림을 그릴 수 있을 때까지, 정치인이라면 국민들의 존경을 받을 때까지는 사는 것이 어느 모로나 좋을 것입니다."

"그럼 주변에 폐를 끼친다는 것은 무엇을 말합니까?"

"노망이 들거나 치매에 걸리거나 식물인간이 되어 폐인이 되어서까지 생리적인 삶만을 연장하는 것은 자손이나 사회에 백해무익한 일이 아닐 수 없을 것입니다. 어떻게 하든지 그런 일은 없어야 하겠죠. 사회에 유익한 일은 하지 못할망정 최소한 숨을 거두는 순간까지 남의 도움 안 받고 자기 힘으로 사는 날까지 살 수 있다면 그 이상 다행이 없을 것입니다."

"그렇게 되기 위해서는 어떻게 하는 것이 좋겠습니까?"

"무엇보다도 자기 자신의 건강 관리에 평소부터 정성을 쏟아야 할 것입니다."

"어떻게 하면 자기가 이 세상에 더 살 필요가 없다고 생각될 때 훌쩍 이 세상을 떠날 수 있을까요?"

"평소에 많은 수련을 쌓아 놓은 사람은 누구나 그렇게 할 수 있습니다."

"수행 단계가 높아지면 자기 자신의 생사도 마음대로 조종할 수 있다는 말씀인가요?"

"그렇습니다."

"사람은 죽으면 어떻게 됩니까?"

"존재의 양상이 바뀔 뿐입니다. 사후 세계를 더 자세히 알고 싶으면 수행에 용맹정진해야 할 것입니다."

"수행이 깊어지면 자신의 사후 세계도 알 수 있습니까?"

"그렇고말고요."

"사람은 보통 몇 살까지 살 수 있을까요?"

"질병이 없고 건강하고 불의의 사고만 당하지 않을 경우 적어도 백 살까지는 무난히 살 수 있을 것입니다."

사람이 동물로 윤회할 수 있는가?

우창석 씨가 물었다.

"선생님, 전생의 동물이 이생에 사람으로 윤회할 수도 있습니까?"

"백 명 또는 천 명에 하나 정도로 아주 희귀한 경우이긴 하지만 사람이 동물로 환생하는 경우도 있습니다."

"그걸 어떻게 알 수 있습니까?"

"우연한 기회에 어떤 사람에게 의식을 집중하다가 보면 그의 전생의 장면이 홀연히 화면으로 뜨는 것을 볼 수 있습니다."

"실례를 들면 어떤 경우입니까?"

"유달리 식탐이 심한 뚱뚱한 사람이 있다고 칩시다. 그가 어떻게 되어서 나와 대화를 나누다가 자기는 아무리 적게 먹으려고 해도 그렇게 안 된다고 하소연합니다. 이상하다 왜 그럴까 하고 나도 모르는 사이에 의문을 품고 그에게 의식을 집중하게 됩니다. 그때 열심히 먹이를 찾아 꿀꿀대며 돌아다니는 돼지가 나타납니다. 그 순간 나도 모르게 그의 전생이 바로 돼지였다는 직감이 전해져 오는 수가 있습니다."

"과연 사람의 전생이 돼지일 수가 있을까요?"

"좀처럼 있을 수 없는 일이긴 하지만 그럴 가능성은 있습니다."

"그럴 만한 이유라도 있습니까?"

"수련을 하다가 어느 단계에 도달하면 삼라만상이 하나에서 시작되었다는 깨달음을 얻을 때가 반드시 오게 됩니다. 장자는 이것을 보고 만물제동(萬物齊同)이라고 했습니다. 불교에서도 만물동근(萬物同根) 또는 만법귀일(萬法歸一)이라고 하여 만물만생(萬物萬生)은 원래 하나에서 출발했다고 가르치고 있습니다.

『천부경』도 일시무시일(一始無始一) 일종무종일(一終無終一)이라고 하여 만물은 시작 없는 하나에서 시작되어 끝없는 하나로 끝난다고 했습니다. 이 말은 만물은 시작도 끝도 없는 '하나'의 변화 과정이라는 뜻입니다.

이러한 사실은 현대 유전공학도 입증하고 있습니다. 지구상의 모든 생물은 단세포 생물인 박테리아에서 인간에 이르기까지 기본적인 유전인자인 DNA는 동일 구조로 되어 있습니다. 사람 역시 단세포 생물인 정자와 난자가 결합되어 10개월 동안 모태 속에서 하급 동물에서 상급 동물에 이르는 여러 과정을 거치면서 자라나 영아로 태어납니다.

이처럼 현대 과학은 구도자들이 수행의 힘으로 깨달음을 통해서 알아냈던 것을 과학적인 연구 성과를 통해서 입증하고 있습니다. 인간은 미생물에서 진화되어 수십억 년을 거치는 동안 연체동물, 벌레, 어류, 양서류, 조류, 포유동물, 유인원에서 인간으로 수많은 단계를 거쳐 진화되어 온 것을 알 수 있습니다."

"그렇게 수십억 년이나 걸려서 인간으로까지 진화되었다가 어떻게 하루아침에 돼지로 환생할 수 있는지 저는 그게 도무지 납득이 가지 않습니다."

"아까도 얘기했지만 그런 일은 좀처럼 일어나지 않습니다. 군대에서 사성(四星) 장군이 갑자기 이등병으로 강등당하는 일이 좀처럼 있을 수 없는 것과 같습니다. 그러나 사성 장군이 큰 죄를 짓고 이등병으로 강등당하는 일이 법적으로 전연 불가능한 것도 아닙니다.

우리나라에서도 그런 실례가 있었습니다. 충무공 이순신 장군이 모함을 받아 하루아침에 백의종군한 일도 있었고, 문민정부 시절에 명예회복이 되긴 했지만 신 군부에 의해 사성 장군이 갑자기 이등병으로 강등당한 일이 있었습니다. 인간이 하는 일에는 모함이나 과오가 있을 수 있지만 인과응보로 사람이 동물로 윤회하는 것은 착오가 있을 수 없습니다."

"그렇다면 사람은 대체적으로 내세에 무엇으로 윤회합니까?"

"사람은 그 인과에 따라 사람으로 윤회하는 것이 정상입니다."

"가령 많은 사람들에게 해를 입히거나 나쁜 짓을 한 사람은 다음 생에 어떻게 될까요?"

"그 사람이 지금 선진국 사람이라면 그다음 생에는 소말리아, 이디오피아, 코소보, 팔레스타인, 북한 같은 살기 어려운 나라의 하층민으로 태어날 공산이 큽니다."

"인과에 따라 사람이 돼지보다 더 하층 동물인 뱀이나 지네 같은 것으로 태어나는 수도 있을 수 있습니까?"

"그럴 가능성 역시 전연 없다고 말 할 수는 없습니다."

"지구인(地球人)이 다른 별에 태어날 수도 있습니까?"

"있고말고요."

"정말 지구에서 수십억 광년이나 멀리 떨어진 성좌에도 태어날 수 있을까요?"

"있습니다."

"그걸 어떻게 알 수 있습니다."

"역시 관을 해 보면 알 수 있습니다."

"그렇게 엄청난 거리에 떨어져 있는 별에 어떻게 환생할 수 있는지 도저히 이해를 할 수 없습니다."

"영계 이상만 되어도 시공(時空)을 초월해 있으니까 거리 같은 것은 문제가 되지 않습니다. 어디든지 가겠다고 마음만 먹으면 이미 그곳에 가 있게 됩니다."

"그럼 모든 영혼은 시공을 초월할 수 있습니까?"

"원령(怨靈)이 아닌 이상 시공에 얽매이지는 않습니다."

"원령이란 무엇입니까?"

"아집(我執)을 못 버린 중음신(中陰神)을 말합니다."

"빙의령(憑依靈) 말씀입니까?"

"그렇습니다."

"빙의령이란 글자 그대로 자기 혼자서는 존립할 수 없고 사람을 의지해야만 자기 자신을 표현할 수 있습니다. 그러나 좋은 인연을 만나 능력 있는 구도자를 통해 천도(薦度)를 받으면 시공을 초월하는 영혼이 될 수 있습니다."

"그런 영혼은 장차 어떻게 됩니까?"

"인과에 따라 그 거취가 결정될 것입니다. 여기서 우리가 명심해야 할 것은 어떠한 경우에도 위 단계로 진화는 못될망정 타락하는 일은 있어서는 안 될 것입니다. 인간으로 태어나 더 높은 경지로 상승하지는 못할망정 동물계로 추락하는 일은 인간으로서는 크나큰 수치이며 절대로 있어서는 안 될 것입니다."

【이메일 문답】

선업(善業)에 대하여

안녕하십니까?

저는 경기도 파주에 사는 ○경숙입니다. 선생님께서 쓰신 『선도체험기』는 작년 6월부터 지금까지 1권부터 56권까지 읽고 오행생식은 선생님을 찾아뵙고 세 번 구입하여 먹고 있는 상태입니다.

선생님께 편지를 올리게 된 이유는 저에게 최근에 생겨난 고민 때문입니다. 저의 아버지는 종손이라 제사를 일 년에 15회 이상을 지냈었습니다. 그러다 아버지께서는 여객선 침몰 사고로 시신조차 수습을 못하고 현재 동네 뒷산에 비석만 세워 드린 상태입니다.

그 후로 어머니는 제사를 지내 오시다가 작은 아버지(형제 중 셋째)께서 어머니께 아들이 없는 상태이니 양자를 들이지 말고 제사는 자기가 지낼 테니 조상이 물려준 밭을 모두 내놓으라 하였고 어머니께서는 농사를 짓고 계시던, 우리의 생계에 필요한 땅마저도 거의 빼앗기다시피 내주게 되었습니다. 이 과정에서 어머니께서 몸과 마음 모두 상처를 입으셨습니다. 그래서 어머니께선 제사도 필요 없고 당신이 운명하면 화장을 시켜 달라고 하셨고 무덤도 만들 필요 없다 하셨습니다.

그 후로 생활비는 어머니께서 잠수(고향이 제주도입니다)를 하시면서 언니들과 저를 모두 교육시키시고, 언니들은 모두 결혼하여 안정된 생활을 하고 있습니다. 그런데 작년 추석 즈음에 언니들과 제가 모인 자리에서 어머니는 화장은 몸이 불에 두 번 죽는 것 같아 싫으니 무덤을 만들어 달라시면서 제사도 지내 달라고 하시더군요.

저는 어머니께서 그렇게 생각하시게 된 이유를 여쭈어 봤지만 그냥 싫다고만 하셨습니다. 저는 어머니께 몸은 이 생에서 때가 되면 헌옷을 벗어 버리듯 훌훌 벗어 버리시고 영혼은 좋은 인연 따라 가시는 것인데 왜 그런 일에 신경을 쓰시느냐고 말씀을 드렸지만 그래도 당신 뜻대로 해달라고 하셨습니다.

물론 지금 어머니께서 원하시는 일을 하지 않겠다는 것은 아니지만 그것을 굳이 해야 한다고 말씀하시는 어머니께 좀더 좋은 말씀을 드릴 수 있지 않나? 하는 고민 끝에 선생님의 깊고 깊은 지혜의 말씀을 간절히 바라는 마음으로 편지를 올립니다.

또 한 가지는 책을 읽는 도중에 선생님께서는 누누이 기 에너지는 시공을 초월하므로 피할 수 있는 것이 아니라 하셨습니다. 또한 빙의는 인연 따라 찾아오는 것이라 어떠한 장소에 가든 안 가든 상관없으므로 공부를 하여 천도를 시키는 능력을 기르는 것이 빙의령에 대처하는 최선의 방법이라 하셨습니다.

그런데 선생님께서는 한편으로는 사람들 많은 모임에는 참석을 하지 않게 되는 연유를 말씀하시면서 탁기 얻어맞기 싫어서 그렇게 되었다 하셨습니다. 그렇다면 사람에 따라서 빙의가 되는 경우가 얼마나 차이가 있는지 알고 싶습니다.

저 또한 지금 빙의가 되어 있는 상태이고 (기감은 있으니 느낄 수는 있습니다.) 이것은 저의 과제 중의 일부라고 생각하고 있으며 인연 따라 찾아왔다면 당연히 저의 일이라 회피하지 않기로 작정하고 있는데, 직장과 학과 공부를 병행하는 중이라 도서관에 자주 가야 하고 그러다 보면 도서관에 다녀온 다음은 더욱더 세게 머리나 몸을 조입니다. 그래서 몸이 힘들다는 핑계로 도서관에 안 가게 됩니다. 그래도 도서관에 가야 오랫동안 앉아 공부를 할 수 있는데 요새 거의 못 가고 있습니다.

마지막으로 한 가지는 선업에 관한 것입니다. 물론 가난하거나 장애아로 태어나 살아가는 사람들이 나름대로 업장을 풀기 위함이라는 것은 알고 있으나, 저도 인정을 느끼는 사람이므로 남을 돕는 수가 있는데 이러한 선업도 하나의 업을 쌓는 것이라 하셨습니다.

그들의 자활을 도와주는 것이 그들에게 자신들이 업을 더욱 푸는 것을 막는 것에 일조한다는 것이라면 도움을 주지 말아야 하는지... 가끔 길 가다 불쌍한 걸인을 보면 저는 많은 돈은 없지만 한끼 식사값 정도는 주는 경우가 있는데 그 또한 업이 되는지 가끔 의문이 생길 때가 있습니다.

아직은 실천하는 과정이 많이 미숙하고 마음공부 또한 더디지만 살아가는 동안 끝까지 공부하고 배움의 자세로 살아가려 합니다. 선생님께서는 저와 같은 사람들의 이정표가 되어 주심을 항상 감사를 드리고 있습니다. 그럼 안녕히 계십시오.

2001년 3월 16일 경기 파주에서 ○경숙 올림

【필자의 회답】

첫 번째 질문에 대한 대답 :

어머니의 마음의 문이 열리시기 전에는 무슨 말을 해도 들으려고 하시지 않을 것입니다. 마음이 열리시고 생사의 이치를 깨달으실 때까지 기다리는 수밖에 없습니다. 시간 나는 대로 어머니께서 생사가 다 삶의 한 과정에 지나지 않으며 생사가 실재하는 것은 아니라는 것을 어떻게 해서든지 이해하시도록 해 주셔야 합니다.

두 번째 질문에 대한 대답 :

빙의는 인과에 의한 것입니다. 구도자가 군중이 많이 모인 곳을 피하는 것은 보통 사람이라도 가능하면 공기 맑은 곳을 원하는 것과 같은 심리입니다. 각종 유해 물질로 오염된 곳은 수행중인 구도자에게는 아무래도 손기가 많이 되기 때문에 부담이 될 수밖에 없습니다.

구도자도 아무리 기공부를 한다고 하지만 사람의 생리를 가지고 있는 이상 오염된 공기와 무관할 수는 없습니다. 까마귀 우는 곳에 백로가 가 보았자 까만 물이 들지 않으면 다행입니다. 좌우간 손해가 있으면 있었지 유익한 일은 있을 수 없습니다.

○경숙 씨는 빙의가 자주 되는 모양입니다. 그렇다고 해서 공부해야 할 도서관에 안 갈 수는 없는 일입니다. 지금은 비록 빙의령 때문에 고전(苦戰)을 하고 있지만, 그것도 시간이 흐르면 견딜 만해질 때가 반드시 오게 되어 있습니다.

　모두가 수련 과정이니 너무 신경 쓰지 마시고 일상 업무에 충실하시기 바랍니다. 그것이 전부 다 수련으로 승화되어 수행 단계가 높아지면 영가 천도 능력도 높아져서 빙의 현상이 별로 부담이 되지 않을 때가 반드시 올 것입니다.

　세 번째 질문에 대한 대답 :
　선업(善業)은 분명 이타행입니다. 이타행은 자기의 업장은 말할 것도 없고 상대도 감화시켜 이타행을 하게 함으로써 그의 업장도 녹여주는 역할을 합니다. 악업(惡業)이 문제이지 선업이야 아무리 많이 쌓는다 한들 무슨 문제가 있겠습니까? 문제는커녕 당사자의 수행을 향상시키는 데 큰 역할을 다할 것입니다. 선업이 문제가 될 때는 이기심의 방패가 될 때입니다.

　그래서 남을 도울 때는 오른손이 하는 일을 왼손이 모르게 하라고 했습니다. 남을 위하는 길이 곧 나를 위하는 길입니다. 그러나 자기를 위해 남을 돕는 사람은 반드시 대가를 바라거나 공치사를 하게 되어 있습니다. 이것은 일종의 위선입니다. 자기를 잊고 남을 돕는 것이 진정한 이타행입니다. 이타행이 일상생활화 될 때 너와 내가 따로 없고 만물은 하나라는 것을 반드시 깨닫게 될 것입니다.

　마지막으로 부탁하고 싶은 것은 남을 물질적으로 돕는 것보다는 다만 한마디라도 상대가 진리를 마음속으로 깨닫게 해 주는 것이 측량할 수 없는 공덕이 된다는 것입니다. 물질은 한정이 있지만 지혜는 한정이 없기 때문입니다.

마음과 몸이 다 함께 바뀐 이야기

　김태영 선생님께 글 올립니다.

　댁내 두루 평안하오시며, 추운 날씨에 건강하신지요?

　저는 올해 38세(64년생) 된 이성수라고 하는 직장인입니다. 1990년, 27세에 농협에 입사하여 10년간은 금융 점포에서 근무를 하였고 작년부터는 이곳 농협 ○○유통센터에서 유통 업무에 종사하고 있으며 집은 수원입니다. 가족으로는 처(34세)와 아들(7세) 하나를 두고 있습니다.

　제가 이렇게 글을 올리게 된 것은 다름이 아니옵고 선생님의 글(『선도체험기』)을 읽으면서 문구마다 구절마다 가슴이 울리도록 많은 공감을 하였기 때문입니다. 저는 현대를 살아가는 지극히 평범한 직장인으로서, 왜 사는가? 스님이나 구도자가 이야기하는 깨달음이란 무엇인가? 이렇게 살다가 죽으면 그만인가? 어떻게 사는 것이 잘사는 것인가? 같은 것들에 대하여 작은 관심을 갖고 살아가고 있습니다.

　이런 성향이 있는지라 군대 제대 후 우연히 철학 관련 책(서양철학)을 접하고는 생각하는 재미가 꽤나 괜찮아서 복학하기 전 6개월여 동안 제 전공인 행정학 못지않게 열심히 그런 류의 책을 접하고는 다음과 같이 나름대로의 가치 체계를 형성하게 되었습니다.

1. 세계관

인간의 모든 사유의 발단은 뇌세포의 작용의 결과로서, 뇌라는 기관이 존재하지 않으면 사유라는 것은 있을 수 없다는 유물론적 입장. 모든 인식의 근거는 실천에 바탕을 둔 경험과 그것에 근거한 이성적 판단이라는 서구의 합리주의적 입장. 따라서 관념 자체가 우리의 현실을 변혁시키는 것은 아무 것도 없으며 오직 실천만이 세상을 변혁시키는 원동력이라고 생각했습니다.

2. 종교관

종교라는 것은 인류 탄생 초기 인간이 자연의 힘 앞에 굴복할 수밖에 없었던 데서 오는 두려움의 산물로서, 그 역사적 흐름을 살펴보면 겉으로는 신을 통한 구원을 이야기하면서 이면에는 권력 구조와 결탁하여 기득권 세력의 지배 체제를 정당화시키는 도구로서의 기능을 충실히 수행하고 있으며, 또한 인간의 구원을 논하면서 인내와 복종을 강조하여 주어진 환경에 숙명적으로 적응케 하여 지극히 피동적인 마음의 평화를 찾도록 하는 기능을 충실히 수행하여 왔다는 점에서 종교 무용론적인 입장.

3. 내세관

내세라는 것은 인간 사유의 산물로서 천당이니 지옥 같은 것은 있을 수 없으며 간혹 임사(臨死) 체험에서 천국과 지옥을 보았다는 사람들은 뇌세포에 존재하는 무의식의 저편에서 발현된 환상일 뿐이며, 육체가 소멸하면 의식 자체도 소멸함으로써 그 자체로 인간의 생은 종말이라는 생각.

4. 행복관

따라서 인간을 행복하게 만들어 주는 것은 종교가 아니라 각자가 인간이 중심이 되는 철학적 가치 체계를 확립하여 배려와 나눔의 미덕으로 하나될 때 우리는 행복해질 수 있다고 확신하게 되었습니다.

이러한 저의 생각은 오랜 기간 동안 저의 신념이었습니다. 그러나 몇 년 전부터는 깨달음이 무엇인가?에 대한 궁금증이 자꾸만 마음 한 구석에서 약한 연기를 피워 올리고 있었습니다. 서점에 갈 때면 그 깨달음에 대하여 알고 싶은 생각에 여러 서적을 뒤적여 보곤 하였습니다만 제대로 책을 읽지는 못하였습니다.

'99년 가을 무렵 『만행 - 하바드에서 화계사까지』란 책과 숭산 스님과 정휴 스님께서 지으신 책 몇 권과 성철 스님의 『자기를 바로 봅시다』란 책을 읽어 보았습니다. 공감은 했습니다만 공부를 더 많이 해야 뭔가를 얻을 수 있을 것 같아 주말이면 수시로 서점에 들려 불교 서적 코너를 기웃거리곤 했습니다.

그러던 차에 작년 11월 18일. 그날도 서점에서 뭔가 느낌을 받을 만한 책이 없을까 하고 이 책 저 책을 뒤적이던 중 『선도체험기』를 보게 되었는데, 55권까지 나온 시리즈란 것이 참 특이하다는 생각이 들었으며 '신선되는 길이 보인다'라고 쓰여진 부제가 호기심을 자극하는 것이었습니다.

　우선 두 권을 사서 틈틈이 읽어 보았습니다. 뭐 세상에 이런 일도 있을 수 있겠구나 하면서 읽어 가자니 재미도 있었습니다. 다음 주에는 세 권을 더 구입하고, 또 며칠 후에도 세 권, 두 권을 구입하니 어느새 열 권이 되었습니다.

　한 권 한 권 읽을 때마다 전혀 몰랐던 새로운 세상이 제 눈앞에 펼쳐지는 것 같은 느낌에 신기하기까지 했습니다. 어느 한 분야에 관심을 두면 그 방면의 책을 집중적으로 구입하는 버릇이 있는지라 내친 김에 출판사에 전화를 해서는 56권까지 모조리 신청을 하였습니다. 며칠 후 『선도체험기』11권부터 56권까지와 『소설 단군』, 『소설 한단고기』를 받아 보고는 너무 기뻤습니다.

　직장생활을 하면서 꾸준히 책을 본다는 것이 쉬운 일은 아닌지라 업무에 지장이 없는 범위 내에서 주로 화장실에 앉아 이삼십 분씩 『선도체험기』를 읽어 나갔습니다. 10권을 넘기면서는 불교 사상과 관찰, 방하착, 역지사지, 마음가짐의 구체적인 사례가 일상을 살아가는 바로 우리 이웃들의 이야기와 함께 진행이 되어 있어 쉽게 이해할 수 있었습니다.

　특히 세상은 보이는 것이 전부는 아니라 제가 보지 못하는 세상도 존재하고 있으며, 저와 관련된 모든 인연은 어긋남 없는 인과관계의 실타래를 갖고 있다는 새로운 인식이 싹트기 시작했으며, 십수 년 동안 간직한 저의 인생관이 하나둘 바뀌어 가고 있었습니다.

　지난 1월 29일, 『선도체험기』를 23권까지 읽은 후 불교와 선도에 대한 객관적인 인식의 폭을 넓히고자 불교 경전 해설서와 불교 교리서,

불교 구도기, 참선 수행 관련서, 증산도 관련서 그리고 선도 수련 단체에서 나온 서적 등을 읽어 보았습니다. 그중에서도 법륜 스님의 『반야심경 이야기』는 저에게 신선한 충격이었습니다. 부처님의 위대한 깨달음과 그러한 깨달음의 길을 우리들에게 열어 주심에 가슴깊이 절을 올렸습니다.

2월 한 달을 지내고 보니 도(道)를 알고 싶은 마음에 허리춤도 제대로 추스리지 못하고 허겁지겁 달려온 것 같습니다. 그러나 깨달으신 성현들께서 하시고자 하는 말씀이 무엇인지는 알 것 같습니다. 요사이는 제 집사람에게도 이렇게 이야기합니다.

"수많은 윤회의 과정을 거치면서 인간으로 태어나기도 어려운데 이렇게 사람으로 태어났을 때 진리를 알기는 고사하고 관심도 없이 산다면 우리가 어느 세월에 인간으로 다시 태어나 진리를 알겠어? 그러니 지금 우리가 사람일 때, 이타행하고 역지사지하는 마음으로 살면서 진리를 공부하자" 라고 말입니다. 3개월 남짓한 시간에 저의 생각도 많이 바뀐 것 같습니다.

생식은 두 달간 했는데 84kg이던 체중이 10kg이나 줄었으나 정신은 더 맑아지고 컨디션도 훨씬 좋아졌습니다. 덕분에 양복도 한 벌 새로 구입했습니다. 무엇보다도 집사람이 무척 좋아합니다. 그리고 집에서 혼자 호흡을 하려니 규칙적으로 되지 않아서 기감을 느낄 수 있을 때까지는 집 주변에 있는 수련원을 다닐까 합니다.

이제는 새로운 기분으로 『선도체험기』를 처음부터 다시 읽기로 했습니다. 처음에 호기심으로 읽을 때와는 다른 맛을 느낄 수 있을 것 같습니다. 앞으로 이 길을 올바로 가는 것은 순전히 저의 몫입니다. 선생님 말씀대로 몸공부, 마음공부, 기 수련 열심히 하고, 제일 중요한 것 담배 끊고 꼭 선생님 뵈올 날을 기다리겠습니다.

다시 한 번 이러한 길을 가르쳐 주신 선생님께 감사드리며, 지금의 이 마음이 늘 한결같았으면 하는 것이 저의 소망입니다. 환절기에 몸 건강하시옵고 댁내 두루 평안하시기를 기원하면서 이만 줄이겠습니다. 뵈올 날까지 안녕히 계십시오.

2001년 3월 1일 이성수 올림

【필자의 회답】

보내주신 장문의 편지 잘 읽었습니다. 혼자 읽기에는 아쉬운 생각이 듭니다. 뜻있는 도우들이 함께 읽었으면 합니다. 만약에 컴퓨터에 입력이 되었으면 E-메일로 보내주시면 감사하겠습니다.

【이성수 씨의 메일】

오늘 (3월 17일) 엽서를 받았습니다.
지난 3개월여 동안 『선도체험기』로부터 비롯된 제 의식 구조의 변화를 선생님께 감사하는 마음으로 글을 올려 드렸는데 이렇게 관심을 가져 주셔서 다시금 감사드립니다. 마치 초등학교 시절 담임선생님께 칭찬을 받던 그런 느낌이 들었습니다.

10대, 20대의 생기발랄함은 내가 나라는 생각을 할 때부터 지루함으로 바뀌어 가고, 무의미한 일상을 의미 있는 삶으로 바꾸어 보고자 시도했던 여러 갈래의 길 중에서 가치 있는 하나를 찾은 지금 저는 예전 사춘기 때의 설레임이 다시 찾아온 듯 느껴집니다.

선생님께서 말씀하셨듯이 수행의 주된 목적은 성명쌍수를 통한 성통공완에 있으며, 그 첫 단계는 탐진치로부터 자유로워지는 것이라고 생각합니다. 직장생활을 하면서 업무와 연관되어 발생하는 탐진치 삼독에서 빠져나오지 못하는 자신을 발견할 때 생활 속의 수행이 이렇게 어려운 줄 절감하게 됩니다.

그러나 "행하지 않는 믿음은 죽은 믿음"이라는 말이 있듯이 최근에 일어난 저의 변화가 단순히 지식의 알음알이나 처세의 방편으로 끝을 맺지 않도록 마음의 경계를 늦추지 말아야 하겠습니다.

저의 글이 인연이 닿는 다른 분들과도 공감대를 형성할 수 있다면 저의 큰 기쁨일 것입니다. 선생님의 깊은 배려에 감사드리며 이만 줄이겠습니다. 안녕히 계십시오.

2001년 3월 18일
이성수 올림

〈60권〉

조직을 갖지 않는 이유

다음은 단기 4334(2001)년 5월 3일부터 같은 해 6월 29일 사이에 필자와 수련 생 사이에 있었던 대화와 그 밖의 필자의 선도 체험 이야기를 수록한 것이다.

1993년 여름부터 98년 여름까지 우리집에 정기적으로 찾아오면서 오행생식과 수련을 꾸준히 해 오던, 목포에 사는 50대 중반의 조갑성 씨가 오래간만에 찾아와서 말했다.

"선생님께서는 한때 삼공선도 수련원 조직망을 전국적으로 개설하려고 하신 일도 있었는데 지금은 왜 그 방면에 전연 관심을 기울이시지 않으십니까?"

"5, 6년 전에 한때 잠시 그런 생각을 가졌던 때가 있었습니다. 그러나 그 뒤로 마음이 바뀌었습니다."

"왜 마음이 바뀌셨습니까?"

"이미 전국적인 조직망을 갖춘 선도수련 단체들이 여럿 있는데 나까지 거기에 끼어들어가 새삼스레 경쟁을 벌인다는 것이 내 생리에 맞지 않아서 일찍이 조직망 같은 것은 포기했습니다."

"그렇다면 삼공선도(三功仙道) 연구회 같은 학술 단체라도 만드는 것이 어떻습니까?"

"그것 역시 다 부질없는 일입니다."

"왜요?"

"1990년도부터 『선도체험기』라는 내 저서가 두 달에 한 권꼴로 발행되고 있는데 무엇 때문에 연구회 같은 것이 새삼스레 필요하겠습니까?"

"그래도 선생님의 뜻을 받들어 실행하는 무슨 조직이 반드시 있어야 한다고 저는 생각합니다."

"나는 그럴 필요성을 느끼지 않는데요."

"아직 건강하신 선생님 앞에서 이런 말씀을 드리는 것은 죄송스러운 얘기지만 사람은 영원히 사는 것이 아니지 않습니까?"

"그야 당연한 일이 아닙니까? 생자필멸(生者必滅)의 이치를 어길 수 있는 사람이 어디 있겠습니까?"

"그러니까 말씀드리는 건데요. 선생님을 위한 아무런 조직도 없으면 선생님께서 갑자기 세상을 떠나신다면 누가 그 뒤를 잇겠습니까?"

"그건 내가 관여할 일이 아닙니다."

"그럼 누가 그런 일에 관여해야 합니까?"

"사람의 진정한 가치는 관 뚜껑을 덮은 뒤에야 드러나게 되어 있습니다. 나는 내가 주장하는 수행에 관한 견해와 의견과 수행법에 대해서는 하나도 빠짐없이 『선도체험기』 시리즈를 비롯한 그 밖의 여러 저서들 속에 아주 구체적으로 상세히 밝혀 놓았습니다. 1990년 이후 나의 필력(筆力)으로 이루어지는 모든 노력은 이들 책들 속에 고스란히 응집되어 있습니다.

그다음으로 1990년 이후 우리집에 찾아와서 꾸준히 수련을 쌓은 문하생들은 내가 죽은 뒤에도 살아남게 될 것입니다. 나한테서 직접 수련을 받은 문하생들은 시간이 흐르면 하나둘 사라지겠지만 나의 저서들만은 상당 기간 그대로 남아 있게 될 것입니다. 책은 사람의 몸처럼 썩는 물건이 아니기 때문입니다.

만약에 나의 저서들이 후세에 전승될 만한 가치가 있는 것이라면 누가 뭐라고 하지 않아도 판(版)을 거듭하여 찍혀 나오게 될 것입니다. 그 저서들이 만약에 연구해 볼 만한 가치가 있는 것들이라면 누가 뭐라고 하지 않아도 내 후학들을 중심으로 자연스럽게 학회 같은 것이 결성되어 연구가 진행될 것입니다. 이처럼 모든 것은 자연의 순리에 맡기는 것이 도리입니다.

그렇게 자연의 순리에 맡겨 두면 될 것을 살아 있는 내가 무슨 학회를 만들고 조직망을 갖추고 할 필요가 있을까요. 그것은 마치 살아 있는 어느 나라 지도자가 자기가 죽은 후에 세워질 동상과 비석과 그 비문을 미리 만들어 두려는 것과 같이 어리석은 일이 될 것입니다."

"그럼 그 흔한 홈페이지라도 하나 운영하시는 것이 어떻습니까?"

"앞으로는 혹 그런 일이 있을지 모르지만 당장은 그럴 필요성을 느끼지 않습니다."

"그래도 홈페이지를 운영하시면 많은 네티즌들이 선생님의 저서를 대할 수 있고 삼공선도를 접하게 되지 않겠습니까?"

"그렇게까지 하지 않아도 내 저서가 전국 서점에 깔려 있으니까 읽을 인연이 있는 사람은 어떻게 해서라도 읽게 되어 있습니다."

"그렇지만 삼공선도를 대량으로 조직적으로 보급하기는 어렵지 않겠습니까? 저는 사실은 지방에서나마 삼공선도 보급을 위해서 생업까지 때려치우고 전심전력을 기울이고 있습니다. 고정 수입이 없어서 오행생식도 구입할 돈이 떨어져 하고 싶은 생식도 못 하고 있습니다. 98년 여름 이후에 선생님을 정기적으로 찾아뵙지 못한 것은 사실은 그 때문이었습니다."

"나는 조갑성 씨에게 삼공선도 보급을 위해서 실업자가 되는 것까지는 원한 일이 없습니다. 나는 원래 조직을 원하지 않는 사람입니다."

"왜요?"

"어떠한 종교 (또는 수련) 조직이든지 그 종교의 창시자의 의지가 제대로 계승되는 법이 거의 없습니다. 왜냐하면 창시자의 의도와는 상관없이 모든 종교 조직은 인간이 만든 그 조직 특유의 생리대로 발전해 나가게 되어 있기 때문입니다. 나는 2천 5백 년의 역사를 가진 불교나 2천 년의 역사를 가진 기독교의 종교 조직이 그 창시자인 석가나 예수의 진의를 그대로 수용 발전시켰다고는 보지 않습니다.

사실 석가나 예수 생시에는 불교니 기독교니 하는 정비된 종교 조직 같은 것은 존재하지도 않았습니다. 그들의 생시에는 석가도 예수도 지금과 같이 우상화되고 신격화되지도 않았습니다. 이들 성인들은 애당초 그런 것을 원하지도 않았기 때문입니다. 그러나 그들이 사망한 뒤에 그들의 제자들에 의해 종교 조직이 생겨남으로써 애초의 창설자들의 의도가 많이 왜곡되었습니다. 또한 세속화되거나 기복 신앙화(祈福

68

信仰化)되어 버린 것이 사실입니다. 그리고 정권과 야합함으로써 통치 수단으로 이용되었던 것입니다. 이런 이유 때문에 나는 조직을 바라지 않습니다.

모든 진리 체계는 조직과는 상관없이 끈질긴 생명력을 발휘할 수 있습니다. 소크라테스, 노자, 장자, 공자 그리고 맹자의 가르침은 종교 조직 같은 것 없어도 그들이 써서 남긴 저서만으로도 현대인들에게 얼마든지 그들의 진수(眞髓)를 전달할 수 있습니다. 조직을 갖지 않는 것이 어쩌면 우상화, 신격화되지 않고도 그들의 가르침을 왜곡(歪曲)과 첨삭(添削) 없이 그대로 진솔하게 있는 그대로 전달할 수 있게 해 줍니다."

"그렇지만 아무래도 진리를 대량으로 집단적으로 전달하기 위해서는 조직이 필요하지 않을까요?"

"나는 원래 소수정예주의를 지향하는 사람입니다. 비록 극소수의 문하생만이라도 제대로 진리를 깨닫게 하여 일당백의 기량을 갖게 하자는 것이 내 평소의 소신입니다. 깨달음은 어디까지나 개개인의 수행자가 하는 것이지 많은 사람들이 모인 집단이나 조직이 하는 것은 아니기 때문입니다."

"그러나 수행자에게 조직은 그래도 큰 역할을 하는 것이 아닐까요?"

"구도에 처음 입문한 초보자들이 수행 요령을 익히는 데는 조직이 어느 정도 유효하겠지만 그 이상은 필요치 않다고 봅니다."

"왜 그럴까요?"

"모든 종교(또는 수련) 조직은 그 운영을 원활하게 하게 위해서 음으로 양으로 타력 신앙을 생리적으로 조장 또는 강요하지 않을 수 없기 때문입니다. 가령 누구에게 기도를 하고 그를 믿기만 하면 힘들이지 않고도 구원을 얻고 견성도 하고 소원도 성취할 수 있다고 달콤한 유혹을 하지 않는 종교 조직은 이 세상에 존재하지 않습니다. 조직을 유지하는 직업적인 종교인들이 먹고 살아가기 위해서는 어쩔 수 없는 선택이기도 합니다.

그러나 실상은 어떻습니까? 타력 신앙에 의존해서 진리를 깨달은 사람보다는 자력으로 진리를 깨달은 성인들이 압도적으로 많지 않습니까? 기도는 기복 신앙에 필수적인 수단이지만 관(觀)과 자기성찰은 자력 구도와는 떼어 내려고 해도 떼어 낼 수 없는 수단입니다. 하늘은 스스로 돕는 자를 돕습니다. 남의 등에 업혀서 편안히 견성과 구원을 얻기 바라는 타력 신앙자를 하늘이 도와주는 일은 거의 없습니다.

조갑성 씨가 만약에 한 은행의 은행장이라면 사업 경험도 별로 없으면서 남의 돈으로 사업을 하려는 사람과, 어떻게 하든지 자기가 번 돈을 밑천으로 하여 근면과 성실과 신용을 무기로 열심히 사업하려는 사람 중에서 누구에게 융자를 해 주시겠습니까?"

"물론 자기 힘으로 열심히 일하는 사람을 도와줄 것입니다."

"하늘도 마찬가지입니다."

"그 하늘이 무엇입니까?"

"인과응보의 이치를 관장하는 우주 에너지입니다. 우주의식이라고도 합니다. 옛사람들은 이것을 일컬어 하늘, 하느님 또는 하나님이라고 했습니다."

조직보다 경제 자립이 앞서야

조갑성 씨가 또 말했다.

"선생님, 저는 현대인이 수련하기 좋게 세 가지 수행법과 오행생식을 절묘하게 조화시켜 놓은 삼공선도를 조직화하여 어떻게 하든지 한번 크게 보급해 보고 싶습니다. 삼공선도는 충분히 그렇게 해 볼 만한 가치가 있습니다. 그러기 위해서 저는 지금까지 불철주야 침식을 잊고 분투노력한 결과 생업까지 잃었습니다. 그런데도 선생님께서는 조직을 그렇게 소홀히 하시다니 정말 실망이 큽니다."

"나는 조갑성 씨보고 생업까지 잃으면서 삼공선도 조직을 확장하라고 주문한 일도 없거니와 『선도체험기』 시리즈를 통해서도 조직 무용론을 거듭 주장하여 왔습니다. 조갑성 씨는 나와는 한마디 상의도 없이 그렇게 해 놓고 이제 와서 나의 조직 무용론을 불평한다는 것은 앞뒤가 맞지 않습니다."

"그래도 선생님 저는 삼공선도에서 가르친 대로 수련을 해 보았는데 소주천, 대주천, 피부호흡, 연정화기, 연기화신, 연신환허(煉神換虛), 출신(出神)까지 정말 그대로 되었습니다. 그래서 저는 삼공선도에 정말 매료되었습니다. 그리고 저는 삼공선도 수련원을 운영하면서 수련생들에게 소주천과 대주천 수련을 직접 시켜 보았습니다."

"그래 보니 무슨 성과가 있었습니까?"

"있었고말고요. 정말 대단한 성과가 있었습니다. 저는 지금 3개월 안에 소주천과 대주천 수련을 시킬 수 있는 엄청난 능력을 갖고 있습니다. 그리고 저는 진짜로 선생님께서 『선도체험기』에서 가르치신 대로 해 보니까 소주천, 대주천은 말할 것도 없고 연정화기, 연기화신, 연신환허와 출신까지도 되었습니다.

바로 이 때문에 저는 삼공선도가 정말 탁월한 수련 체계라는 것을 알게 되었습니다. 저는 『선도체험기』를 읽고 93년부터 선생님한테 다니면서 직접 수련을 쌓기 전에는 한국에서 시행되고 있는 온갖 수행법을 전부 다 체험해 보았지만 삼공선도만큼 실제로 잘되는 것은 없었습니다."

"조갑성 씨가 삼공선도를 그렇게까지 좋게 평가하는 것은 나도 기분 좋은 일인데, 내가 제일 걱정하는 것이 무엇인지 아십니까?"

"그게 무엇입니까?"

"생업을 잃었고 그 때문에 생식을 구해 먹을 돈도 없을 정도로 빈털털이가 되었다는 겁니다. 그렇다면 조갑성 씨의 처자식의 생활비는 지금껏 누가 댔습니까?"

"제 집사람이 벌었습니다."

"부인께서 무슨 일을 하시는데요?"

"미장원을 경영하고 있습니다."

"그럼 지금까지 부인 덕에 조갑성 씨는 수련도 하고 수련원을 적자 운영하기도 했다는 얘기입니까?"

"네."

"아니 그럼 조갑성 씨는 수련합네 하고 부인의 등골이나 빼먹은 순전한 백수라는 말입니까?"

"죄송합니다."

"내가 『선도체험기』에서 기회 있을 때마다 구도자의 첫 번째 자격 조건으로 강조한 것이 무엇인지 기억하십니까?"

"네."

"그게 뭐였죠?"

"경제 자립입니다."

"그렇습니다. 경제 자립도 못한 사람이 제아무리 연신환허(煉神還虛)가 되고 출신(出神)이 되면 무엇 합니까? 뿌리 잃은 부평초와 무엇이 다릅니까? 조갑성 씨의 원래의 직업이 뭐였죠?"

"태권도 도장을 운영했었습니다."

"배운 것이 그것밖에 없으면 그것으로 승부를 걸든가 그것이 안 되면 직업을 바꿔서라도 확실한 자기 생업으로 생계를 세우는 경제적 자립을 먼저 성취하는 것이 급선무입니다. 지천명(知天命)의 나이에 생식을 하고 싶어도 돈이 없어서 못 할 만큼 궁핍하다면 이미 인생살이에 실패한 것입니다. 나는 자활 능력이 없는 사람은 수련할 자격조차 없다고 봅니다.

석가모니는 구도를 위해 있었던 처자를 버렸고, 예수는 애초부터 처자식을 거느리지 않았으므로 두 사람 다 탁발이나 구걸로 생계를 삼을 수 있었습니다. 탁발이나 구걸 또한 엄연한 생계 수단이긴 합니다. 그러나 구걸은 뭐니 뭐니 해도 인간으로서 떳떳하지 못한 생계 수단인 것만은 틀림이 없습니다. 그런데 조갑성 씨는 구걸할 능력도 없어서 아내가 번 돈으로 수행을 해 온 것입니다. 인간으로서는 기생충 같은 존재에 지나지 않습니다.

이런 사람은 내가 제일 원하지 않는 구도자형으로서 정말 창피한 경우가 아닐 수 없습니다. 그리고 초능력에 대해서 내가 기회 있을 때마다 『선도체험기』 시리즈에서 뭐라고 가르쳤습니까?"

"신통력은 말변지사(末邊之事)라고 가르치셨습니다."

"그렇다면 수련생에게 3개월 안에 소주천, 대주천 수련을 시켜줄 수 있는 엄청난 능력이 있다는 말은 자기 입으로 하지 않는 것이 좋습니다."

"선생님도 수련생들에게 백회를 열어 주시지 않았습니까?"

"전에는 그런 일도 있었죠. 그러나 지금은 아닙니다. 지난 11년간 많은 수련생들을 가르쳐 오면서 나는 많은 것을 터득했습니다. 그중 하나가 무엇인지 아십니까?"

"무엇인데요?"

"비록 온누리에 봄볕이 충만해 있어도 싹을 틔울 만한 준비가 안 된 생명체에게는 아무 쓸모가 없다는 겁니다. 조갑성 씨는 3개월 안에 수련생에게 대주천 수련을 시켜 줄 자신이 있다고 말했는데 그 말은 수련생 누구에게나 해당되는 말은 아닙니다. 그러면 누구에게 해당되는 말일까요? 대주천 수련을 받을 만한 준비가 되어 있는 수련자에게만 해당되는 얘깁니다.

따라서 자기에게 대단한 초능력이나 있는 듯이 자만한다는 것은 대단히 위험한 발상입니다. 그러므로 수련 중에 간혹 초능력이 나타나더라도 본인이 그것을 자기 입으로 발설하는 것 역시 대단히 어리석은 일입니다. 자기의 초능력이 남의 입으로 전파된다고 해도 좋은 일은 아닙니다.

왜냐하면 자신의 초능력이 선전됨으로써 구도자에게는 좋은 일보다는 오히려 나쁜 일이 더 많이 일어나기 때문입니다. 그래서 옛날부터 신통력(초능력)은 말변지사(末邊之事) 즉 하찮고 보잘 것 없는 짓거리라고 일컬어 온 것입니다. 만약에 수련 중에 발현된 초능력을 이기적인 돈벌이에 이용할 경우 백발백중 패가망신(敗家亡身)을 자초하기 때문입니다."

후계자의 자격 조건

"그런데 선생님, 한 가지 의문이 있습니다."

조갑성 씨는 마치 내 말에 항의나 하려는 듯이 말했다.

"제가 수련 중에 한번은 『선도체험기』 54권을 읽다가 선생님을 관(觀)한 일이 있었습니다."

"그래서요?"

"그런데 선생님께서 전과는 달리 중단이 꽉 막혀 있는 것이 관찰되었습니다. 그때 저는 속으로 생각했습니다. 삼공 선생님도 이젠 별수 없구나. 청어람(靑於藍)이라고 하더니 저의 도력이 선생님 수준을 바야흐로 뛰어넘은 것이 틀림없구나 하는 자부심이 불끈 치솟는 것을 느꼈습니다. 왜 이런 일이 일어났을까요?"

"내 저서를 읽고 나한테서 직접 수련을 받은 내 문하생들 중에서 내 수련 수준을 능가하는 수행자가 나타난다면 나는 그야말로 그 앞에서 춤을 추면서 쌍수를 들어 축하해 줄 것입니다. 왜 그러냐 하면 모든 가르침, 종교 또는 수련 체계는 그것을 창설한 사람의 수준을 능가하는 제자가 나타날 때 비로소 앞으로도 계속 발전할 수 있는 계기가 될 수 있을 뿐만 아니라 단단한 기초를 다질 수 있기 때문입니다.

물은 흐르지 않으면 썩어 버립니다. 사람도 사회도 계속 발전하지 않으면 정체와 부패가 지속되다가 결국은 망해 버립니다. 따라서 모든 존재는 살기 위해서는 계속 발전해야 합니다. 마치 자전거가 계속 굴러가지 않으면 쓰러지는 것과 같은 이치입니다.

만약에 조갑성 씨가 삼공선도의 수준을 내가 지금껏 구축해 온 것보다 한층 더 발전시켰다면 나에게는 그것 이상으로 기쁜 일이 없었을 것입니다. 그러나 아직은 조갑성 씨는 아직 내가 구축한 삼공선도의 수준을 능가하는 업적을 쌓은 것이 현저하게 내 눈에 들어오지 않습니다.

그러나 어디까지나 지금은 그렇다는 얘기입니다. 앞으로 어떻게 될지는 아무도 모릅니다. 조갑성 씨가 미구에 나보다 탁월한 실력을 발휘하여 나를 비롯하여 삼공선도 수행자들의 눈에 과연 그 탁월성이 인정될지는 아직은 누구도 모릅니다. 그렇게 되고 안 되는 것은 오직 조갑성 씨의 노력 여하에 달려 있습니다. 제발 그렇게 되도록 용맹정진해 주기 바랍니다."

"그런데 제가 선생님을 관했을 때 선생님의 중단이 꽉 막혀 있는 것이 감지된 것은 무엇 때문일까요?"

"세 가지 원인이 있을 수 있습니다. 첫째, 바로 그 관하는 순간에 나를 찾아온 수련생의 빙의령이나 접신령을 천도하는 도중이었다면 그렇게 보일 수도 있습니다. 가끔 가다가 나에게도 일시에 일개 대대의 집단 빙의령이 들어오는 일이 있는가 하면 아주 영력이 강한 빙의령이 들어 왔을 때는 최장 1개월 정도씩 고전을 하는 수도 있습니다.

이러한 때 어떤 수행자가 수련 중에 나를 관하면 틀림없이 내 중단이 막혀 있는 것이 감지될 것입니다. 그래서 수행자가 어떤 사람의 기운의 상태를 점검하려고 할 때는 단 한 번의 관만으로 경솔하게 판단을 해서는 안 됩니다."

"그다음 경우는요?"

"두 번째는 관을 하는 사람이 마장(魔障)에 걸려 있을 때입니다."

"마장이 뭡니까?"

"접신(接神)이 되어 있는 상태를 말합니다. 접신이 되어 있을 때는 접신된 신령(神靈)의 안목을 통해서 사물을 감지하게 되므로 정확한 실상을 파악할 수 없습니다."

"세 번째 경우는요?"

"관을 하는 수행자의 도력(道力)이 현저히 향상되었을 경우입니다. 이때 그 수행자는 자기의 도력을 시험해 보기 위해서 옛 스승이나 도반(道伴)을 관하는 수가 있습니다. 과거에는 자기보다 확실히 몇 수 위였던 옛 스승을 관했을 때 과거에는 그에게서 기운이 자기 쪽으로 흘러들어 왔었는데, 지금은 도리어 자기에게서 그에게로 빠져나간다면 과거와는 달리 기의 흐름이 역전된 것입니다.

처음에는 그 사실이 의심이 되어 두 번, 세 번, 네 번.... 반복해서 관을 해 보았는데도 여전히 자기 쪽에서 그에게로 기운이 흘러나가는 것이 감지되었다면 기력(氣力)에 있어서는 상대보다 자기가 상위에 있는 것이 확실합니다.

지금까지 어떤 스승을 믿고 따르던 제자들이 썰물처럼 그를 떠난다면 이 기력의 역전 현상이 틀림없습니다. 도계(道界)처럼 냉정한 곳은 없습니다. 스승에게서 더이상 얻을 것이 없으면 제자들은 지체 없이 떠나 버립니다. 그래서 사이비 교주들은 이런 경우를 예상하고 제자들을 아예 처음부터 세뇌시켜 맹종자(盲從者)로 만들어 버립니다.

그 때문에 그러한 사이비 교주 밑에서 최면당해 있는 맹종자나 맹신자(盲信者)들은 이유 없이 몸이 쇠약해지면서 중환자가 되는 수가 왕왕 있습니다. 이것은 자기도 모르는 사이에 교주에게 기운을 계속 빼앗기기 때문입니다. 그러나 슬기로운 제자들은 이것을 재빨리 알아차리고 그런 일이 벌어지기 전에 그의 곁을 떠나 버립니다."

"선생님, 저는 그 세 가지 경우 중 어느 경우에 속합니까?"

조갑성 씨가 물었다.

"세 번째 경우가 아닌 것만은 확실합니다. 그것보다는 조갑성 씨는 우리집에 얼마 만에 찾아 왔습니까?"

"일 년 7개월쯤 된 것 같습니다."

"그렇게 오랫동안 안 찾아오다가 오늘은 무슨 바람이 불어서 이렇게 느닷없이 찾아왔습니까?"

"오래간만에 서울에 볼일이 있어서 올라온 김에 어쩐지 꼭 한 번 찾아뵙고 싶어서 이렇게 예고 없이 불쑥 찾아왔습니다. 오행생식도 못하는 주제에 전화를 미리 걸면 오지 말라고 할까 봐서 그랬습니다. 죄송합니다."

"한시 바삐 자활 능력을 회복한 뒤에 좀 떳떳하게 찾아오도록 하세요. 아내의 등골이나 빼어먹는 수련자는 최소한 되지 말아야 합니다. 경제 자립 능력도 없고 경제 자립을 하겠다는 의지도 없다면 차라리 석가나 성철 스님처럼 처자 몰래 도망을 쳐서 구도자가 되든가 양단간에 결단을 내려야 합니다.

비구가 되려는 불자들은 처자를 버리고 도망을 치지만 선도 수행자는 적어도 그렇게 무책임한 짓은 하지 않습니다. 유마힐처럼 처자를 거느리고 생업에 종사하면서도 만난(萬難)을 무릅쓰고 도를 이룹니다. 그러기 위해서는 경제적 자립이 필수적인 자격 요건이 되어야 합니다.

따라서 선도 수행자에게 있어서 백수건달은 기초적인 자격조차 갖추지 못한 것이 됩니다. 건물로 말하면 기초가 없는 것과 같아서 언제 쓰러질지 모릅니다. 수행을 반석 위에 올려놓기 위해서라도 아무 기술도 없다면, 하다못해 건설 현장의 잡부가 되거나 3D 업종의 노동자가 될망정 백수는 반드시 면해야 합니다."

"경제 자립이 그렇게도 중요합니까?"

"자활 능력 없는 사람은 선도 수련자가 될 자격이 없다고 내가 귀에 못이 박히도록 말해 오지 않았습니까. 그걸 벌써 잊어 버렸습니까?"

"그렇다면 석가나 예수는 백수에 노숙자가 아닙니까?"

"그러나 그들은 탁발을 할 수 있는 능력도 있었고 대중에게 진리를 가르치고 그 대가로 식사 대접을 받기도 했습니다. 그리고 사도 바울 같은 기독교 초기 지도자는 천막 제조 기술을 생업으로 가지고 있으면서 그 기술로 돈을 벌어 교회를 짓고 포교를 했습니다."

"다음에는 반드시 경제적 자립을 성취한 뒤에 선생님을 찾아뵙도록 하겠습니다."

"당연히 그리 하셔야지요."

"그리고 삼공선도 조직 같은 것에 신경 쓰지 않기로 하겠습니다."

"응당 그렇게 하셨어야죠."

"그리고 남에게 소주천이나 대주천 수련 같은 것을 함부로 시켜 주는 만용을 부리지 않을 겁니다."

"생각 잘하셨습니다."

"그리고 제 앞가림도 못 하면서 스승님을 관하는 것과 같은 주제 넘는 짓은 다시 하지 않겠습니다. 그때는 아무래도 제가 무엇에 씌워 있었던 것 같습니다. 지금도 저는 빙의나 접신이 된 것 같은 느낌이 듭니다."

"그것을 알았으니, 참으로 다행입니다. 이제야 조갑성 씨는 삼공선도의 진수(眞髓)가 무엇이라는 것을 제대로 파악한 것 같습니다. 정말 축하할 일입니다."

사실 그는 심하게 빙의가 되어 있었다.

"전적으로 선생님 덕분입니다."

헐뜯는 사람 상대하기

재무 구조가 비교적 단단한 중소기업 사장인 우종석 씨가 말했다.

"선생님, 별로 뚜렷한 이유도 없이 남을 헐뜯는 사람을 어떻게 상대해야 할까요?"

"누가 우 사장님을 헐뜯고 돌아다닙니까?"

"네, 그런 사람이 있습니다."

"어떤 사람인데요?"

"전에 저하고 동업자였던 사람인데 몇 해 전에 독립해 나가서는 저희 회사와 유사한 제품을 만들어 파는데 사사건건 저와 저희 회사를 물어뜯고 비방하고 돌아다닙니다."

"그 사람이 우 사장을 비방하고 돌아다닌다고 해서 실제로 회사 운영에 피해가 옵니까?"

"처음에는 피해가 적지 않았습니다. 저희 회사 제품을 다루는 대리점이 전국에 한 천 곳 정도 되는데 느닷없이 우리 제품의 결함을 지적하니까 소비자들이 의심들을 하고 일대 소동이 야기되었습니다만 조사 결과 허위임이 드러났으므로 일단 진정은 되었지만 그 후유증이 만만치 않았습니다. 결국은 잘 수습이 되었지만 그 후에도 계속 유언비어를 퍼뜨리고 있습니다."

"그래 우 사장님은 그에 대해서 어떻게 대처했습니까?"

"해명도 하고 심할 때는 명예 훼손으로 법원에 제소도 하고 했습니다만 민사 소송이어서 시간만 질질 끌 뿐 시원한 해결책은 나오지 않더군요. 그러는 가운데 대리점들도 사태의 진상을 파악하고는 더이상 동요를 하지 않게 되었습니다."

"그럼 그 사람의 회사에서 만드는 제품과 우 사장의 회사 제품을 비교하면 객관적으로 어느 쪽의 평이 좋습니까?"

"그야 아무래도 저희 회사 제품이 단연 우수하죠."

"그 사람이 우 사장을 헐뜯는다고 해서 매상에 실질적인 영향은 있습니까?"

"처음에는 다소 흔들렸었지만 지금은 별로 영향이 없습니다."

"그렇다면 그 사람이 아무리 헐뜯어도 일체 반응을 보이지 말도록 하십시오."

"저도 감정을 가진 인간인데 상대가 물어뜯으면 조건반사적인 반응을 안 할 수 없는 것 아니겠습니까?"

"상대가 원하는 것은 그런 조건반사적인 반응입니다. 제품으로는 경쟁이 안 되니까 우 사장에게 찝쩍거려 치고받는 싸움을 걸어옴으로써 자기 위치가 적어도 우 사장과 맞수가 될 만큼 성장했다는 것을 대외에 과시함으로써, 자기네 제품의 상대적인 성가(聲價)를 높이려는 속셈일 수도 있습니다. 이런 때는 무조건 침묵으로 일관하는 것이 상대를 이기는 길입니다.

이 세상에서 어느 방면에서든지 두각을 나타낸 사람들을 유심히 살펴보십시오. 실례로 연예계에 혜성처럼 떠오른 인기 탤런트가 있다고 칩시다. 그가 신인인가 고참인가 하는 것은 신문이나 잡지에 그를 헐 뜯는 글을 실은 사람을 대하는 태도로 알 수 있습니다.

신인은 거의 예외 없이 자기를 비난하는 글을 쓴 사람에게 대하여 팔팔 뛰면서 출판물에 의한 명예 훼손으로 제소를 합니다. 제소당한 사람은 이렇게 될 것을 미리 다 계산하고 일을 시작한 것이니까 그에 대처하는 방법까지도 이미 다 강구해 놓고 여유 있게 대합니다. 그것 도 모르고 그 신인 인기 탤런트는 콩 튀듯 팥 튀듯 하는 겁니다.

이것이 매스컴에 보도되면 반사 이익을 얻는 것은 유명 스타와 한판 싸움을 벌일 정도로 성장한 무명인 자신입니다. 신인도 이것을 알아 버 린 뒤에는 이유 없이 헐뜯는 자가 등장해도 처음부터 아예 침묵으로 일 관해 버립니다. 이처럼 아예 처음부터 상대를 해 주지 않으면 저 혼자 짖어 대다가 지쳐 버립니다. 혹시 낯선 동네에 찾아가 본 일 있습니까?"

"있고말고요."

"틀림없이 그 동네 개들이 사정없이 짖어 댈 것입니다. 그럴 때 그 낯선 손님이 우 사장님이라면 어떻게 하시겠습니까?"

"그럴 때는 가만히 있어야 하는 거 아닙니까?"

"맞습니다. 그러나 이때 어떤 사람은 개가 느닷없이 거칠게 짖어 대 니까 깜짝 놀라서 눈이 호동그레 가지고 개를 노려보면서 때리는 시늉 이라도 하면 그 개는 마치 살판이라도 난 듯이 기가 살아서 펄펄 뛰면 서 한층 더 맹렬하게 짖어 댈 것입니다.

사람과 개의 기 싸움이 벌어진 겁니다. 사람과 개와 싸움을 벌인다 는 것은 개에게는 영광이지만 사람에게는 누가 보아도 치욕입니다. 싸움이란 언제나 비슷한 처지에 있는 존재들끼리 벌이게 되어 있으니까요. 이때 슬기로운 사람은 개가 아무리 짖어 대도 못 본 척 무시해 버립니다. 그러면 그 개는 한참 더 짖어 대다가 시나브로 기운이 빠져서 낑낑대다가 저절로 주저앉고 맙니다.

어떤 사람이 우 사장님에게 선물을 가져 왔는데 받아들이지 않았다면 그 선물은 보낸 사람에게 되돌아가게 되어 있습니다. 그와 마찬가지로 어떤 사람이 우 사장님에게 욕을 했는데도 아무런 대꾸도 하지 않았다면 그 욕은 욕한 사람에게 되돌아갈 수밖에 더 있겠습니까?"

"과연 그렇겠는데요."

"대한민국 국회 하면 우선 떠오르는 이미지가 무엇입니까?"

"욕설, 고함, 삿대질, 멱살잡이, 난투극, 비능률, 당리당략(黨利黨略) 같은 거 아닐까요?"

"아주 잘 지적해 주셨습니다. 그 중에서도 욕설하고 고함지를 줄 모르는 사람은 국회의원 될 자격도 없는 것처럼 일반에게는 인식되고 있을 정도입니다. 국회란 원래 여야의 국정 협의 기구입니다. 따라서 여야 간에 이견과 입장 차이가 있는 것은 당연합니다. 그러므로 의견이 상반되는 문제를 놓고 토론, 협의, 협상을 통해서 의견 조율을 거쳐 가결하는 것이 국회의원의 소임입니다.

그런데 자기네 의견과 상치된다고 해서 욕설, 고함, 드잡이, 난투극을 벌이는 유치한 짓거리는 요즘은 시정잡배들도 하지 않습니다. 이것만 보아도 이 나라의 국회의원들의 수준이 얼마나 저질인가 하는 것을 알 수 있습니다. 이때 욕설, 고함을 먼지 지르는 쪽이 나는 무조건 약자라고 봅니다."

"그건 왜 그렇습니까?"

"고함과 욕설은 상대를 설득할 실력도 인내력도 없는 약자가 지르는 비명에 지나지 않기 때문입니다. 이 욕설과 고함에 대한 가장 적절한 대응책이 무엇인지 아십니까?"

"침묵이라고 언젠가 선생님께서는 말씀하신 것 같습니다."

"맞습니다. 그와 마찬가지로 남을 헐뜯는 자에 대해서도 침묵으로 일관하는 것 이외의 효과적인 대응법은 달리 없습니다."

『혼불』에 대하여

정지현 씨가 말했다.

"선생님께서는 요즘 내내 최명희의 대하소설『혼불』(전 10권, 한길사 발간)을 읽고 계셨는데 혹시 그 책에 특별한 관심이라고 가지고 계십니까?"

"하도 유명한 소설이라서 벌써부터 꼭 한번 읽어 보려고 작심하고 있었습니다. 이런 이유 이외에도 내가 이 소설에 내가 관심을 갖게 된 특별한 이유가 따로 있습니다."

"그게 뭡니까?"

"1981년에 동아일보에서 창간 60주년 기념 2천만 원 고료 장편소설 공모가 있었는데, 심사의원들에 의해 마지막까지 남은 두 편 중에『혼불』과 함께 내가 응모했던 장편소설이 들어 있었습니다. 그때 응모한『혼불』은 전 10권 중 2권 분량이었습니다. 이 소설은 그 후 1996년 12월까지 만 17년 동안에 걸쳐서 씌어졌다고 합니다."

"그래요? 그럼 그때 선생님께서 응모하셨던 소설의 제명이 뭐죠?"

"『훈풍(薰風)』이라고 나중에 인민군 3부작 속에서 제2권이 되었습니다."

"그럼 그때 최종 심사까지 올라갔던『훈풍』은 어떻게 됐습니까?"

"아깝게도 차점으로 탈락이 되었죠. 그때 심사위원이 전부 세 사람이었는데 그중 한 사람인 저 유명한『광장(廣場)』을 쓴 최인훈 선생은 당선작으로 『훈풍』을 밀었지만, 나머지 두 심사위원이 『혼불』을 미는 통에 낙선이 된 겁니다."

"최인훈 선생은 왜 『혼불』보다 『훈풍』을 밀었을까요?"

"최인훈 선생은 연배는 나보다 약간 위지만 문단은 나보다 한 20여 년 일찍 등단한 문단의 선배입니다. 그때까지 나는 개인적으로는 한 번도 그를 만나 본 일조차 없었는데, 주인공이 6·25 전쟁을 직접 체험한 얘기를 다룬 『훈풍』의 내용이 그의 픽션인 6·25 때의 『광장』의 주인공이 겪은 것과 비슷한 점이 있었던 것에 문학적 가치를 두지 않았나 생각됩니다."

"그럼 『훈풍』은 그 후에 어떻게 되었습니까?"

"비록 동아일보 60주년 기념 응모에는 낙선되었지만 아까운 작품이라고 하여 그때 삼성미술문화재단에서 운영하고 있던, 지금은 삼성문학상으로 바뀌었지만, 그때는 삼성도의문화저작상으로 불리던 작품상에 응모해 보라는 그분의 권고를 받아들였습니다. 이 작품은 그 이듬해인 82년도에 삼성문학상에 당선이 됨으로써 문학적인 성가는 인정된 셈입니다.

그 후에 『인민군』 3부작 속에서 『훈풍』은 제1부 『북풍』, 85년도 MBC 육이오 문학상 수상 작품인 제3부 『중립지대』와 함께 제2부로 수록 발간되어 햇빛을 보게 되었지만, 별로 인기를 끌지 못했고 작가로서도 크게 성공하지 못한 것을 생각하면 최인훈 선생에게 미안하기 짝이 없습니다.

이러한 사연 외에도 내가 『혼불』을 읽어 보기로 결심한 것은 이 소설의 저자인 최명희 씨가 1947년생으로서 나보다 15년이나 연하인데도 1996년에 이 작품 10권을 완성해 놓고 얼만 안 되어 홀연히 세상을 등진 때문입니다. 그녀는『혼불』이외에는 별로 많은 작품을 쓰지 않았습니다. 마치 이『혼불』10권을 쓰기 위해서 이 세상에 태어났던 것처럼 작품을 완성시키자마자 미련 없이 훌훌 털고 유명을 달리해 버렸습니다.

그때까지 결혼도 하지 않고 17년간이나 이 작품에만 전적으로 매달렸었고 이 소설로 인하여 그녀는 제11회 단재상을 비롯하여 전북대 명예문학박사 학위, 세종문화상, 여성동아 대상, 호암 예술상 등을 받았습니다. 더구나 미국 뉴욕 주립대학교 스토니브룩 한국학과에서는 그녀가 초청받아 강의했던 글 '나의 혼, 나의 문학'을 고급 한국어 교재로 채택하여 가르치고 있다고 합니다.

더구나 그녀가 아쉽게도 한창 일할 나이에 세상을 떠난 후, 그녀의 작품을 사랑하는 독자들이 모임을 만들어 그녀를 기념하고 선양하는 활동을 벌이고 있다니 한 사람의 작가로서는 성공했다고 아니 할 수 없습니다."

"크라운 판 320면 정도의 책 10권을 다 읽으시려면 적지 않는 시간이 걸릴 텐데요."

"금년 4월 7일부터 5월 25일까지 한 달하고도 18일간이나 걸려서 독파했습니다."

"읽어 보신 소감이 어떻습니까?"

"과연 한 작가가 평생을 걸 만한 대작이라는 생각이 들었습니다."

"그 작품의 내용을 좀 간추려서 말씀해 주시겠습니까?"

"이 작품의 배경은 1930년에서 40년경까지의 전북 남원 지방의 매안 이씨라는 가문과 그 주변 마을입니다. 그리고 이 소설은 이 가문이 자리잡은 마을 일대에서 벌어지는 사건을 줄거리로 하고 있습니다. 주인공은 단연 매안 이씨 가문에 시집오자마자 시가에 가 보기도 전에 친가에서 신랑과 사별하고 청상과부로서, 문벌이 있는 가문의 종부(宗婦)로서 일가와 노비(奴婢), 호제를 비롯한 대가족을 일사불란하게 이끌어나가는 청암 부인인데 그녀의 전설적인 이야기가 주종을 이루고 있습니다.

그다음으로 중요한 줄거리는 청암 부인이 양자로 들인 기채의 아들인 강모와 강모의 아내인 효원과 강모의 사촌 여동생인 강실이와의 삼각관계와, 강모와 강실의 상피(相避) 문제를 둘러싼 끝없는 사건들과 얘기꺼리가 주축을 이루고 있습니다. 그리고 이 모든 사건들 뒤에는 이를 조종하고 연출하는 상민(常民)이고 수단꾼이며 과부인 옹구네의 주동적 역할이 숨어 있습니다.

그리고 이 소설의 중요한 곁가지로는 청암 부인의 종손(宗孫)인 강모와 동경 유학생이었던 공산주의 성향이 강한 그의 사촌형인 강태가 가문을 이탈하여 만주 봉천(지금의 선양)에서의 곤고한 도피 생활을 들 수 있습니다. 강모는 그곳에서 전주에서 알게 된 기생 출신인 오유끼라는 첩을 데리고 삽니다.

한편 상민인 춘복이라는 청년이 옹구네의 충동으로 강실이와 간통하여 임신케 하는데, 이것을 안 효원이 강실을 자기네 친정 근처 암자로 피신시키려 하나 옹구네의 방해와 음모로 성공하지 못하고, 매안 이씨가 가문 근처 마을인 옹구네 집에 머물고 있는 채로 아무런 매듭을 짓지 못하고 이 소설의 10권은 끝을 맺습니다. 이 소설의 구도로 보아 만약에 저자가 생존했더라면 6·25 이후까지라도 연장하여 앞으로도 10권 정도는 더 썼어야 되지 않나 생각됩니다.

소설의 줄거리는 별로 대단한 것이 아닌데 이 작품의 하이라이트는 이것을 에워싸고 현란하게 벌어지는 그 당시의 민속, 역사, 풍속, 민담, 속신(俗信), 판소리, 민족혼, 민족 주체 사관, 민속 공학, 민속 의학, 풍수지리, 독특한 사투리 구사 등등 그리고 그때 사람들의 특이한 정서들이 안팎으로 입체적으로 속속들이 수놓아져서 미묘한 조화를 이루어 하나의 세계를 이루고 있다는 겁니다. 마치 그 당신의 우리 민족의 문화와 정서와 민담(民譚)과 역사와 여인들의 피맺힌 원한들이 유기적으로 응집되어 하나의 거대한 만다라와 같은 세계를 통째로 보여 주고 있습니다.

이 작품을 쓰기 위해서 저자는 17년 동안 아무 일도 하지 않고 오로지 집필에만 매달렸어야 했던 이유를 동업자로서도 잘 알 것 같습니다. 그녀는 이 방대한 작업을 위해 갖가지 자료를 수집 탐구 정리해야 했고, 이를 한 작품으로 승화시키려고 과연 혼신의 힘을 기울여 마지막 정력의 한 방울까지도 아낌없이 쥐어짜냈다는 것을 알 수 있습니다.

그리고 마침내 마지막 붓을 놓은 지 얼마 안 되어 그로 인해 소진(消盡)된 기력을 끝내 회복하지 못하고 미혼인 채 세상을 떠났습니다. 마치 그녀의 사명은 『혼불』 10권을 완성하는 데 있었다는 듯이 말입니다."

"저자의 문장미(文章味)는 어떻습니까?"

"그녀의 문장은 한마디로 말해서 냉정하고 객관적입니다. 좀 심하게 말해서 무미건조다고 할까? 특별히 독자를 끌어들이는 개성미 있는 흡인력과 매력, 유머나 해학 같은 것은 보이지 않지만 좋게 말해서 지극히 모범적이고 담백한 문장이라고 할 수 있습니다. 그래서 그녀의 문장에서는 이렇다 할 하자(瑕疵)를 찾아낼 수 없을 정도로 깔끔하게 잘 다듬어져 있습니다. 그 문장의 완벽하기가 이 소설에 등장하는 청암 부인과 그녀의 손부인 효원의 성질을 그대로 빼어 닮은 것 같은 느낌이 듭니다."

문학은 구경각(究竟覺)의 방편이 되어야

"최명희 씨의 문학관과 선생님의 문학관 사이에는 어떤 차이가 있다고 보십니까?"

"그녀의 문학관은 전통적인 문학원론 그대로입니다. 다시 말해서 문학이란 인생의 실상을 글로 묘사하는 예술이라는 정의에 충실한 편입니다. 그러나 나는 여기에 만족할 수 없습니다. 나는 여기서 한 걸음 더 나아가 문학은 인생의 실상의 한 단면을 문장으로 묘사하는 것으로 만족할 것이 아니라 독자로 하여금 자기 존재의 실상에 도달케 하여 마침내 진리와 하나가 되는 데까지 확장되어야 한다고 봅니다."

"자기 존재의 실상이란 무엇입니까?"

"그것이 바로 진리의 경지입니다."

"그럼 문학과 구도는 어떤 차이가 있습니까?"

"문학과 구도(求道)는 별개의 것으로 볼 것이 아니라 사실은 이 두 가지는 둘이면서도 하나입니다. 따라서 모든 인간 행위 즉 학문, 종교, 과학, 예술, 정치, 경제 등 일체의 문화 활동의 기본 방향은 구경각(究竟覺)에 두어야 한다고 봅니다."

"바로 그러한 문학관 때문에 선생님께서는 『선도체험기』를 쓰신 이후로는 그 이전과 같은 통상적인 문학 작품은 거의 쓰지 않으시는 것 아닙니까?"

"바로 그겁니다. 지금까지의 대부분의 문학 작품들은 톨스토이를 제외하곤 거의 예외 없이 인생살이의 실상의 한 단면을 글로 묘사하여 독자에게 보여 주는 것으로 자기 사명을 다한 것으로 여겨 왔습니다. 아무리 진리에 육박한 불후의 고전 작품도 여기서 예외가 없습니다.

『혼불』 역시 마찬가지입니다. 왜정 말엽의 우리나라 남원 지방의 한 농촌 사회의 실상을 생생하고 진솔하고 역동적으로 묘사하여 우리 앞에 펼쳐 보여 준 것에 지나지 않습니다. 많은 독자들이 이 책을 읽은 후 깊은 감명을 받고 눈물짓고 깊은 탄식을 하기도 했을 것입니다. 이것이 전부입니다.

그러나 내가 보기에는 문학은 구도(求道)와 수행의 한 수단이 되어야 합니다. 그러므로 글을 쓰면서 건강이 악화되는 대신에 향상되어야 합니다. 그런데 저자는 이 책을 쓰느라고 기력을 소모하기만 했지 재충전이 이루어지지 않아 결국은 치명적인 암에 걸려 이것을 극복하지 못하고 영영 눈을 감고 말았습니다. 이것만으로는 어딘가 아쉬운 생각이 들지 않습니까?"

"그럼 어떻게 해야 된다고 생각하십니까?"

"내가 만약 『혼불』의 작가라면 기진(氣盡)해서 쓰러지는 대신에 글을 쓰는 동안에 몸도 마음도 기운도 점점 더 강건해지고 독자들도 감동과 교훈을 얻는 데 그치지 않고 이 책을 읽는 동안에 자기도 모르는 사이에 자기 존재의 실상을 깨달아 진리와 하나가 됨으로써 생사의 경계를 뛰어넘어 구경각을 얻을 뿐만 아니라 몸도 건강해지고 마음도 편안해져서 부동심(不動心)을 갖게 되어야 한다고 생각합니다.

물론 독자층도 천차만별이니까 누구나 다 꼭 그렇게 될 수는 없겠지만 뜻 있는 독자라면 그렇게 되어야 한다고 봅니다. 비록 구경각에까지는 도달하지 못한다고 해도 그곳에 도달할 수 있는 확실한 실마리 하나만은 거머쥐었어야 합니다. 감동과 교훈 정도로 그칠 것이 아니라 인생의 방향을 송두리째 바꾸어 자기도 모르는 사이에 구도자로 변신할 수 있게 해야 합니다. 이것이 진정으로 작가도 살고 독자도 사는 공생공영(共生共榮)의 길입니다."

"그렇게 되자면 작품 속에 마치 『선도체험기』 시리즈에서와 같이 온갖 구도의 방편들도 동원되어야 하겠군요."

"당연한 얘깁니다. 문학 역시 영원히 사는 길을 모색하는 하나의 구도의 방편에 지나지 않기 때문입니다. 나는 늙지도 젊지도 않는, 한창 일할 나이에 태산 같은 할일을 앞에 놓고 이승을 떠난 최명희 씨를 생각하면 나의 문학관이 조금도 틀리지 않다는 것을 확신하게 됩니다."

"그렇지만 한 번 태어난 사람은 누구나 죽게 되어 있지 않습니까?"

"그러나 그 죽음 속에는 새 생명이 항상 잉태되고 있는 것도 진리입니다. 생자필멸(生者必滅)이 진리라면 멸자필생(滅者必生)도 역시 진리입니다. 따라서 냉정한 눈으로 볼 때 생사는 존재하지 않습니다. 그러나 생사가 엄연히 존재하는 것으로 우리 눈에 비치는 것은 우리가 아직 생사의 환상에서 깨어나지 못했기 때문입니다."

"그렇다면 생사(生死)는 하나의 환상(幻想)에 지나지 않는다는 말씀입니까?"

"그렇고말고요. 생사는 존재의 양상의 한 과정이지 실상은 아닙니다. 이것을 깨달을 때 우리는 생사의 꿈에서 깨어날 수 있습니다."

"생사의 꿈에서 깨어남으로써 우리 인간에게 어떠한 이점(利點)이 있습니까?"

"비록 사랑하는 배우자와 사별해도 절절히 스며드는 외로움에 몸부림치는 일이 없게 될 것입니다. 어디 그뿐이겠습니까? 어떠한 역경에 처해서도 두려움, 슬픔, 노여움, 기쁨, 탐욕, 애증, 혐오감 따위에 시달리거나 몸을 망치는 일이 없어지게 될 것입니다."

"그렇게 되려면 성인(聖人)이 되어야 하는 것이 아닙니까?"

"그렇습니다. 문학은 마땅히 성인을 양산하는 유효한 방편이 되어야 합니다."

"이제야 선생님께서 그 바쁘신 시간을 쪼개어 한 달 18일 간이나 대하소설인 『혼불』을 읽으셔야 했던 진정한 이유를 알 것 같습니다."

"내 눈에 보이는 것 중에서 이 세상에서 타산지석(他山之石) 아닌 것이 없습니다. 요즘은 유난히 『혼불』이라는 문학 작품에 내 시선이 쏠렸을 뿐입니다. 그것도 나에게는 특이한 인연인 것 같습니다."

"인연치고는 보통 인연이 아닐 것입니다."

"왜요?"

"두 분의 작품이 동아일보 60주년 기념 응모에서 마지막 심사대에까지 올랐던 것 자체가 어디 보통 인연이겠습니까?"

"그것도 일리 있는 얘깁니다. 어쨌든 그 어려운 관문을 통과한 작가가 겨우『혼불』10권을 써놓고 세상을 등진 것은 애석한 일입니다. 그녀가 만약에 선도수련을 일상생활화 했더라면 암 따위에 어처구니없이 희생되는 일은 결코 없었을 것입니다. 이왕이면 박화성 선생이나 최정희 선생처럼 장수할 수 있었다면 얼마나 좋았을까? 틀림없이『혼불』을 능가하는 수많은 걸작품들을 남겼을 터인데 아쉬운 생각을 금할 길이 없습니다."

동물도 원한을 품을 수 있을까?

같은 자리에 있던 다른 수련생이 물었다.

"선생님, 동물도 원한을 품을 수 있습니까?"

"품을 수 있고말고요."

"그것을 어떻게 알 수 있습니까?"

"신라 화랑의 세속오계(世俗五戒)에는 사군이충(事君以忠), 사친이효(事親以孝), 교우이신(交友以信), 임전무퇴(臨戰無退), 살생유택(殺生有擇)의 다섯 가지가 있습니다. 풀어 보면 임금은 충성으로 모시고, 어버이는 효도로 모시고, 친구와는 신의로 사귀고, 싸움에 임해서는 물러서지 않고, 살생은 가려서 한다는 것입니다. 여기서 마지막의 살생을 가려서 한다는 조항이 왜 있다고 생각하십니까?"

"잘 모르겠는데요."

"이게 바로 동물들이 자기들을 잡아먹는 인간에 대하여 원한을 품지 않게 하려는 배려입니다. 살생을 하더라도 가려서 하라는 말은 동물이 아직 어릴 때나 암컷이 새끼를 뱄을 때는 살생을 삼가라는 말입니다. 짐승들도 때가 되면 사람에게 잡아먹힐 것을 이미 알고 있습니다. 약육강식의 자연계의 생태 순환 고리를 동물들도 본능적으로 알고 있다는 얘기입니다.

그러나 아직 생명의 꽃을 피워 보지도 못한 어린 짐승이나 새끼 밴

암컷이나 그밖에 긴급 피난한 짐승은, 잡아먹는 인간에게는 아무리 말 못하는 짐승이라도 원한을 품지 않을 수 없다는 것을 우리 조상들은 일찍부터 알고 있었으므로 그러한 조항을 만든 겁니다."

"그게 사실일까요?"

"사실입니다. 실제로 최근에 어느 농촌에서 있었던 예화(例話)를 하나 소개하겠습니다. 산속의 어느 외딴 농가에 노루 한 마리가 덫에 치어 다리 하나를 절룩거리면서 긴급 피난을 해 왔습니다. 마침 이것을 발견한 그 집주인은 잘됐다 싶어 그 노루를 사로잡아 그 자리에서 멱을 따고 피를 받아먹고 그날 아침에는 노루 불고기로 식구들과 함께 포식을 했습니다.

그러고 나서 얼마 안 되어 그 집주인은 기묘하게도 한쪽 발목이 부러지는 실족 사고를 당했습니다. 병원에 가서 수술을 하고 깁스를 했지만 조금도 낫지 않고 발목이 썩어 들어가기 시작했습니다. 병원에서는 별 희한한 일도 다 있다면서 환부의 살과 뼈를 적출하여 조직 검사를 해 보았지만 아무런 원인도 밝혀낼 수 없었습니다.

할 수 없이 그보다 더 큰 다른 병원에 가서 검사를 해 보았지만 역시 아무것도 알아낼 수 없었습니다. 이것은 의학이 해결할 수 있는 차원이 아니었습니다. 잔인무도한 한 인간에 대한 말 못하는 동물의 눈에 보이지 않는 원한이 구천에까지 사무친 결과였습니다. 눈에 보이지 않는 그 무엇을 첨단 의학인들 발견해 낼 수는 없었던 것입니다. 현대 의학의 힘으로는 그 인과관계를 규명해 낼 수 없었습니다.

병원에서도 마침내 손을 들자 그는 퇴원하여 집에서 한방과 민속 처방으로 치료를 해 보았지만 백약이 무효였습니다. 그뿐 아니라 처음엔 골절된 발목 부분만 시커멓게 썩어 가더니 그것이 점점 다른 부위로 확대되어 마침내 그는 목숨까지 잃고 말았습니다."

"도대체 그런 일이 가능할까요?"

"가능하지 않으면 어떻게 그런 일이 일어날 수 있었겠습니까? 덫에 치어 다리를 절룩대면서 사냥꾼에게 쫓기어 긴급 피난을 해 온 노루를 숨겨 주고 보호해 주지는 못할망정 횡재나 한 듯이 얼씨구나 하고 멱을 따고 그 노루가 눈을 멀뚱멀뚱 뜨고 쳐다보고 있는데도 아랑곳 않고 그 피를 빨아먹었으니 아무리 말 못하는 짐승일망정 그 원한이 어떻게 하늘에 사무치지 않을 수 있었겠습니까?"

"부러진 제비의 다리를 치료해 준 흥부에겐 복이 오고, 이것을 보고 거염이 난 흥부가 제비를 잡아 억지로 다리를 부러뜨리고 나서 처매 준 놀부는 재앙을 당한 얘기보다 더 끔찍하군요."

"그렇습니다. 천망회회소이불실(天網恢恢疎而不失), 즉 하늘의 그물은 크게 성긴 것 같지만 빈틈이 없다는 말은 조금도 어김이 없습니다."

"하늘의 그물이란 무엇을 말합니까?"

"인과응보의 그물을 말합니다. 그것은 사람의 눈에는 비록 보이지 않지만 추호도 빈틈이 없습니다."

"그걸 보면 어부가 바다에 나가 저인망으로 물고기의 씨를 싹쓸이하거나 밀렵꾼들이 산이나 강에 정치망을 설치하여 물고기나 산짐승이나 뱀의 씨를 말리는 행위도 그 개인에게 큰 재앙을 불러들이는 것이 되겠군요."

"그렇습니다. 결혼한 부부가 건강엔 이상이 없는데도 부인이 임신을 못 한다면 혹시 그 당사자나 그 조상 중에 동물의 씨를 말리는 행위는 하지 않았는지 생각해 보아야 할 것입니다. 그러한 밀렵꾼들은 자연 생태계의 순환의 한 고리를 완전히 끊어 자연계를 파괴해 버림으로써 자기 자신은 말할 것도 없고 지역 사회와 나라와 인류 전체에게 돌이킬 수 없는 무서운 재앙을 자초하는 범죄를 저지르는 겁니다."

"그렇다면 공해 배출과 남벌로 산림을 파괴하여 기후 변화와 지구의 사막화를 촉진시키는 현대 문명은 어떻게 되는 겁니까?"

"지금이라도 크게 반성하고 지구 환경을 되살리는 획기적인 조치를 취하지 않는다면 어쩔 수 없이 그 인과응보로 지구는 서서히 태양계의 다른 혹성들처럼 사막화의 길을 걷지 않을 수 없을 것입니다."

"그럼 우리 인류는 어떻게 되는 겁니까?"

"지금도 사막화가 진행되고 있는 고비 사막이나 사하라 사막 주변의 주민들처럼 다른 곳으로 살길을 찾아 떠나야 합니다. 그와 마찬가지로 지구인들은 지구촌 전체가 사막화되어 더이상 살 수 없게 되면 지구 자체가 천지개벽(天地開闢)을 하든가 아니면 어쩔 수 없이 지구를 버리고 사람이 살기 좋은 다른 별을 찾아 우주 이민을 떠나지 않을 수 없게 될 것입니다."

"그러나 우리는 아직 많은 사람들이 한꺼번에 우주 이민을 떠날 만한 기술도 수단도 가지고 있지 않지 않습니까?"

"앞으로 시간이 흐르면 그런 문제쯤은 해결될 것입니다. 벌써 우주 관광객이 등장하지 않았습니까? 그것이 우주 이민의 전초전이 될 수도 있을 것입니다."

"그렇게까지 되기 전에 무슨 수를 써야 되지 않겠습니까?"

"인류가 지혜로워지면 그러한 사태는 미연에 막을 수도 있을 것입니다."

"인류가 아무리 지혜로워진다고 해도 사막을 옥토로 만들 수 있을까요?"

"그럴 수 있습니다. 그 실례로 유대인들은 사막화되어 가던 팔레스타인에 정착하여 지금은 그곳을 옥토로 바꾸어 놓았습니다. 그들은 갈릴리 호수에서 몇백 킬로씩이나 떨어진 곳에까지 물을 끌어다가 이스라엘 전국을 옥토로 만들어 놓았습니다. 그들이 피나는 노력으로 개발된 기술과 노하우를 다른 사막에도 이용하지 못할 이유가 없을 것입니다."

병약(病弱)이 조상 숭배 때문인가?

신정선이라는 30대 중반의 수련생이 말했다.

"선생님, 병약이 조상 숭배 때문입니까?"

"알아들을 수 있게 자초지종을 좀 자세히 말씀해 보세요."

"제 육촌 동생이 교회엘 나가는데, 부모님이 늘 몸이 약해서 골골합니다. 이것을 안 담당 목사가 부모가 그렇게 병약한 이유는 지금도 교회에 나오지 않고 제사(祭祀)를 지내기 때문이라고 했답니다. 교회에서는 제사를 조상 숭배라고 하면서 배격하는 모양입니다. 육촌 동생이 듣기에도 아무래도 납득이 가지 않았던지 저에게 과연 목사의 말이 맞느냐고 물었는데 저는 그때 엉겁결에 제대로 대답을 못 해 주었습니다."

"신정선 씨는 그 목사의 말을 듣고 무슨 생각이 들었습니까?"

"아무래도 목사의 말이 이상해서 이렇게 여쭈어 보는 겁니다."

"그렇겠죠. 조금만 생각해 보면 그 목사의 말이 이치에도 사리에도 경우에도 맞지 않는다는 것을 알 수 있습니다. 왜 그런지 아시겠습니까?"

"저도 그게 아무래도 아리송해서 이렇게 선생님께 질문을 드렸습니다."

"왜 이치에 맞지 않는가 하면 우리나라에는 기독교인들만 사는 곳이 아닙니다. 아니 기독교인보다는 비기독교인이 훨씬 더 많이 살고 있습니다. 아무리 교회가 다방처럼 많다고들 하지만 기독교인은 신구교 다 합해서 잘해야 1천만 명 정도밖에는 안 됩니다.

그 나머지 3천만 명 이상의 기독교를 믿지 않는 사람들은 전부 다 부모의 기일이나 명절 때가 되면 조상에게 제사를 지내는데, 그 목사의 말대로라면 이 사람들은 전부 다 '조상 숭배'를 하고 있으니 그들의 부모님들이 전부 다 병약해서 골골해야 된다는 얘기가 아닙니까?

그런데 실제로는 어떻습니까? 그 목사의 말대로라면 제사 지내는 사람들의 부모는 전부 다 병약해야 되는데 사실은 그렇지 않지 않습니까? 제사를 지내도 부모가 병약한 사람이 있는가 하면 그렇지 않고 건강한 사람도 있습니다. 제사를 지내지 않는 기독교인들 역시 부모가 병약한 사람이 있는가 하면 건강한 사람도 있는 것이 사실입니다. 어떻습니까? 신정선 씨는 내 말에 모순이 있다고 보십니까?"

"아닙니다. 사실은 목사의 말을 듣고 미처 입으로 표현은 못 했지만 사실은 저도 그게 의심스러웠습니다. 선생님 말씀을 듣고 보니 그 목사의 말이 잘못이라는 것을 이제는 확실히 알 것 같습니다. 부모님이 병약한 원인은 제사 때문이 아니라는 것을 알겠습니다. 그렇다면 선생님, 부모가 병약한 진짜 원인은 그럼 무엇일까요?"

"그건 그 부모님 당사자가 건강 관리를 잘못했기 때문입니다. 심은 대로 거둔다고 하지 않습니까? 콩 심은 데 콩 나고 팥 심은 데 팥 납니다. 자신의 건강을 위해 하다못해 매일 만 보(萬步)씩 걷는 것을 일상생활화 했더라도 병약해서 골골하지는 않았을 것입니다. 그러니까 부모가 병약한 것은 어디까지 부모 자신들의 자업자득이지 조상에게 제사를 지내기 때문은 아닙니다."

"그렇게 걷는 것을 일상생활화 했는데도 건강을 찾을 수 없을 때는 어떻게 합니까?"

"마음이 불편하면 아무리 열심히 운동을 해도 건강을 찾기는 어렵습니다."

"그럴 때는 어떻게 해야 되겠습니까?"

"마음의 안정을 찾도록 해야 합니다."

"어떻게 하면 마음의 안정을 찾을 수 있겠습니까?"

"마음이 한쪽으로 치우치지 않도록 균형을 잡도록 해야 합니다. 몸이 한쪽으로 비딱하게 쏠린 채 걷는 사람을 간혹 볼 수 있습니다. 오른쪽으로 몸이 쏠린 채 걷는 사람은 위급할 때에는 반드시 오른쪽으로 넘어지게 되어 있습니다. 그와 반대로 왼쪽으로 몸이 잔뜩 쏠린 채 걷는 사람은 다급할 때는 틀림없이 왼쪽으로 쓰러지게 되어 있습니다. 그와 마찬가지로 사람의 마음도 어느 한쪽으로 기울어져 있으면 어느 때인가는 반드시 그 기울어진 쪽으로 쓰러지게 되어 있습니다."

"그렇게 마음이 어느 한쪽으로 기울어져 있는 사람은 어떻게 해야 되겠습니까?"

"몸을 바르게 세우면 됩니다. 몸을 바르게 세우고 걷는 사람은 항상 몸의 균형을 적절히 유지하고 있으므로 어느 쪽에서 충격을 받아도 제때에 대처할 수 있으므로 쉽사리 쓰러지지 않습니다. 비록 누가 밀친다고 해도 쓰러지는 일 없이 한쪽으로 쏠렸다가도 오뚝이처럼 금방 제자리로 돌아올 수 있습니다.

마음이 바꾸면 운명도 바뀐다

이처럼 마음을 바르게 갖는 사람은 오욕칠정(五慾七情)에 사로잡혀 한때 삐끗하는 일이 있다고 해도 금방 자기중심을 바로잡을 수 있습니다. 그 대신 화 잘 내고 욕심 많고 남 미워하고 의심 잘하고 근심 걱정 많은 사람 쳐놓고 건강한 사람은 찾아보기 어렵습니다. 그러니까 마음을 바르게 갖는 것이야말로 건강의 첫째가는 지름길이라고 할 수 있습니다."

"마음을 바르게 갖기만 하면 항상 마음의 안정을 찾을 수 있습니까?"

"그렇습니다. 마음이 바른 사람은 사물을 바르게 보고 바르게 판단할 수 있으므로 구도심(求道心)만 발휘할 수 있다면 이타심(利他心)이 곧 발동되어 도(道)에 이를 수 있습니다. 왜냐하면 마음을 바르게 갖는 것만으로도 곧바로 팔정도(八正道)를 실천할 수 있으므로 쉽사리 관(觀)을 터득할 수 있을 것이기 때문입니다."

"그런데 선생님, 마음이 바르고, 부지런하게 운동을 하는데도 항상 병약에 시달리는 사람이 있는데 그 원인은 어디에 있습니까?"

"마음이 바르고 건강 관리를 열심히 하는데도 병약한 사람은 현실적으로 찾기 어려울 것입니다. 그런데도 불구하고 천에 하나 만에 하나 그런 사람이 있다면 그 사람은 전생의 업장(業障)에서 아직 벗어나지 못했기 때문입니다."

"전생의 어떤 업장이 가려 있기에 그렇게 늘 병약에서 쉽게 헤어나지 못할까요?"

"살생을 많이 했다든가 남을 구타하고 괴롭히고 고문을 한 업장 때문입니다. 그러나 그 사람이 지금이라도 마음을 바로잡고 건강 관리를 부지런히 한다면 미구에 그 업장에서 벗어날 수 있을 것입니다."

"그건 왜 그렇습니까?"

"심상(心相)이 바뀌면 운명도 바뀌게 되어 있기 때문입니다. 강도가 마음이 바뀌어 칼을 놓고 술꾼이 개심(改心)하고 술잔을 놓으면 그 순간부터 그들은 강도와 술꾼의 운명에서 벗어날 수 있는 것과 같습니다. 그렇다고 해서 그들이 과거에 남에게 저지른 악행에 대한 과보(果報)에서도 금방 벗어나는 것은 아닙니다. 빚쟁이가 다시는 빚을 지지 않기로 아무리 단단히 결심을 하고 부지런히 일을 한다고 해도 과거의 빚에서 당장 벗어날 수 있는 것은 아닙니다."

"그럼 어떻게 됩니까?"

"마음이 바뀌어 빚을 지지 않는 그 순간부터 새로운 빚은 지지 않지만 이미 과거에 진 빚까지 당장 탕감되는 아니라는 얘깁니다."

알코올 중독자의 운명

같은 자리에 있던 다른 수련생이 말했다.

"지난번에 고향에 갔을 때 저는 20년 만에 초중고교 때 저와 절친했던 단짝을 만났습니다. 그런데 IMF 때 운영하던 회사가 부도가 나는 바람에 술꾼이 되어 건강은 엉망이고 지금은 완전히 폐인이 되어 있었습니다. 끼니는 걸러도 하루에 소주 두 병을 꼭 마셔야 산다고 합니다.

학교에 다니는 아이들이 셋이나 되는데 부인이 힘겹게 살림을 꾸려가고 있었습니다. 그 친구에게 제가 술을 끊어야 할 게 아니냐고 충고를 했더니 다른 말은 다 좋지만 그 말만은 하지 말아 달라고 합니다. 제가 좀 도와주고 싶어도 어떻게 손을 써야 할지 모를 정도로 그 친구는 몸과 마음이 다 같이 망가져 있었습니다. 이 친구를 도와줄 수 있는 적절한 방법은 없을까요?"

"글쎄요. 술에 대해서는 말도 못 하게 한다면 중증(重症) 중에서도 최고의 중증이군요. 본인 자신이 술을 끊으려고 해도 끊기가 힘든 것이 알코올 중독인데, 본인 자신조차 술 끊는 문제 대하여 말도 못 하게 한다면 거의 구제불능이라고 할 수 있지 않겠습니까?

현대 의학은 알코올 중독을 뇌 질환으로 규정하고 있습니다. 지나친 술은 말초신경, 중추신경 장애를 유발하여 운동 실조(失調), 정신 착란, 기억 상실증을 일으킵니다. 그런가 하면, 자기 마음대로 이야기를 지어내어 이것을 사실인 양 기억하는 작화증(作話症)에 이어 끝내는 알코올 치매로까지 전락하게 됩니다.

설상가상으로 알코올 중독자 부모의 자녀는 보통 부모의 자녀에 비해 알코올 중독이 될 확률이 4배에 달한다고 합니다. 요즘은 알코올 중독을 치료하기 위한 첨단 의약품들이 개발되고 있다고 하지만 내가 보기에는 스스로 술에서 벗어나겠다는 결심이 서 있지 않는 한 별 뾰족한 수가 있을 것 같지 않습니다.

마부가 말을 냇가에까지 데리고 갔다고 해도 물을 먹고 안 먹고는 순전히 말의 의사에 달려 있습니다. 그러니까 아무리 좋은 약을 써서 일시적으로 증상이 호전되었다고 해도 본인 자신이 술에 대한 탐닉(耽溺)에서 벗어나겠다는 결심이 서 있지 않는 한 어쩔 수가 없을 것입니다."

"정신병자를 정신병원에 강제로 입원시켜 치료하듯 알코올 중독자를 전문적으로 치료하는 병원에 보내는 것은 어떨까요?"

"알코올 중독자를 전문적으로 치료하는 의료 기관에 보낼 수도 있습니다. 그러나 그것 역시 한계가 있습니다."

"무슨 한계 말씀입니까?"

"아무리 강제로 입원을 시켜서 증상을 완화시켜 놔도 본인이 술에 대한 탐닉에 집착하는 한 누구도 막을 재간이 없습니다. 하늘은 스스로 돕는 자를 돕는다고 했습니다. 본인 스스로 술의 굴레에서 벗어나겠다고 결연하고 끈질기게 노력하지 않는 한 아무도 그를 도와줄 수는 없을 것입니다."

"그러한 구제불능의 알코올 중독자 역시 근본 원인은 인과 때문이겠죠?"

"물론입니다."

"도대체 그 원인이 무엇입니까?"

"원인은 술에 탐닉했기 때문입니다."

"그건 어디까지나 금생(今生)의 원인이고 친구가 그 지경으로 구제불능이 된 것은 아무래도 전생으로부터 누적되어 온 인과 때문이겠죠?"

"물론입니다."

"도대체 무슨 인과응보일까요?"

"사기협잡(詐欺挾雜) 등으로 남의 정신을 착란시킨 업보(業報)입니다."

"그럼 어떻게 해야 그가 그 업보에서 벗어날 수 있겠습니까?"

"그 업보로 인한 고통을 당할 만큼 당하고 나면 독주(毒酒)에서 깨어나듯 제정신을 차릴 때가 반드시 찾아올 것입니다."

"그럼 그때까지 속수무책인가요?"

"그렇습니다."

"그럼 언제나 제정신을 차릴까요?"

"금생에 못 깨어나면 내생에, 내생에 못 깨어나면 그다음 어느 생에서든지 깨어날 때가 있을 것입니다."

"그렇다면 그가 전생에 사기협잡을 한 근본 원인은 어디에 있었을까요?"

"마음이 바르지 못했기 때문입니다. 그가 처음부터 마음이 바른 사람이었다면 제아무리 돈이 궁했다고 해도 사기협잡으로 남을 속여서 돈을 갈취하려고 하지는 않았을 것입니다. 또 제아무리 화가 치밀고 원한이 깊다고 해도 우물에 독을 넣는 따위로 많은 사람들을 괴롭히지는 않았을 것입니다."

"결국은 그런 구제불능의 중증 알코올 중독도 자업자작(自業自作)이란 말씀이군요."

"그렇습니다."

"어떻게 하면 우리 인간이 그러한 불행에서 벗어날 수 있겠습니까?"

"마음을 바르게 가지면 됩니다. 마음이 바른 사람은 인과(因果)의 신(神)도 어쩔 수 없이 피해 가지 않을 수 없습니다."

사람은 왜 사는가?

우창석 씨가 물었다.

"선생님, 사람은 왜 삽니까?"

"질문이 너무 거창하군요."

"죄송합니다."

"목숨이 붙어 있으니까 살죠. 목숨 떨어지면 살 수 없는 거 아닙니까?"

"그렇군요."

"도대체 우창석 씨가 알고 싶은 것이 무엇입니까?"

"사람이 살아가는 목적이 무엇인가? 하고 문득문득 생각이 떠오를 때가 있습니다. 그래서 그럽니다."

"그럴 때 '나는 무엇 때문에 살고 있는가?'를 화두로 삼고 관을 해 본 일이 있습니까?"

"저는 아무리 관을 해도 아직 수련이 덜 되어서 그런지 아니면 번뇌 망상에 가려서 그런지 아직 관이 잡히지 않습니다."

"세상에 처음부터 관이 잡히는 사람이 어디 있겠습니까? 처음에는 잘 안되더라도 마음을 가다듬고 계속 관을 시도하다가 보면 실패에 실패를 거듭하는 무수한 시행착오(試行錯誤) 끝에 어느 날 문득 관이 잡히기 시작하고 그러다 보면 깨달음이 올 때가 있는 법입니다."

"앞으로 그렇게 하도록 노력하겠습니다. 허지만 선생님께서는 사람이 왜 사는지 벌써 관을 해 보셨을 것 아닙니까?"

"물론입니다."

"저는 선생님께서 인생이 사는 목적을 어떻게 보고 계시는지 알고 싶습니다."

"그건 어디까지나 내 생각이지 우창석 씨 생각은 아닙니다."

"그래도 좋습니다. 말씀해 주십시오. 참고는 할지언정 절대로 그대로 모방은 하지 않겠습니다."

"사람이 사는 목적은 각자에게 부여된 숙제입니다."

"숙제라뇨?"

"삶의 목적은 각자에게 배당된 자기 자신의 머리와 손으로 해결해야 할 숙제라는 말입니다."

"그럼 그 해답은 무엇입니까?"

"없음입니다."

"없음이라뇨?"

"무(無)란 말입니다. 영어로 말하면 nothing 또는 nothingness입니다. 바꾸어 말해서 덧없음 즉 무상(無常)입니다. 영어로는 transiency입니다."

"그 이유가 무엇입니까?"

"삶이란 원래 상대성(相對性)을 띠고 있기 때문입니다. 삶은 죽음이 없으면 존재 가치가 없습니다. 죽음이 있으니까 삶이 있습니다. 긴 것이 있으니까 짧은 것이 있는 것과 같습니다. 짧은 것이 없으면 긴 것도 존재 의의를 상실해 버립니다. 마찬가지로 죽음이 없으면 삶도 존재할 수 없습니다. 그와 반대로 삶이 없으면 죽음 역시 존재할 수 있겠습니까?"

"존재할 수 없겠죠."

"삶이란 이처럼 덧없고 무상한 겁니다. 따라서 삶과 죽음, 선과 악, 참과 거짓, 정의와 불의 같은 일체의 상대적인 것은 편의상의 명칭일 뿐 실재(實在)하는 것이 아님을 알 수 있습니다. 일종의 환상이기 때문입니다. 그러므로 우리가 몸을 갖고 이 세상에 태어난 목적은 삶과 죽음의 허상에서 빨리 깨어나 자기 존재의 실상을 깨달으라는 것 이외의 아무것도 아닙니다. 우리가 삶의 무상성(無常性)을 깨달을 때 우리가 인식할 수 있는 유한(有限)한 모든 것은 몽환포영노전(夢幻泡影露電)에 지나지 않는다는 것을 알게 됩니다."

"유한(有限) 역시 상대성을 띤 용어가 아닙니까?"

"누가 아니랍니까?"

"그렇다면 유한(有限)도 무한(無限)도 실재하는 것은 아니지 않습니까?"

"그렇습니다. 유한은 죽음이고 무한은 삶이라고 할 때, 사실은 이 두 가지 상대적인 것은 존재의 실상에 도달해 보면 하나의 환상에 지나지 않습니다. 이 상대적인 유한성에서 벗어날 때 우리는 생사(生死)를 초월하여 진정으로 유유자적(悠悠自適)할 수 있습니다. 이것이 바로 존재의 실상입니다. 결론적으로 말해서 우리가 죽지 않고 사는 목적은 바로 생사가 없는 존재의 실상에 도달하기 위해서입니다."

무상성(無常性)

"존재의 실상은 무엇입니까?"

"무상성(無常性)입니다."

"무상성이 뭡니까?"

"항상(恒常)이 없는 것을 말합니다."

"항상이 없다는 말은 무슨 뜻입니까?"

"이 세상에 고정불변(固定不變)한 것은 없다는 말입니다."

"정말 그럴까요?"

"물론입니다. 헤라클레이토스라는 서양의 신비가는 '우리는 똑같은 강물에 두 번 다시 발을 담글 수 없다'고 말했습니다."

"그건 왜 그렇습니까?"

"강물은 쉼 없이 흐르고 있기 때문입니다. 한 번 강물에 발을 담갔다가 빼낸 다음 단 1초 후에 그 강물에 다시 발을 담갔다고 해도 그 강물은 이미 1초 전의 강물은 아닙니다. 왜냐? 1초 전의 강물은 이미 저만치 흘러가 버렸기 때문입니다. 어디 강물뿐이겠습니까? 이 세상 만물 일체가 다 이러한 이치에서 벗어날 수 없습니다. 우창석 씨!"

"넷."

"우창석 씨는 자기 자신이 고정불변한 실체라고 확신할 수 있습니까?"

"그렇고말고요. 저는 지금 이렇게 제 몸을 꼬집으면 아픈 것처럼, 확실히 존재하고 있지 않습니까?"

"그래요. 그럼 내가 이제부터 그것이 환상이라는 것을 증명해 볼까요?"

"좋습니다."

"우창석 씨는 언제 태어났습니까?"

"1965년 6월 13일에 태어났습니다."

"우창석 씨가 태어날 당시는 물론 갓난아기였겠죠?"

"그럼요."

"그리고 어버이의 귀여운 아들이었겠죠?"

"물론입니다."

"그로부터 6년 뒤에 우창석 씨는 유치원생이 되었겠죠?"

"맞습니다."

"그로부터 1년 후에 초등학교 학생이 되었을 겁니다."

"그럼요."

"그로부터 7년 뒤에는 중학교 학생이 되었을 것이고, 4년 뒤에는 고교생이 되었을 것입니다. 그리고 다시 4년 뒤에는 대학생이 되고 그로부터 10년쯤 뒤에는 직장인이 되고 결혼도 하여 한 가정의 가장이요 한 아내의 남편이고 자녀들의 아버지가 되었을 것입니다.

우창석 씨는 이 세상에 태어나서 지금까지 수많은 면모(面貌)들을 보여 왔습니다. 그러한 변화는 앞으로도 끊임없이 이어질 것입니다. 지금으로부터 30년쯤 뒤에는 우창석 씨의 자녀들이 시집, 장가가고 나면 손자들을 보게 되고 그들의 할아버지가 될 것입니다. 세월이 흐르면 흐를수록 우창석 씨의 면모는 계속 변해갈 것입니다. 그렇다면 미래는 그만두고라도 지금까지 변하여 온 우창석 씨의 여러 면모들 중에서 어느 것이 진짜 우창석 씨라고 할 수 있겠습니까?"

"바로 지금의 면모가 아닐까요?"

"그러나 '지금의 면모'라고 말하는 순간 이미 그 '지금의 면모'는 사라지고 없습니다. 왜냐하면 그것은 이미 지나가 버렸기 때문입니다. 시간은 찰라도 쉬지 않고 흐르기 때문입니다. 한 찰라 전의 우창석 씨는 이미 어디에도 존재하지 않고 과거 속으로 흘러가 버렸습니다."

"그것 참 헷갈리는데요."

"헷갈리지 않을 수 없을 것입니다. 우창석 씨는 1965년에 이 세상에 태어나면서부터 잠시도 쉬지 않고 마치 흐르는 강물처럼 계속 변해 왔기 때문입니다. 우창석 씨의 생각은 말할 것도 없고 우창석 씨의 육체를 구성하고 있는 오장육부와 골격과 근육과 피부와 두발의 세포들도 잠시도 중단 없이 지금도 생멸(生滅)을 거듭하고 있습니다.

그렇다고 해서 우창석이라는 사람이 존재하지 않는 것은 아닙니다. 존재하면서도 존재하지 않는 것입니다. 어찌 우창석 씨만이 그렇겠습니다. 이 우주에 존재하는 삼라만상이 전부 다 그렇습니다. 존재하면서도 사실은 존재하지 않는 것이 삶의 실상입니다. 이것이 이른바 삶의 무상성(無常性)입니다.

따라서 이 세상에는 고정불변한 것이 없는 것이야말로 고정불변한 진리입니다. 우리 인간이 운명적으로 겪지 않을 수 없는 생로병사(生老病死)도 이러한 무상성의 한 과정일 뿐이지 실체는 아닙니다. 이러한 삶의 무상성을 깨우친 사람이 성인(聖人)이고 그렇지 못한 사람이 무명중생(無明衆生)입니다.

그렇다고 해서 성인과 중생이 고정불변한 것은 아닙니다. 이들은 둘이면서 하나입니다. 마음먹기에 따라 그 위치는 언제든지 뒤바뀔 수 있습니다. 이러한 삶의 무상을 깨달았을 때 우리는 오욕칠정(五慾七情)에서 벗어나 진리의 실상을 포착할 수 있습니다. 진리의 실상을 포착하는 것을 보고 부동심(不動心)을 얻었다고도 하고 도(道)를 터득했다고도 말합니다."

스트레스 받는 도인(道人)

우창석 씨가 물었다.

"선생님, 도인도 스트레스를 받습니까?"

"도인 역시 인간인 이상 어찌 심리적 타격이나 걱정 근심이 없을 수야 있겠습니까?"

"제가 아는 사람 중에 자칭 도인이 한 사람 있는데요. 나이는 아직 48세밖에 안 되었는데 벌써 머리가 새하얀 파뿌리가 되었습니다. 그래서 제가 측근에게 50도 안 된 '도인'이 왜 머리가 저렇게 완전한 파뿌리가 되었느냐고 물어 보았더니 제자 가르치고 수련원 확장하느라고 노심초사하고, 하도 스트레스를 많이 받아서 그렇게 되었다고 합니다."

"그가 진정 도를 깨달은 무애자재(無碍自在)한 도인이라면 스트레스를 좀 받았다고 해서 그렇게 머리가 새하얘지지는 않습니다."

"그럼 왜 그렇습니까?"

"무명중생(無明衆生)은 심한 스트레스를 받으면 단 1년 안에 검은 머리가 파뿌리가 될 수도 있습니다. 내가 아는 어떤 사람은 직장에서 퇴출당하고 엎친 데 덮친 격으로 상처(喪妻)까지 당하자 단 1년 사이에 검은 머리가 백발이 된 것을 본 일이 있습니다. 그러나 진짜로 진리를 깨달은 도인이라면 중생들이 받는 것과 똑같은 스트레스를 받더라도 그것에 휘말리지 않습니다. 비록 실직을 당하고 상처를 당했다 해도 그 상심(喪心)으로 몸을 해치지는 않습니다.

진짜 도인이라면 공익사업에 아무리 노심초사한다고 해도 민초들처럼 마음과 몸까지 상하는 일은 없습니다. 그런 일로 민초들과 똑같이 몸을 상한다면 그게 중생이지 무슨 도인이겠습니까. 슬픈 일을 당해도 분노가 치밀어도 속에서 증오가 부글부글 끓어올라도 그로 인하여 심신을 상하지 않을 정도는 되어야 적어도 도인이라는 명함을 내어놓을 수 있지 않겠습니까?"

"그럼 48세에 백발이 된 그 도인은 진짜가 아닐 가능성이 있군요."

"속인과 같으면서도 어딘가 같지 않은 데가 있어야지 하나에서 열까지 행동거지 일체가 속인들과 똑같다면 그런 사람은 속인이지 어떻게 도인이라고 구별해서 말할 수 있겠습니까?"

"그래도 그 사람은 기(氣)로 난치병을 치료하는 등 조화를 부리는 능력이 있는데 그래서 도인 소리를 듣는 모양입니다."

"그렇다면 그 사람은 초능력자지 도인은 아닙니다. 사람들이 초능력자를 도인으로 착각을 한 겁니다. 초능력자는 어디까지나 초능력자일 뿐 결코 도인은 아닙니다."

"그럼 도인과 초능력자를 구분하는 기준은 무엇입니까?"

"도인은 초능력 자체를 하찮은 일로 여기고 무시해 버리지만 초능력자는 초능력을 보물단지 이상으로 소중하게 생각하고 그에 집착합니다. 이것을 치부(致富)나 생계의 수단으로 이용할 때 조만간 반드시 파멸을 초래하게 됩니다. 결국 그는 실패한 인생의 길을 걷지 않을 수 없게 됩니다."

왕기(王氣) 서린 명당

우창석 씨가 말했다.

"선생님, 우리나라에서는 대통령이 되려는 사람은 으레 왕기 서린 명당자리를 찾아 자기 부모의 유해를 이장하는 것이 거의 관례가 되어 있습니다. 김대중 대통령도 대선에서 여러 번 실패하다가 부모의 묘를 왕기 서린 명당으로 옮긴 뒤에 당선이 되었다는 소문이 한때 파다하더니 이번에는 김종필 자민당 명예 총재도 부모의 묘를 왕기 서린 명당에 옮겼다고 합니다. 그렇게 한다고 해서 꼭 대통령이 될 수 있을까요?"

"일국의 대통령이 될 만한 재목이라면 부모의 묘를 왕기 서린 명당에 쓰지 않아도 유권자들이 먼저 알고 뽑아 줄 것입니다. 진정 대통령이 되고 싶은 사람이라면 대통령이 될 만한 자질을 키워 유권자들의 신임을 사도록 하는 것이 대권에 이르는 지름길입니다.

하늘은 스스로 돕는 자를 돕습니다. 유권자 역시 대통령이 되려고 정성을 다함으로써 스스로 돕는 자를 돕게 되어 있습니다. 진인사대천명(盡人事待天命)입니다. 사람으로서 할일을 다한 뒤에 하늘의 명을 기다린다는 말입니다. 그렇다면 현대의 대권 후보자는 진인사대유권자명(盡人事待有權者命)이라고 해야 할 것입니다. 우선 대권 주자로 자기가 할 수 있는 일을 다한 뒤에 유권자의 의사를 물어야 합니다.

다음 대통령을 뽑을 유권자들이 두 눈을 시퍼렇게 뜨고 지켜보고 있

118

습니다. 그가 차기 대통령이 되어 진정 유권자의 심부름꾼이 되려고 한다면 누구한테 잘 보여야 하겠습니까? 유권자들의 마음을 살 수 있는 신뢰를 쌓아야 할까요? 명당이나 찾아다니면서 이미 매장된 부모의 유해를 발굴하여 이장이나 해야 할까요?"

"불문가지(不問可知)입니다."

"더구나 요즘 우리나라에는 가뜩이나 좁은 국토에서 1년에 여의도 크기의 1.5배나 되는 국토가 묘지로 잠식당하고 있습니다. 더이상 묘를 쓸 만한 땅이 없어서 지도층 선경 그룹의 최종현 회장 같은 인사들이 솔선수범하여 화장을 유언하고 이를 실천하고 있습니다.

최근의 여론 조사에 따르면 화장을 선호하는 국민이 85. 4프로에 이르고 있고, 서울 시민의 화장 비율은 55프로에 달하고 있습니다. 일본은 화장율이 99프로, 중국은 100프로이고 우리나라는 그보다는 못하지만 증가 추세에 있는 것만은 틀림없습니다.

대선에 뜻을 둔 사람이 이러한 국민의 정서에 역행하여 명당 타령이나 한다면 되겠습니까? 유권자들로부터 이미 한물간 사람이라는 평가밖에 더 받겠습니까? 그렇게도 자신 없는 사람을 대통령으로 뽑아 줄 멍청한 유권자들이 도대체 어디에 있겠습니까?"

"그래도 풍수를 아예 무시할 수 있는 것도 아니지 않습니까?"

"왜요?"

"알 만한 사람들이 지관(地官)에게 놀아나는 것도 그 때문이 아니겠습니까?"

"풍수라는 것이 알고 보면 귀에 걸면 귀걸이요 코에 걸면 코걸이에 지나지 않고 보편타당성이 결여되어 있다는 것은 제 정신을 가진 사람이라면 다 아는 일입니다. 그런데도 불구하고 겨우 명당에나 기대어 요행수나 구하는 대권 주자가 있다면 그것은 대권에 과도한 집착을 가진 사람이 아니면 못 할 일입니다. 그런 사람들이라면 지관에게 쉽사리 걸려들지 않을 수 없을 것입니다. 그러나 냉정히 생각하면 풍수지리만큼 황당무계한 것도 없습니다."

"왜요?"

"만약에 명당이 실제로 존재한다면 조선 왕조는 절대로 망하지 않았을 것입니다."

"왜 그렇죠?"

"조선 왕조의 27명의 임금의 왕릉 쳐놓고 최상의 명당 아닌 것이 없을 것이기 때문입니다. 왕이 승하할 때마다 그 당시로는 이 나라 최고의 지관들이 모여서 명당을 골랐을 것입니다. 그런데도 조선 왕조는 27대로 망했습니다. 그것만 보아도 한 나라의 왕이나 대통령이 되는 것은 명당과는 아무런 관계도 없다는 것을 알 수 있습니다."

"명당을 잘못 골랐기 때문이라고 말하는 사람도 있던데요."

"명당자리 하나를 놓고도 지관에 따라 견해가 천차만별입니다. 그것을 어떻게 믿을 수 있겠습니까?"

"그렇다면 무엇이 대통령이 되고 안 되는 것을 결정합니까?"

"천심(天心)입니다."

"천심은 무엇입니까?"

"민심(民心)입니다."

"그럼 민심은 무엇이 좌우합니까?"

"문제의 대권주자가 민의에 어떻게 비치느냐에 달려 있습니다."

"자기 할 탓이라는 말씀인가요?"

"그렇습니다."

"그럼 대통령이 되고 안 되는 것도 자업자득이란 말씀입니까?"

"그렇고말고요. 대통령 수업을 열심히 하여 능력이 있는 사람은 대통령이 되는 것이고 그렇지 못한 사람은 못 되는 겁니다."

"그런데 부모 유골을 명당에 쓴 다음에 대통령에 당선된 것은 어떻게 해석해야 되겠습니까?"

"명당을 쓴 뒤에 대통령이 되었다면 명당을 쓰지 않아도 대통령이 되었을 것입니다. 명당을 써야만 대통령이 된다는 것은 황당한 미신입니다."

"그럼 명당에 의존하는 것도 다 부질없는 짓입니까?"

"두말할 여지도 없는 일입니다. 만약에 명당이 대통령을 결정한다면 화장이 보편화되어 있는 인도나 중국이나 일본 같은 나라에서는 국가수반이 나올 수 없다는 논리가 성립되어야 합니다. 그런 일을 있을 수 없지 않습니까?"

"그러나 명당에 부모의 묘를 쓰면 조상의 기운줄을 이어받아 음덕을 입는다고 하지 않습니까?"

"최고의 명당은 땅이나 물질에 있는 것이 아니라 각자의 마음속에 있습니다. 진정한 명당은 밖에서 찾으려 할 것이 아니라 안에서 찾아야 합니다. 조상의 기운줄도 명당도 각자의 중심 속에 다 구비되어 있다는 것을 알아야 합니다."

사리(舍利)

우창석 씨가 물었다.

"선생님, 고승의 유해에서는 으레 사리(舍利)가 나온다고 하는데 그것이 과연 수행의 깊이와 관계가 있습니까?"

"흔히들 그렇게 알고들 있는 것 같은데 나는 반드시 그렇다고는 보지 않습니다."

"왜요?"

"만인의 존경을 받던 이름난 고승 중에서도 사리가 전연 나오지 않는 일도 가끔 있으니까요."

"도대체 사리란 무엇입니까?"

"수련을 통하여 바르고 착하고 슬기로운 생활이 일상화된 사람은 마음이 맑아지고 순수해지게 됩니다. 그렇게 되면 그 사람의 몸속을 흐르는 기운 즉 생체 에너지도 고도로 정화되어 있다가 생명 활동이 정지되면서 기는 떠나도, 그 기로 인해 형성되었던 정기(精氣)로 이루어진 물질은 화장 시에 골수 속에서 일종의 화학 반응으로 기묘한 결정작용(結晶作用)을 일으켜 구슬 같은 사리를 만들어 냅니다. 따라서 수련이 많이 된 구도자일수록 사리가 많이 나온다고도 합니다. 그러나 반드시 그렇지만도 않은 것 같습니다."

"왜요?"

"가끔 신문에 나는 것을 보면 우연히 화장장 인부들이 지극히 평범한, 수행이 무엇인지도 모르는 사람의 유해를 수습하다가도 뜻밖에도 사리 무더기를 발견하는 일이 가끔 보도되는 일이 있으니까요. 신문기자들이 유가족에 대한 취재를 해 보면 고인은 비록 수행은 하지 않았지만 평생을 법 없이도 살 만큼 착하고 바르게 살았다고 합니다.

그걸 보면 인생을 바르고 착하게 산 사람은 기운이 맑아져서 사리가 형성되는 것을 알 수 있습니다. 그런가 하면 많은 제자들과 신도들이 큰 스승으로 존경하던 고승인데도 유해에서는 단 하나의 사리도 수습되는 일이 없는 경우도 있습니다. 어찌 보면 이것이 오히려 더 정상이 아닌가 하는 생각이 듭니다."

"왜 그렇습니까?"

"만물만생(萬物萬生)은 본래 무일물(無一物)이니까요."

"무일물이란 무엇입니까?"

"글자 그대로 아무것도 아니라는 뜻입니다. 인간 역시 인연 따라 지수화풍(地水火風)이 모여 인간으로 태어났다가 인연이 다하면 뼈는 흙으로, 피는 물로, 열기는 불로, 기운은 바람으로 되돌아갑니다. 본래 무일물(無一物)입니다. 사리 같은 것을 남겨서 사람들에게 호기심의 대상이 되어 봤자 무슨 의미가 있겠습니까? 인생은 본래 공수래공수거(空手來空手去)임을 보여 주기 위해서라도 무일물로 돌아가는 것이 후배들에게 더 효과적인 가르침이 될 수도 있을 것입니다."

"그러니까 선생님께서는 사리 때문에 법석을 떨 필요는 없다는 말씀이시군요. 그러나 성철 스님의 사리를 1, 2초 동안 친견하고 감탄을 하기 위해서 불교도들이 다섯 여섯 시간씩 줄을 서서 기다리는 인내력을 발휘하는 것도 의미 있는 수행이 아닐까요?"

"그건 어디까지나 호기심을 만족시키기 위한 인내심을 기르는 데는 유용할지 모르지만 자기 존재의 실상을 자신의 중심에서 포착해 내는 것과는 비교의 대상이 될 수 없을 것입니다. 진리는 사리와 같은 육안으로 보이는 물질 속에 있는 것이 아니라 보이지 않는 실체이기 때문입니다."

【이메일 문답】

안락사를 어떻게 생각하십니까?

김태영 선생님께

죄송합니다. 파일로 보내면 다운받고 또 열어 보고 하시려면 불편하실 거 같아 일반 메일로 보내느라 이렇게 두 번째 보내 드리게 되었습니다.

선생님께 메일로 그때그때 궁금한 점을 상의를 할 수 있어서 정말 저로서는 다행입니다. 짬을 내셔서 회신도 즉시 해 주시니 아직도 배움의 길이 멀게만 느껴지는 저는 많은 위로와 힘이 되고 있습니다. 몇 가지 여쭈어도 될른지요?

저는 직업이 간호사라 그런지 특히 죽음에 관해 많은 상념들을 갖고 있었습니다. 그러다 선생님의 저서를 접하게 되었고 차근차근 정독하면서 죽음이 끝이 아니고 단지 하나의 과정으로 받아들이게 되었습니다. 그런데 저는 응급실에서 약 5년간 일한 적이 있는데 가끔 심장이 멎은 환자가 생기면 심폐소생술을 이용하게 됩니다.

심장 마사지와 더불어 기관 내 기도관 삽입과 인위적인 산소 공급을 하고 정맥으로 응급약물 투여를 시행하게 되는데 백 명 중 한둘은 정상으로 돌아오지만, 그 외는 심장 박동이 다시 살아나지 못하기도 하고 설령 심박동이 다시 시작된다 하더라도 의식이 돌아오는 경우는 거의 없습니다.

그렇다고 의료인으로서 이러한 소생술을 시행하지 않는 경우는 생각하기 어렵습니다. 만약 시행하지 않는다면 의료 행위 거부가 되어버리기 때문인데, 이러한 시술들이 한편으로 시기적절하게 시행이 된다면 좋지만 때가 이미 늦은 상태에서 임의적으로 단순히 생명 연장을 시키고 가족들에게 경제적 부담과 정신적 시련만 가중시키는 결과를 가져온다면 하지 않는 편이 나을 것 같다는 생각 때문에 근무하면서 갈등을 느낀 적이 많았습니다. 또한 요새 하나의 이슈인 안락사에 관해서도 선생님의 말씀을 듣고 싶습니다.

나머지 한 가지는 제가 지역적으로 한국에 태어났을 때는 이유가 있겠다는 추측은 해 보지만 아직 그것을 제가 알 수 있을 정도는 아니기도 하구요. 나이가 조금 덜 먹었을 때 외국에 나가서 (최근에는 뉴질랜드에 가서 십 년 정도 있다 오고 싶습니다.) 약대에 진학할 수 있으면 진학을 해서 약사 면허를 취득하고 경제적으로 독립을 하고, 60세 이후에 제가 살아 있고 육체가 건강하다면 사회적으로 소외되어 있는 사람들에게 도움이 되는 일을 하고 싶습니다.

정신적인 성장도 중요하지만 경제적인 여유 없이 가능한 것은 아니라는 생각이 듭니다. 물론 예외적인 분들이 계시긴 하겠지만 생계로 어려움을 겪는 사람들에게는 하루하루가 힘들기만 한 세상이고, 그런 분들에게 약간이라도 생계형 도둑질을 하지 않도록 하기 위해서라고 말씀드린다면 핑계가 될까요?

또한 한국에서의 저의 위치는 특히 아직 싱글인 저에게 최근에야 느꼈지만 제약이 많다는 것을 알았습니다. 사회생활을 해야 한다면 결혼을 하고 가정을 이루고 살아가는 것이 나을 것 같기는 하지만 저와 인연이 되는 상대가 아직 없어서인지 저의 어머니의 근심거리가 되고 있기도 해서 여러 차례 선을 보기도 했지만 지금껏 싱글입니다.

하지만 결혼을 하지 않는다 해서 부정적으로 저의 인생에 작용되는 점들이 크지만 않다면 억지로 사람을 만나고 싶지는 않습니다. 이런 점도 제가 외국에 가려 하는 이유이기도 합니다. 또한 국내에서의 약대 편입은 시험을 봐야 하고 직장에 다니면서 공부를 해야 하는 저로서는 직장을 그만두어야 하기 때문이기도 합니다.

외국에서는 시간제로 일할 수 있으니까요. 아무래도 전공이 간호학이라서 의료 계통 분야가 나을 것 같아서 요새 고민 중에 있는데, 나이가 많이 들어도 독자적으로 사업장을 운영할 수 있다는 점에서 약대를 선택하게 되었는데 나중에 계속 공부가 가능하다면 약초에 관해서도 공부하고 싶습니다.

지금까지 간호사로 일한 지는 약 12년 정도 되었는데 환자에게 주사를 놓든가 맥박을 측정하든가 하는 경우 환자를 스킨십(피부 접촉)을 하게 되는데, 이상하게도 시간이 갈수록 저는 그런 것이 싫어지는 게 심해지고, 지금은 주사바늘 자체가 싫어서 건강 검진만(정규직이 아닌 계약직) 하는 부서에서 일하고 있습니다.

일하면서 또한 환자에게 약물을 주입하고 난 후 주사바늘에 자주 찔리는 경우가 많아지기도 합니다. 또한 아픈 환자를 보면 괜히 제가 마음이 아프고 슬퍼지는 경향이 심해지고 일하려면 마음이 먹먹해져 우울해지고 감정 조절이 잘 안되고 일할 기운이 나지도 않은 적도 많았습니다. 그래서 평생 직업으로는 아무래도 힘들 거 같기도 해서 더욱 고민 중에 있습니다.

제발 선생님 좋은 말씀 주세요. 이렇듯 선생님께 매달릴 수 있다니... 지금까지 저는 고민을 이렇게 털어 낼 수 있었던 적은 없었습니다. 선생님께서 제가 보내는 메일에 귀중한 시간을 내시고 회신을 주심에 깊은 감동을 받고 그러한 관심에 고마운 마음과 함께 주저함 없이 선생님께 편지를 올립니다.

그럼 안녕히 계십시오. 선생님의 건강을 항상 기원하면서 저와 같이 아직은 어리석은 학생이지만 배움의 열정을 갖고 성실하게 살아 보려는 이들에게 크나큰 위안이 되어 주시는 선생님께 다시 한 번 감사를 드립니다.

김숙경 올림

【필자의 회답】

6월 중순에 나오게 될 『선도체험기』 59권을 읽어 주시기 바랍니다. 소극적 안락사에 대한 항목을 읽어 보시면 김경숙 씨가 품고 있는 의문이 대부분 풀릴 것이라고 생각됩니다. 결론적으로 말해서 사람은 어차

피 갈 때가 되면 가야 합니다. 가야 할 사람을 현대 의술로 무리하게 붙잡는 것은 본인 자신은 물론이고 유가족들에게는 폐가 된다고 봅니다.

12년간이나 종사해 온 직업을 바꾼다는 것은 신중을 기해야 할 사항이라고 생각합니다. 아무래도 선택권은 김숙경 씨 자신에게 있으니 신중을 기하여 결정하시기 바랍니다.

결혼에 대해서 한마디하겠습니다. 결혼이란 인연이 있고 때가 되어야 합니다. 억지로 애써서 되는 일이 아닙니다. 느긋하게 자기 일에 열중하다가 보면 의외의 장소에서 좋은 후보자가 나타나는 수가 있습니다.

일주일에 한 번씩 우리집에 오기가 어려우면 2주에 한 번 또는 한 달에 한 번씩 와서 한 시간씩만 앉아 있다가 돌아가도 수련에 큰 진전이 있을 것입니다. 김숙경 씨가 온다고 해서 나나 다른 수련자에게 폐가 되는 일은 결코 없으니 개의치 말아 주시기 바랍니다.

【같은 독자의 편지】

김태영 선생님께

선생님께서 보내 주신 회신에서 저를 선생님 댁에 방문하도록 허락해 주신 것을 보고 정말 기뻤습니다. 하지만 저는 아직 기초 중에 기초이고 아직 제대로 축기도 안 되고 운기도 못 하고 있는데 찾아뵙게 되면 주위에 폐만 더 드릴 거 같아 망설였습니다. 이제 날씨도 풀려서 산행도 주말마다 다시 시작하고 있고 아침 운동도 하려고 합니다.

예전에 선생님께서 제게 말씀해 주셨듯이 어느 정도 운기가 되어야지 그렇지 못한 상태에서 제가 찾아뵙는다 해도 도리어 선생님과 여러 방문객들의 수련에 지장이 될 거 같습니다. 마음만 앞선다고 그릇이 만들어지는 것은 아니니까요. 노력과 그만큼의 시간과 성실성이 갖추어져야 선생님께 찾아뵙는 것도 가능할 것 같습니다. 앞으로 될 수 있으면 생식 구입할 때는 꼭 찾아뵙겠습니다.

작년 7월 30일에 처음 선생님 댁을 방문했는데 얼마 있으면 1년이 됩니다. 벌써 그렇게 되었는데 아직 출발점에서 많이 나아진 것 같지는 않습니다. 다음에 찾아뵐 때는 (아마 7월쯤 될 거 같습니다.) 선생님께서 저에게 좋은 소식을 주실 수 있도록 공부를 열심히 하겠습니다. 지면이 모자라 다시 또 올리겠습니다.

김숙경 올림

【필자의 회답】

지난번 메일의 회답이 아무래도 너무 간략했던 것 같아서 몇 마디 추가하고자 합니다. 김숙경 씨는 지금 결혼 문제와 직업에 대하여 상당한 갈등을 느끼고 있는 것 같습니다. 이 둘 중에서 직업과 관련된 갈등에 대해서 말하겠습니다.

구도자는 무슨 일에든지 갈등을 느낄 때는 그 갈등을 관(觀)합니다.

여기서 관(觀)한다는 것은 자기성찰을 말합니다. 갈등을 일으키는 일에 마음을 집중한다는 뜻입니다. 이 관을 통해서 김숙경 씨가 지금 겪고 있는 갈등이, 같은 일을 12년이나 종사해 오면서 흔히 느낄 수 있는 권태나 피로 현상이 아닌지 분별하시기 바랍니다.

만약에 그렇다면 어디까지나 자기성찰을 통해서 그것을 극복하시기 바랍니다. 직업인들이 흔히 겪는 권태나 피로 현상이라면 이것은 마땅히 김숙경 씨가 해결해야 할 숙제라 생각하고 새로운 도약의 계시로 삼아 주시기 바랍니다.

그리하여 현실 속에서 만족을 찾으시기 바랍니다. 왜냐하면 현실에 만족하는 것이 가장 지혜로운 일이기 때문입니다. 또 현실에서 만족을 느낄 줄 아는 사람이 진정으로 행복한 사람이기 때문입니다. 진정한 행복은 항상 자기 자신 속에서 찾아야지 외부에서는 찾을 수 없기 때문입니다. 일을 하고 싶어도 일자리를 구하지 못하는 수많은 학사, 석사, 박사 실업자를 생각하시면 맡겨진 일과 전문적인 직업을 갖고 있는 김숙경 씨는 새로운 눈을 뜰 수도 있을 것입니다.

누구에게든지 지금 가장 중요한 것이 무엇인지 아십니까? 그것은 지금 자기가 하고 있는 일입니다. 그리고 가장 중요한 사람이 누군지 아십니까? 그것은 지금 만나고 있는 사람입니다. 이것은 톨스토이의 좌우명이기도 합니다만 누구에게나 골고루 적용되는 명언이라고 생각됩니다. 지금 하고 있는 일과 만나고 있는 사람에게 최선을 다하는 가운데 지혜가 깨어나고 그것이 바로 행복으로 이어진다는 것을 항상 잊지 마시기 바랍니다.

내가 지금 하는 일이 권태롭고 까닭 없이 피로하고 시들할 때야말로 새로운 도약의 계기라는 것을 항상 명심하시기 바랍니다. 그리하여 늘 지금 여기 이 자리에 진정한 행복은 있다는 것을 또한 잊지 마시기 바랍니다. 그런 사람은 하루하루 자기 일에 최선을 다하는 가운데 진정한 행복을 찾을 수 있을 것입니다.

그러는 가운데 하루하루가 새롭고 또 새로워질 것입니다. 이러한 자기 성찰을 거쳤는데도 역시 직업을 바꾸고 싶은 생각이 간절하다면 그때 가서 주도면밀한 계획을 세워서 일을 추진해도 늦지 않을 것입니다.

사회적 지위의 성취에 관하여

김태영 선생님께

자주 메일 확인을 해야 하는데 오늘에야 9일에 보내 주신 메일을 읽었습니다.

선생님께서 누누이 말씀하셨던 '관'을 저는 아무래도 대강 했었는지도 모르겠습니다. 기간으로 따지면 학생 때부터 했으니 꽤 오래 하긴 했어도 결국 직업은 생계와 직결되기에 아직껏 마땅한 실마리가 보이지 않아 이렇듯 근무하면서 고민을 계속하고 있으니 말입니다.

지금의 병원에서 7년 정도 근무하다가 중간에 1년을 쉬고 정말로 아무것도 하지 않고 밥만 먹고 자고 등산하고 여행하고 그렇게 지내기만 한 적도 있습니다. 그러기를 1년을 하니 시간은 정말 빨리 지나갔지만 마음은 차분히 가라앉는 것을 느끼기도 하였고 그래서 다시 계약직으로 병원에서 건강검진 업무만 맡고 있습니다.

물론 병원으로 다시 돌아오게 된 것은 배운 것이 이것밖에 없고 생활비 또한 다 떨어졌으니 어쩔 수 없는 선택이었지만 예전처럼 죽고 싶을 만큼 싫은 것은 아닙니다. 하지만 사회적인 지위의 성취에 관한 욕구가 정신적인 깊은 성찰과 깨달음에 비해 가치가 없다고 말씀하시는 것인지 알고 싶습니다.

문제는 아직은 다양한 경험과 직접적인 체험을 시도하고 거기서 또

한 배움의 기회가 있다고 생각합니다. 직업에 대한 만족으로 현재에 성실을 기한다는 것이 현재 맡고 있는 직무에 만족하는 것으로 그치고, 그 지식을 바탕으로 더 넓어질 수 있는 지식의 영역을 지향하여 나아가는 것이 저의 개인적인 욕심에 속하는지요?

선생님 책을 접하기 전에는 한동안 출가에 대해 생각을 한 적이 있지만 선생님 저서를 접하고 나서 사회생활을 하면서 제가 지금 하고 있는 일을 하면서도 공부를 할 수 있을 것 같아 그 생각에 관해서는 접어 두었습니다.

우리가 사회라는 조직 구조에서 계속 살아야 한다면 적극적으로 지식을 배우고 싶습니다. 이것 또한 단순한 저의 욕심인지 알고 싶습니다. 또한 결혼에 관해서도 고민을 하게 된 이유입니다. 물론 지금은 결혼에 대해 크게 고민하지 않게 되었습니다. 선생님께서 보내 주신 메일을 읽은 후의 일입니다.

안락사에 관해서는 선생님의 저서에서 읽은 기억은 나긴 하는데 아마 그 경우는 장기적으로 식물인간으로 있는 경우였던 것 같은데 또 58권에는 그런 내용이 없는데 제가 다시 찬찬히 읽겠습니다. 선생님 책은 침대 머리맡에 항상 쌓아 두고 꺼내서 읽어 보곤 하니까요.

삼공재를 방문해도 좋다는 허락을 기쁘게 다시 되새기겠습니다. 지금은 시험 기간이라 20일 시험이 끝나는 대로 26일 토요일에 찾아뵈어도 되는지요? 좋은 말씀 주셔서 고맙습니다. 열심히 저 또 공부하겠습니다.

안녕히 계십시오.

김숙경 올림

【필자의 회답】

내 말은 수행과 직업적인 지위 향상 욕구의 성취가 양립할 수 없다는 뜻이 아닙니다. 다만 지금 김숙경 씨가 겪고 있는 직업에 대한 갈등이 직업인이면 누구나 가질 수 있는 자기 직업에 대한 권태나 피로 현상이 아닌지 짐작해 보았을 뿐입니다. 내 짐작이 옳다면 우선 그 권태와 피로 현상부터 극복한 뒤에 직업을 바꾸는 일을 진지하게 생각해 보아도 늦지 않다는 얘기입니다. 여건과 능력이 허락한다면 누구나 현재의 지위에서 얼마든지 향상을 시도해 볼 수도 있다고 생각합니다.

그리고 지난번 메일에서 『선도체험기』 58권의 '소극적 안락사...' 항목에 대하여 말한 것은 6월 중순에 나갈 59권을 착각하고 한 말이니 양해하시기 바랍니다.

5월 26일에는 특별히 스케줄 잡힌 것이 없으니 오후 3시부터 4시 사이에 오셔도 좋습니다.

빙의령에 대한 보상

김태영 선생님께

안녕하십니까? 토요일에 선생님께 다녀갔었던 김숙경입니다. 혹시 저의 탁기로 인해 힘이나 드시지 않으셨는지요. 2주 정도 시험 기간이라고 아침 운동을 거의 못 했거든요.

그래서 선생님 댁에 가기로 한 전날 금요일에는 근무 끝나고 컴퓨터 학원 다녀온 뒤에 아무래도 걱정이 되어서 3천배를 하고 뵈러 가야지 하고 오후 10시부터 절을 시작했는데 2시간 30분 동안 겨우 일천배밖에 못하고 나자빠지고 말았습니다.

아직 저의 결심의 뿌리가 굳건하질 못하고 몸이 아프다고 뻗어 버리기나 하니... 거기다 다음날 토요일은 두 다리가 뻣뻣하게 굳어 버려서 풀리지 않고 선생님 댁에 가서도 오래 못 앉고 낑낑거리고 말았으니 정말 죄송합니다.

선생님께서 행여 나무람을 주신다 해도 드릴 말씀이 없습니다. 그래도 반갑게 맞아 주시고 어리석은 저의 질문에도 차분하게 설명을 해 주셔서 고맙습니다. 아무래도 저는 공부가 덜 되어서 그런지 여전히 빙의가 계속되고 있는 상태입니다. 선생님께서도 말씀해 주셨지만 업이 두터워서 그러려니 하고 받아들이고 한편으로 그런 인과의 원인이 저로 인해 생겼으니 미안한 마음으로 몸공부, 마음공부, 기공부를 열심히 하려고 합니다.

어제 신청했던 책이 도착했는데 선생님께서 『선도체험기』 58권에서 소개해 주셨던 『모습 없는 모습으로 다가온 사람들』(윤정주 저)을 읽고 있는데, 거기서 지상 30킬로미터 내에서만 원령들이 움직이고 인연이 되는 사람에게만 빙의가 된다고 말하고 있습니다.

선생님 저서에서도 이 책을 소개하시면서 위 내용을 언급하셨는데 그래서 제가 토요일에 선생님께 어느 지역에 한해서 빙의가 되는지를 여쭈었었습니다. 그런데 빙의가 된 영을 천도시키려면 어느 경우에는 정말로 보상을 요구하게 되는지요? 선생님께서도 그런 영을 천도시키신 적이 있으신지요?

저는 아직 기감으로 조이는 느낌으로만 알 뿐 빙의령과 의사소통이 되지 않습니다. 그리고 영안이 뜨이질 않아 빙의령의 모습도 알 수 없습니다. 만약 보상을 요구하는 영이 제게 빙의가 된다면 제가 열심히 수련을 한다고 해도 안 될 수도 있는지요?

저의 단점이라 할 수 있는 한 가지는 궁금하면 알아야 하는 것입니다. 의문이 생기면 계속 왜라는 질문을 하게 됩니다. 예전에는 선배님들이 오죽하면 제 별명을 왜라고 했겠습니까? 그냥 대강 넘어가지 별 것도 아닌 걸 알아서 뭐하냐?고, 밥이 나오냐? 돈이 나오냐? 하며 타박을 많이 했었으니까요.

저도 그렇게 넘어가고 싶은데 왜 그러지? 하는 생각이 들면 못 넘어갑니다. 특히 종교적인 문제에서 더욱 그랬습니다. 고등학교 때는 천주교 영세를 받고 대학교 때는 가톨릭 학생회 서클에서 활동도 하고 그랬는데 성경은 도무지 제가 이해를 못 하고 질문을 하니까 수녀님이나 신부님도 그러려니 믿지 이성적으로 어떻게 다 풀이가 가능하냐?고 했었습니다.

그중에서 왜 유다가 밀고를 하고 예수가 십자가에 못 박혀 죽는 것을 알았으면 그렇게 되지 않도록 미리 유다를 잘 일깨우고 그가 죄를 짓지 않도록 해야지 예수가 희생양이 되도록 그냥 놔뒀냐고 물어보기까지 했으니까요. 뭐 그렇다고 지금도 그것을 이해하는 것은 아닙니다.

예수의 순교와 부활을 위해 유다가 죄를 지어야 했었다는 것에는 성인의 일을 이루기 위해 사람이 수단화가 되어 버리고 그 희생이 없었다면 예수의 십자가의 죽음은 없었을 것이니 큰일을 위한 대가라는 것이 과연 필요한가? 싶기도 하고 만약 대가가 없다면 큰일은 성사가 되지 않는지? 그래서 영의 세계도 그런가? 싶기도 하구요.

또한 예수가 피해 가지 못한 십자가의 운명이었다면 저 같은 사람인 경우도 피해 가지 못할 운명이란 것이 무엇인지? 물론 그것을 알기 위해 공부를 한다고 생각하긴 하지만 그래서 끝 간 데가 어딘지도 모르게 앞서 가신 선생님께 여쭈어 봅니다.

혹시나 하고... 제게 말씀해 주실 수는 없으신지요? 왜 문학을 하라고 하셨는지요? 물론 선택은 제가 하는 것이지만 그 이유는 선생님께서 말씀해 주시면 안 되시는지요? 부탁 올립니다. 말씀해 주십시오.

그렇다고 모른다고 해서 무조건 여쭤 보거나 하지는 않습니다. 하지만 이렇게 궁금한 것에 대해 질문을 드릴 수 있으니 그것 하나만으로도 마음은 편하고 고맙기만 할 뿐입니다. 이제 한 걸음을 내딛은 저로

서는 아직 선생님의 발자국을 따라갈 수밖에 없으니 많은 지도와 편달
이 필요합니다.

　또한 어리석기에 현명하지 못하여 길이 아닌 길을 헤매기도 하겠지
만 다시 길을 찾으리라 믿어 의심하지 않고 꿋꿋이 흔들리지 않고 나
아가려 합니다. 그렇게 한 걸음씩 나아가다 보면 언젠가는 선생님처럼
저도 할 수 있을 것 같은 믿음이 있어서입니다. 아마 이렇듯 선생님께
서 가까이 계셔서 그런 것 같습니다. 힘이 되어 주셔서 고맙습니다.

　그럼 안녕히 계십시오.

김숙경 올림

【필자의 회답】

　빙의령은 중음신(中陰神)이라고도 하고 원령(怨靈)이라고도 합니다.
지상에서의 원한을 털어버리지 못했기 때문에 지상에 묶여서 구천(九
天)을 헤매는 영혼을 말합니다. 그런데 이 원령은 자기가 원한을 갖게
한 대상이 자신의 원한을 풀어 줄 만한 기운을 축적했을 때는 이것을
용케도 알아내어 그에게 더부살이처럼 붙어 버립니다. 이것을 빙의(憑
依)라고 합니다. 그러니까 수행자가 빙의가 많이 되는 것은 수련이 그
만큼 진전되었기 때문입니다.

　김경숙 씨는 빙의령이 요구하는 보상에 대하여 문의했습니다. 빙의

령이 요구하는 보상은 원한의 대상에게 빙의되어 그의 기운을 흡수함으로써 그와 동일한 의식 수준으로 진화하는 것입니다. 이것이 원한을 풀어 버리는 방법입니다. 빙의령은 자기의 원한이 해소되면 더이상 지상에 미련을 두지 않고 구천을 떠나게 됩니다. 이렇게 되는 전 과정이 빙의령에게 해 줄 수 있는 보상입니다.

빙의되어 있는 동안 신체의 특정 부위가 조여드는 것 같은 느낌이 드는 것은 빙의령에게 자신의 기를 흡수당하기 때문입니다. 지상에서 30킬로 범위란 원혼이 떠도는 대략적인 공간의 범위를 말합니다. 그러나 원한이 해소되면 빙의령은 새로운 활력을 얻어 구천을 탈출하여 자기가 갈 자리를 찾아 떠나게 되어 있습니다.

이것을 천도(薦度)라고 합니다. 김경숙 씨는 천도가 안 되는 수도 있느냐고 질문을 했는데, 일단 들어온 빙의령은 조만간 천도가 되게 되어 있습니다. 수련이 많이 되어 도력(道力)이 높고 운기가 활발한 사람일수록 천도가 빨리 되고 그렇지 못한 사람일수록 천도가 늦게 되는 차이는 있어도 천도가 안 되는 일은 없습니다.

빙의령 천도를 빨리 시키는 비결은 수련을 열심히 하여 도력을 높이는 길밖에 없습니다. 단지 빙의령을 혼자 힘으로 감당하기 어려울 때 선배나 사형(師兄)의 도움을 일시적으로 받을 수는 있지만 그것에는 한계가 있습니다. 염치가 있지 빙의될 때마다 도움을 청할 수는 없기 때문입니다. 그러니까 결국은 자기 실력을 키우는 길밖에는 없다는 얘기입니다.

김숙경 씨는 또 유다가 예수를 배반하여 예수가 자신이 십자가에 못 박혀 죽게 할 것을 미리 알았다면 왜 그는 미리 유다를 타일러서 그렇게 하지 못하게 하지 않았느냐고 묻고 있습니다. 수녀나 신부는 그것이 성인이 완수해야 할 일을 위한 방편이라고 말했다는데 나는 그렇게 보지 않습니다.

시공(時空)이 지배하는 유위계(有爲界)에서 일어나는 일 쳐놓고 인과응보에 의한 것이 아닌 것은 없습니다. 여기엔 한 치의 오차도 있을 수 없습니다. 신약성경에 기술된 내용이 사실이라면 유다가 예수를 배반한 것도 예수가 십자가에 못 박혀 죽은 것도 전부 다 인과응보에 의한 것입니다.

그리고 김숙경 씨는 별명이 '왜'라고 불릴 정도로 의문이 있으면 그저 넘기는 일이 없다고 했는데 이것은 구도자가 가져야 할 훌륭한 자질입니다. 바로 이 '왜'야말로 깨달음을 얻는 단서(端緒)요 지름길이기도 합니다. 이 '왜'를 화두로 계속 추구해 들어가다가 보면 어느 땐가는 반드시 그 '왜'에 대한 의문이 스스로 풀릴 때가 오게 되어 있습니다. 그러다가 더이상 '왜'라는 의문을 품지 않아도 스스로 모든 의문이 술술 풀릴 때가 옵니다. 그때가 바로 구경각(究竟覺)의 경지입니다.

지난번 김경숙 씨가 우리집에 왔을 때 내가 좋아하는 글을 써서 응모해 보라고 한 것은 글을 쓸 만한 소질을 보았기 때문이지 다른 뜻은 아닙니다. 교사가 그림에 소질이 있는 제자를 보고 그림 공부를 해 보라고 하고, 노래 잘하는 제자에게는 성악을 해 보라고 권하는 것은 지극히 자연스런 일입니다.

또 김숙경 씨는 예수조차 피해 가지 못할 운명에 대해 의문을 표시

했는데 그 운명이라는 것이 바로 인과응보입니다. 우리가 흔히 운명이라고 하는 것은 억겁의 과거 생에 스스로 만든 인과입니다. 이것은 비록 성인이라고 해도 피해갈 도리가 없습니다. 그러나 지혜로운 사람은 앞으로는 더이상 지상에 묶일 새로운 인과를 짓지 않습니다. 우리가 수련을 하는 목적도 바로 이렇게 되기 위해서입니다.

【독자의 회답】

김태영 선생님께

보내 주신 답장을 성심을 모아 차분히 읽었습니다. 고맙습니다.

그동안 선생님께서 저술하신 『선도체험기』 시리즈를 읽으면서도 많은 느낌을 받았지만 그렇게 무수하게 자주 언급해 주셨던 말씀들이 새삼 저 자신에게 다시 적용이 되고 있으니 몸 둘 바를 모르겠습니다. 낮은 마음으로 더욱 열심히 공부하겠습니다.

그럼 안녕히 계십시오.

김숙경 올림

무의식 환자의 영혼에 대하여

김태영 선생님께

안녕하십니까? 김숙경입니다. 문안 인사 올립니다.

『선도체험기』 59권을 몇 차례 읽다가 오늘은 워드로 줄을 그어 놓았던 문구들을 정리했습니다. A4 용지에 출력을 해서 사무실 책상에 넣어 두고 여분의 시간에 가끔 꺼내 읽어 보려고 합니다. 저한테는 아직까지 요원하기만 한 사항들 특히 결혼 문제나 빙의령 문제, 자기성찰의 문제, 사람과의 인연의 문제들에 관해 말씀하신 내용들은 여러 번 정독을 해도 그때마다 느끼는 것이 새롭고 다르게 다가옵니다.

최근 토요일에 격주로 선생님을 찾아뵙고 한 시간 정도를 선생님 서재에서 수련을 한 지 한 달(그러니까 두 번 찾아뵈었습니다)이 되어 가고 있습니다. 작년 7월 선생님께 생식을 구입하면서 방문을 하게 되었지만 수련 때문에 일부러 찾아뵈리란 기대는 하지 않았었는데 선생님께서 흔쾌히 허락을 주시고 저는 곁불이라도 쬘 수 있다는 송구함으로 찾아뵈었었습니다. 그 점에 대해서 다시 한 번 깊이 고마움의 인사를 올립니다.

그 뒤로 제 감정의 변화에 관해 말씀을 잠깐 올리려고 합니다. 처음 선생님을 방문하고 집으로 돌아오는 동안 내내 예전에 있었던 그리고 이젠 없어졌다고 생각했었던 우울함과 자기연민과 미래에 대한 막연한 불안감들 그리고 조금의 습기도 전혀 없는 메마른 황야에 혼자 떨구어져 버린 것 같은 외로움 등등이 한꺼번에 제 안에서 소용돌이치면서 저를 마구 흔들어 대는 것입니다.

왜 4~5년 전에 있었던 이런 감정들이 바닥에서 헤집어 솟구쳐 올라오는 것일까? 왜 바람에 흔들리는 가로수의 잎들을 보는 것만으로도 슬프고 외로울까? 이유 없이 사는 것이 서럽고 지치고... 사는 것을 그만두고 싶다는 욕구가 또 생겨나는 것일까?

거기다 선생님께서는 온화하게 느껴지지만 전혀 미동도 없는 견고하고 커다랗고 높은 산악처럼 느껴지고 거기에 비하면 저는 너무 왜소하고 먼지보다도 더 하찮게 생각되고 도무지 가치가 없어서 어디다 쓸데도 없어 보이기만 하고 이기적이고 바보 같고 덜 떨어져 가지고서는 하는 일도 제대로 못 하고... 계속 이런 식으로 제 자신에게 비난을 하게 되면서 전철을 갈아타고 버스를 타고서는 결국 울면서 집으로 돌아왔습니다.

돌아와서도 한참을 소리 내어 엉엉 울었습니다. 그래도 분이 안 풀렸습니다. 그러면서도 이러는 제가 어이가 없기도 하였지만 그런 감정에서 헤어 나오지를 못했습니다. 거기다 갑자기 제 주위에서는 사람을 만나 보라고 하면서 여러 명의 남자들의 선이 들어왔습니다. 그런데 어쩐지 남자들의 성격들이 가지가지 문제가 있다고 느낄 수 있는 사람들이었습니다.

너무나 자기중심적이어서 저녁식사 값이나 커피 값조차 제가 아예 부담해야 하는 사람이든가, 아니면 너무 수줍어서 말을 아예 못 하고 술을 먹어야 떠듬거리며 말을 할 수 있는 그런 사람이든가, 약속을 해 놓고 못 지킨 것에 대해 나중에 가타부타 해명하는 일조차 없는 그런 사람이든가 지금껏 만나 보았던 최악의 사람들을 만나게 되었습니다.

물론 주위에서는 제게 남자가 나이가 많이 들도록 장가를 못 간 이유는 분명히 있으니까 염두에 두고 만나야 하지 않겠냐고 하기까지 하더군요. (저는 36세이고 소개받은 사람들은 대부분 동갑 또는 한두 살 정도 연상입니다.)

그래서 속상해서 한 3일 정도는 생식은 대강하고 저녁에는 늦게까지 술도 마시고 노래방도 가서 꽥꽥거리며 고함도 지르다가 두 번째 선생님 댁을 방문하게 되었는데, 별로 단전호흡에 신경을 안 썼는데도 단전이 따뜻해져 옴을 느꼈습니다.

물론 빙의령은 계속 있었지만 문제는 빙의령이 아니라 선생님 기운이 제게 영향을 미치고 있다는 것을 알고 나서는 속으로 "아이고 빨리 시간이 지나갔으면..." 하는 송구스러운 생각만 계속 들고 그런데도 단전은 여전히 따뜻해져 오고 어떻게 해야 하나? 하고 안절부절 앉아 있는데, 선생님 가까이 앉아 있던 남자분이 기침을 몇 차례 하고 좀 있으려니 선생님도 기침을 하시고 그래서 아무래도 저 때문인 것 같아 눈을 떠 보니 선생님께서 인상을 찌푸리고 계셔서 『선도체험기』 59권만 사 들고 빨리 나왔습니다.

도둑이 제발 저리다고 오죽하면 나오면서 선생님의 시선이 제 뒤꼭지에 꽂혀 있는 것처럼 느껴질 정도였겠습니까? 저 때문에 힘드셨다면 죄송합니다. 아직 제가 수련이 미진하고 거기다 마음의 중심이 견고하지 못하고 흔들림이 심하기도 합니다. 감정의 기복이 예전에 비하면 거의 없어졌었는데 갑자기 한꺼번에 밑바닥을 헤집는 것 같은 불안감을 접하니 다시 그것을 잠재우려면 시간이 좀 걸리겠지만 그래도 예전처럼 힘들지는 않을 것 같습니다.

이런 것은 모두가 가아의 욕심에 의한 것이란 것은 알고 있기 때문입니다. 하지만 마음으로는 제대로 갈피를 못 잡고 있기도 합니다. 차근차근 하려고 합니다. 서둘거나 덤비지 않도록 꾹꾹 누르면서 천천히 해 나가겠습니다.

참, 『선도체험기』에 제가 보내 올린 메일이 실려 있더군요. 쑥스럽기도 했지만 그래도 기분이 좋았습니다. 그리고 선생님께서 제게 회답을 주실 때 왜 경숙이란 이름으로 보내셨는지 이해가 되었습니다. 저번 주까지 마음이 많이 흔들렸었는데 지금은 조금은 차분해졌습니다.

그리고 저와 같은 직장에 근무하는 실장님이 계신데 선생님께서 쓰신 초기 『선도체험기』와 생식에 관해서 책을 저술하실 때부터 지금까지 쭈욱 10년 정도를 생식을 하시면서 『선도체험기』를 구독하시고 계십니다. 그분이 저에게서 그런 상황에 관해서 들으시고 다 되돌려 받는 것으로 이해하라고 하시더군요.

저야 그분에게서 책을 처음 빌려 읽고 이제는 『선도체험기』 애독자가 되었고 생식을 하게 되었으니 항상 그분에게는 감사하는 마음을 가지고 있습니다. 선생님도 찾아뵐 수 있고 힘들 때 이렇게 메일로도 보낼 수도 있고 제 가까이 조언을 해 주시는 분도 계시고 저는 그래서 힘이 납니다. 고맙습니다.

그런데 책을 읽다가 궁금한 게 한 가지 생겼는데 무의식 환자인 경우 영혼은 어떻게 되는지요? 제가 배우기로는 항상 잠재적으로 의식이 없다 해도 표현이 안 될 뿐인 것으로 배웠고 인격적으로 대해야 한다고 배웠는데 의식과 영혼은 항상 같이 있는 것인지, 의식이 없다고 하더라도 영혼은 심장이 멎을 때까지는 신체에 머물러 있는지 궁금합니다. 그럼 이만 줄이겠습니다. 안녕히 계십시오.

2001년 6월 20일
김숙경 올림

【필자의 회답】

맞선을 보려 나온 남자들이 식대와 커피값도 낼 줄 모르고, 술을 마시지 않으면 제대로 의사 표현을 못 하고, 약속 시간을 어기고도 사과조차 할 줄 모르는 수준이라면 차라리 만나지 않은 쪽이 나을 겁니다.

요즘 남자들이 왜 이렇게도 왜소해졌는지 이해가 가지 않습니다. 그런 남자들과 결혼을 하느니 차라리 독신으로 수련이나 하면서 사는 것이 훨씬 낫지 않을까요? 결혼이란 해도 후회하고 안 해도 후회한다고 하는 말이 맞는 것 같습니다.

더구나 요즘은 구태여 결혼 같은 것 하지 않고 독신으로 마음 편하게 살려는 직장 여성들이 늘어나고 있지 않습니까? 물론 어머니의 성화에 못 이겨 맞선을 보셨겠지만 그렇게 하지 않아도 인연이 있으면 반드시 좋은 배필이 다가올 때가 있을 것입니다.

우리집에 방문하는 사람들 중에서 내가 수련 시간에 초청하는 수련자들은 다 그만한 이유가 있습니다. 우선 기문(氣門)이 열리지 않는 사람은 초청하지도 않습니다. 기문이 열리지 않는 사람은 내 서재에서 한 시간이나 그 이상씩 힘들고 갑갑해서 앉아 있을 수가 없기 때문입니다.

그러나 일단 기문이 열리고 기를 느끼는 사람은 내 서재에 앉아 있기만 해도 다른 장소에서보다 운기가 활발해져서 금방 단전이 달아오르게 됩니다. 수련이 본격적으로 시작되는 순간이기도 합니다. 물이 높은 데서 낮은 데로 흐르듯 생체 에너지인 기운도 강한 데서 약한 데로 흐르게 되어 있기 때문입니다.

수행자는 자기 수련에 도움을 주는 훌륭한 선배나 스승을 만났다고 판단이 되면 망설이거나 주저하는 일이 있어서는 안 됩니다. 이런 기회가 늘 있는 것이 아니기 때문입니다. 어쩌면 평생을 가도 이런 기회는 다시 만나기 어려울지도 모릅니다. 아니 한평생이 아니라 몇 생이 가도 만나기 어려울지도 모릅니다. 석가는 그런 기회를 눈먼 거북이가 바다에서 나무 판대기를 만나는 격이라고 했습니다. 구도자는 그 천재 일우의 기회를 결코 놓치는 일이 있어서는 안 될 것입니다.

그래서 신광(神光)은 달마(達磨)를 찾아갔을 때 만나기를 거절하자 한 겨울인데도 문 앞 한데서 사흘 동안이나 눈 속에 파묻히면서도 허락이 떨어지기를 학수고대했습니다. 그래도 허락이 떨어지지 않자 품고 있던 검으로 자기의 한쪽 팔을 잘라 버림으로써 그 결의를 나타냈습니다. 그때야 비로소 달마로부터 허락이 떨어졌고 그는 드디어 선종(禪宗)의 두 번째 교조가 되었습니다.

우리 선배들은 이처럼 구도를 위해 전심전력 신명을 다했습니다. 그러니 김숙경 씨도 기회다 싶으면 염치, 체면 같은 거 가리지 말고 독수리가 먹이를 채듯 과감하게 기회를 포착하여 용맹정진하시기 바랍니다.

내가 김숙경 씨 때문에 기침을 하고는 인상을 찌프렸다고 했는데 그건 김숙경 씨 때문이 아니라 다른 일 때문이었습니다. 설사 그런 일이 있었다고 해도 조금도 개의치 마시기 바랍니다. 인연이 없는 사람에게는 내 입으로 분명히 밝히니까 그러기 전에는 자기 마음대로 속단하지 마시기 바랍니다.

무의식 환자는 어찌된 것일까? 정신은 말짱한데도 언어 기능과 신경이 마비되어 꼼짝을 못 하니까 남이 보기에는 의식이 없는 것처럼 보일 때도 있습니다. 임종 시에 흔히 있는 일입니다. 그런가 하면 만취 상태가 되거나 심신이 마비되어 필름이 일시 끊어져 무의식 상태가 되는 수도 있습니다. 세 번째 경우는 유체(幽體)나 영체(靈體)가 몸에서 이탈하여 식물인간이 되는 수도 있습니다. 네 번째로는 심한 정신분열증으로 제 정신을 잃어 버렸을 경우입니다. 영체이탈 즉 출신(出神)의 경우 이외에는 영혼은 육체에 머물러 있다고 보아야 합니다.

150

〈61권〉

제사(祭祀)는 언제 지내야 하는가?

다음은 단기 4334(2001)년 6월 30일부터 같은 해 8월 29일 사이에 필자와 수련생 사이에 있었던 대화와 필자의 선도 체험 내용을 수록한 것이다.

이영우 씨가 말했다.

"선생님께서는 언젠가 『선도체험기』에서 제사는 가능하면 음기(陰氣)가 성(盛)하는 자시(子時, 밤 11시부터 1시 사이)에 지내는 것이 전통적인 방법이고 가능하면 그렇게 하는 것이 좋다고 하셨는데 지금도 그렇게 생각하십니까?"

"아닙니다."

"왜요?"

"지금은 생각이 좀 달라졌습니다."

"그동안에 무슨 변화라도 있었습니까?"

"있었습니다."

"선생님께서는 어떠한 변화가 계셨는지 모르겠지만 제가 보기에는 추석이나 설날에는 대부분의 가정에서 조상에게 차례를 지내는데 전통적인 방법대로라면 추석이나 설 전날 밤 11시부터 그 이튿날 1시 사이에 지내야 하지만, 요즘은 그렇게 하는 가정은 거의 없고 대개가 명절 당일 아침 9시나 10시경 가족들이 다 모이기 좋은 편리한 시간에 지내고 있는 것이 실정입니다. 차례뿐만이 아니고 요즘은 제사도 가족들이 모이기 좋은 시간에 맞추어 편리한 대로 지내는 경우가 추세인 것 같습니다. 이에 대해서 어떻게 생각하십니까?"

"이 세상에 변하지 않는 것은 아무것도 없습니다. 변하지 않는 것은 없다는 것이 변함없는 진리입니다. 전통적인 농업 사회에서는 직업 분화가 심하지 않고 가족 구성원들 모두가 비슷비슷한 생활들을 하고 있었으므로 가령 밤늦은 자시에도 모이기에 아무런 불편이 없었습니다.

그러나 요즘처럼 핵가족화가 정착되고 가족 구성원들이 제각기 다른 직업을 갖고 바쁘게 돌아가는 정보화 사회에서는 가족들이 그렇게 밤늦은 자시에 모이기가 쉽지 않습니다. 그래서 요즘은 가족들이 모이기 좋은 편리한 시간에 제사를 지내는 경향이 보편화되어 가고 있습니다. 모든 의례(儀禮)는 당연히 그 사회의식의 변화의 추이에 보조를 맞추어 나가는 것이 당연한 일입니다."

"초저녁에 제사를 지내지 않는다는 말이 있는데 무슨 근거가 있는 말입니까?"

"내가 보기에는 아무 근거도 없는 말입니다."

"그럼 제사는 언제 지내는 것이 좋겠습니까?"

"각 가정마다 편리한 대로 아침이든 저녁이든 될 수 있는 대로 식사 시간에 맞추어 지내는 것이 좋습니다. 그래야만이 제사 지내는 데 부담이 되지 않고 오히려 조손(祖孫)이 다 함께 즐기는 축제가 될 수 있습니다."

"그 외에 다른 이유는 없습니까?"

"있습니다."

"그게 무엇인지요?"

"조상의 신령들과 그 후손인 우리들은 사실은 유명(幽明)만 달리했을 뿐 그 마음은 하나입니다. 조상의 신령들이 어디 먼 곳에 동떨어져 있는 것이 아니고 후손들의 마음속에서 살고 있습니다. 그래서 제사 지내는 후손들의 효성이 지극하면 조상 신령들은 언제든지 제사 때에 기꺼이 찾아오게 되어 있다는 것을 알게 되었습니다."

"그러나 보통 사람들은 제사는 단지 조상에 대한 성의 표시지 조상의 신령이 직접 제사상을 받는 것은 아니라고 생각하고 있는 것이 현실이 아닙니까?"

"그것은 제사 때 육안으로는 조상의 신령을 보지 못하니까 그렇게들 말하고 있는데 사실은 그렇지 않습니다. 육안으로 보이는 것만이 진실의 전부는 아닙니다. 우리가 수행으로 우리의 심신을 단련하면 오감(五感)의 경지를 능히 벗어나면 직관(直觀)을 통하여 그전보다 훨씬 더 넓은 세계를 볼 수 있습니다."

"그럼 제사 때마다 조상의 혼령들이 오시는 것이 사실입니까?"

"사실이고말고요."

"그럼 제사 시간에도 구애받지 않고 조상의 혼령들은 제사나 차례 때마다 찾아오신다는 말씀입니까?"

"그렇습니다. 나는 자시에도 아침에도 저녁에도 다 제사를 지내 보았지만 조상님의 혼령들은 언제나 찾아오셔서 춤을 추면서 즐겁게 노시다가 제사상을 받으시는 것을 보았습니다."

"그렇다면 제사를 꼭 자시에 지내려고 졸리고 피곤한 몸을 무릅쓰고 억지로 식구들을 기다리게 하거나 수고롭게 할 필요는 없겠군요."

"그렇습니다. 제사는 형식을 지키는 것만이 능사가 아니라 정한수를 한 대접 떠놓는 한이 있더라도 진심이 서려 있어야 조상의 혼령이 감응을 일으키게 되어 있습니다."

"부득이한 경우 제삿날을 며칠 앞당기거나 뒤로 미루거나 할 수도 있습니까?"

"구체적으로 어떤 경우를 말합니까?"

"가령 어머님 제삿날을 며칠 앞두고 부득이하게 해외여행을 떠나지 않을 수 없게 되었다면 제사를 며칠 당겨서 지낼 수 있을까요?"

"물론입니다. 어머님께서 생존해 계실 때 생신날을 이틀 앞두고 공무로 먼 곳에 출장을 떠나지 않을 수 없는 경우가 생겼을 때 어떻게 하시겠습니까? 미리 어머님을 찾아가 사정 얘기를 하고 양해를 구하든가 장남일 경우에는 어머님 생신상을 이틀 앞당겨 차려 드릴 수도 있습니다. 제사도 마찬가지로 그렇게 할 수 있습니다."

"역시 효심이 문제지 형식이 문제가 되는 것은 아니군요."

"그렇습니다."

"그리고 가령 아버님과 어머님 기일이 같은 날이든가 하루이틀 차이라면 두 분 기일 중 어느 하루를 정하여 합사(合祀)할 수도 있을까요?"

"물론입니다. 기일이 하루 차이인데 일일이 따로 제사를 지내어 후손들을 번거롭고 힘들게 하는 것은 조상님들도 원치 않으십니다. 언제나 문제는 지극한 효심입니다. 후손들의 마음속에 지극한 효심이 서려있을 때 조상의 혼령들은 바로 그 마음속에 계시면서 항상 감응을 일으키고 계시다는 것을 잊지 말아야 합니다."

"조상님의 혼령은 영계(靈界)에 계시는 것이 아닌가요?"

"물론 영계 또는 천계에 계십니다."

"그런데 어떻게 후손들의 마음속에 계시다고 하십니까?"

"효성이 지극할 때는 시공(時空)을 초월하여 영계와 이승이 하나로 통하게 되어 있습니다."

"지성(至誠)이면 감천(感天)이란 말이 틀림없군요."

"그렇습니다. 사람의 마음은 하늘과 영계를 전부 다 하나로 포용할수 있습니다."

"제사나 성묘 때 흔히 조상 신령에게 복을 구하는 일이 있는데 그것은 어떻게 생각하십니까?"

"제사나 성묘는 어디까지나 조상에 대한 인사요 효도에 그쳐야 합니다. 종교 의식을 기복 신앙의 현장으로 바꾸는 것도 안 되지만 효도의자리가 되어야 할 제사와 성묘를 이기적인 목적으로 이용하는 어리석음은 범하지 말아야 합니다.

세배하는 자리에서 분가한 자식이 노골적으로 돈을 달라고 손을 내민다면 부모는 그런 세배는 차라리 안 받는 것이 낫다고 생각할 것입니다. 부지런하고 착실한 자식이라면 스스로 벌어서 쓸 것이지 분가한 뒤에도 부모에게 손을 내밀지는 않습니다.

하늘은 스스로 돕는 자를 도와주는 것과 같이 조상은 스스로 돕는 자손들을 아무 말 하지 않아도 음으로 양으로 도와주게 되어 있습니다. 그러므로 제사를 극진한 효도의 자리 이외의 이기적인 기복(祈福)의 목적에 이용함으로써 조상을 불편하게 하고 모독하는 일이 있어서는 안 될 것입니다. 그것은 조상에 대한 후손의 예의가 아닐 뿐 아니라 후안무치(厚顔無恥)한 짓입니다. 복은 어디까지나 스스로 만드는 것이지 누구에게 빌어서 얻어지는 것이 아닙니다.”

“과연 그렇기만 할까요?”

“그렇습니다. 『삼일신고(三一神告)』에 나와 있는 그대로 선복악화(善福惡禍)요 청수탁요(淸壽濁妖)요 후귀박천(厚貴薄賤)입니다. 착한 일을 하는 사람에겐 복이 스스로 굴러 들어오고 악한 짓을 하는 사람에겐 앙화(殃禍)가 찾아오며, 기운이 맑은 사람은 장수(長壽)하고 기운이 탁한 사람은 요절(夭折)하고, 후덕(厚德)한 사람은 고귀(高貴)해지고 박절(薄切)한 사람은 천박(淺薄)진다는 말입니다.”

“그러니까 복은 누구나 스스로 만드는 것이지 누구에게 기도를 하거나 간청한다고 해서 오는 것은 아니군요.”

“그렇습니다. 오직 자업자득(自業自得)이 있을 뿐입니다. 다시 말해서 언제나 바르고 착하고 슬기롭게 살아가는 사람에게 행복은 제 발로 걸어오게 되어 있습니다.”

나 자신이 안개처럼 사라진다

오상원이라는 중년의 수련생이 물었다.

"선생님, 저는 반가부좌하고 수련하다가 보면 갑자기 저 자신이 마치 안개처럼 흔적도 없이 사라져 없어져 아무것도 아닌 것이 되어 버리는 경우를 겪게 됩니다. 왜 그런 현상이 일어날까요?"

"그건 수련이 한 단계 높아지는 징후입니다."

"수련이 한 단계 높아지는데 왜 그런 현상이 일어날까요?"

"그건 지극히 당연한 일입니다."

"왜 그렇죠?"

"원래 우리들 자신을 포함한 삼라만상은 아무것도 아니기 때문입니다."

"아무것도 아니라뇨? 그게 무슨 말씀이십니까? 우리는 이렇게 엄연히 영육(靈肉)을 갖추고 앉아 있지 않습니까?"

"그러나 그것은 생명의 순환의 한 과정일 뿐이지 언제까지나 지금 이 모습 이 모양대로 영원히 존재하는 것은 아닙니다. 오상원 씨는 10년 20년 30년 뒤에도 우리가 지금과 똑같은 모습으로 앉아 있을 수 있다고 생각하십니까?"

"물론 그렇지는 않겠죠."

"그렇습니다. 일단 태어난 이상 우리는 생로병사(生老病死)를 거쳐 조만간 이 지구상에서 그야말로 흔적도 없이 사라지고 말 것입니다.

죽은 다음에 아무리 왕기(王氣)가 서린 명당에 매장된다고 해도 세월이 흐르면 언젠가는 피는 물로, 물론 뼈는 흙으로 변하여 그야말로 흔적도 없이 사라져 버리고 말 것입니다.

공수래공수거(空手來空手去) 그대로입니다. 빈손으로 왔다가 빈손으로 돌아가는데 무슨 흔적 따위가 이 세상에 남겠습니까? 오상원 씨가 수련 중에 자신의 모습이 안개처럼 흔적도 없이 사라져 아무것도 아닌 것이 되어 버렸다는 것은 모든 존재의 궁극적인 실상을 있는 그대로 화면상으로 보여 준 것입니다."

"누가요?"

"섭리입니다."

"무엇이 섭리입니까?"

"오상원 씨의 수련을 관장하는 주체(主體)인 자성(自性)입니다."

"지금까지 책을 통해서 읽어만 왔던 일이 실제로 저 자신에게 일어났다고 생각하니 너무나 놀라워서 다만 어리둥절할 뿐입니다."

"처음 경험한 일이니까 그렇게 생각되는 것도 당연합니다. 오상원 씨는 그렇게 자기 모습이 흔적도 없이 사라지는 것을 확인하고 어떤 기분이 들었습니까?"

"어떤 기분이라뇨?"

"오상원 씨 자신이 안개처럼 분해되어 사라지는 것을 알고는 마음이 허전해지지는 않았습니까?"

"이상하게도 그렇지는 않았습니다."

"그럼 어떤 느낌이 들었습니까?"

"상실감(喪失感)이나 허무감(虛無感)이나 비애(悲哀) 같은 것은 전연 아니고 오히려 무한한 충족감이라고 할까 성스러운 희열이라고 할까 다함없는 법열(法悅)이라고 할까 그러한 충일감(充溢感)을 맛보았습니다."

"왜 그런 느낌을 받았다고 생각하십니까?"

"그것이 저에게도 수수께끼입니다."

"상식적으로 생각하면 자기 자신이 아무것도 아닌 것으로 변해 버렸으니 얼마나 허무한 느낌이 들겠습니까? 그런데 허무감 대신에 무한한 희열을 맛보았다는 것은 범상한 일이 절대로 아닙니다."

"범상한 일이 아니라고요?"

"그렇습니다."

"그럼 그 아무것도 아닌 것이 도대체 무엇일까요?"

"그것이 바로 오상원 씨 자신의 존재의 실상입니다."

"그럼 제가 결국은 아무것도 아닌 그러한 존재라는 말씀입니까?"

"그렇습니다. 모든 존재의 실상은 본래 청정하여 아무것도 없는 겁니다. 그것이 바로 한마음입니다. 오상원 씨가 수련 중에 자기 자신의 모습이 안개처럼 사라져 없어진 것은 이러한 존재의 실상을 동영상적(動映象的) 시범으로 보여 준 것입니다."

"그런데 선생님, 아무것도 아닌 것으로 변해 버린 저 자신을 보고 무한한 희열을 느낀 것은 무엇 때문일까요?"

"그 아무것도 아닌 것 즉 한마음 속에는 모든 것이 다 들어 있기 때문입니다."

"모든 것이 다 들어 있다는 것은 무엇을 뜻합니까?"

"우주 전체가 다 들어 있다는 뜻입니다."

"그럼 제가 우주 그 자체라는 말씀입니까?"

"아직은 그런 실감이 나지 않을 것입니다. 그러나 그러한 경험을 수천 번 수만 번 겪다가 보면 어느 땐가는 오상원 씨 자신이 바로 우주의 실상 그 자체라는 확실한 자각이 들 때가 반드시 찾아올 것입니다. 그것을 무엇이라고 하는지 아십니까?"

"모르겠는데요?"

"그게 바로 견성(見性)입니다."

"견성요?"

"그렇습니다. 성(性)이란 이 경우 진리를 말합니다. 진리의 실체를 자기 내부에서 발견하는 것을 견성이라고 하고 그 진리와 자기 마음이 하나로 통하는 것을 성통(性通)이라고 합니다."

"견성을 하면 어떻게 되죠?"

"보림(補任) 과정을 거쳐 구경각(究竟覺)을 얻게 됩니다."

"구경각이 무엇입니까?"

"견성한 뒤에 성불(成佛)하는 것이고 성통한 뒤에 공완(功完)하는 것을 말합니다."

"소위 견성성불(見性成佛), 성통공완(性通功完)을 말합니까?"

"그렇습니다."

"성통공완하면 어떻게 됩니까?"

"오욕칠정(五慾七情)에 흔들리지 않으므로 부동심(不動心)을 가질 수 있게 됩니다."

"부동심이란 어떤 것입니까?"

"생사를 초월하여 유유자적(悠悠自適)할 수 있고 어떤 난관이 닥쳐 와도 마음이 흔들리지 않는 것을 말합니다."

"구경각을 얻은 뒤에는 무엇을 합니까?"

"학문으로 일가를 이룬 사람은 후배를 양성하고, 깨달음으로 도를 성취한 사람은 후배 구도자를 가르치는 것이 지극히 당연한 일이 아니 겠습니까?"

"그렇군요."

"스승이 있는 곳에 제자가 모여드는 것은 물이 높은 데서 낮은 데로 흐르듯 지극히 자연스런 현상입니다.

점(占)을 어떻게 생각하십니까?

우창석 씨가 물었다.

"선생님은 점을 어떻게 생각하십니까?"

"점은 믿을 것이 못 됩니다."

"왜요?"

"사람에게는 오감이 있고 이것을 지배하는 직감과 관찰력이 있습니다. 지성도 판단력도 있고 예지력도 있습니다. 이것을 이용하여 가능한 모든 정보를 수집하여 그것을 토대로 사물을 알아내는 것이 정도(正道)입니다. 점을 믿는다는 것은 자기 자신의 관찰력과 판단력을 포기한 것과 같습니다."

"그런데도 불구하고 점이 성행하는 이유는 무엇일까요?"

"성실(誠實) 대신에 요행수(僥倖數)를 구하는 안이함과 게으름 때문입니다. 비록 어려운 처지에 빠져 있더라도 자기 앞길을 자기 눈으로 보고 판단하고 실천해야 합니다. 호랑이한테 물려 가도 제정신만 똑바로 차리고 있으면 반드시 살길이 열리게 되어 있습니다."

"아무리 열심히 살려고 발버둥쳐도 일은 잘 풀리지 않고 앞길이 막막할 때 사람들은 흔히 점쟁이를 찾아갑니다. 선생님이 만약 그런 처지라면 어떻게 하실 겁니까?"

"그러면 그럴수록 상황을 잘 살피고 최신 정보를 수집 종합하여 내

힘으로 앞길을 타개해 나갈 것입니다."

"만약에 낯선 길을 가시다가 좌우 두 갈래길이 나왔을 때 물어볼 상대도 없고 판단할 자료도 없을 때 어느 길을 택하시겠습니까?"

"그런 때 관을 합니다."

"어떻게 말입니까?"

"옛날에 어떤 힘센 총각이 먼 길을 떠났습니다. 산길을 가다가 보니 황소만한 호랑이가 무엇을 노려보면서 으르렁대고 있었습니다. 다음 순간 그는 중년 선비 한 사람이 그 앞에서 벌벌 떨고 있는 것을 발견했습니다. 총각은 맨손으로 호랑이에게 달려들어 치열한 격투 끝에 마침내 그 호랑이를 때려눕혔습니다.

선비는 그 총각을 생명의 은인이라고 받들면서 근처에 있는 자기집으로 데려갔습니다. 선비는 그 지방 토호로서 만석꾼이었습니다. 그날 저녁 그의 집에서 귀빈 대접을 받은 청년에게 선비는, 아직 미혼이면, 마침 자기에게 혼기가 된 한 살 터울의 딸 형제가 있으니 골라잡으라고 했습니다.

나란히 앉아 있는 딸 형제를 보니 둘 다 청년의 눈을 황홀하게 할 만큼 출중한 미모와 기품을 갖추고 있었습니다. 그 순간 청년도 이 둘 중에서 평생의 반려자를 선택하리라 작정했습니다. 만약에 우창석 씨가 바로 그 청년이라면 둘 중 누구를 선택하겠습니까?"

"저라면 둘 중에서 유달리 제 마음을 끄는 쪽을 택하겠습니다."

"그 두 길을 놓고도 그렇게 하면 됩니다. 자기도 모르게 마음이 쏠리는 쪽이 있을 것입니다. 그 길을 택하면 됩니다. 그렇게 하는 것이 동전을 던져 점을 치는 것보다는 낫습니다."

"왜 그렇습니까?"

"점을 치는 것은 물에 뛰어들어야 할 절박한 경우를 당했을 때 눈을 감는 것과 같습니다. 그러나 그런 때일수록 눈을 똑바로 뜨고 상황을 잘 살펴야 살길이 열립니다. 비록 착오를 일으켰다고 해도 뒤에 그 원인을 밝혀내어 바로잡을 수 있는 근거와 자료를 확보할 수 있기 때문입니다."

"그러니까 끝까지 깨어 있으라는 말씀이군요."

"그렇습니다. 바로 그 속에 길이 있습니다. 점(占)은 나태와 요행수를 바라는 마음의 산물입니다. 부지런하고 바르고 착하고 지혜롭게 살아가는 사람에게는 점 따위는 필요 없습니다. 더구나 구도자가 점 따위에 관심을 기울이는 것은 구도를 그만두겠다는 것과 같습니다. 점이란 멀쩡한 눈을 가진 사람이 눈감고 끊임없는 미로(迷路) 속에 자기 자신을 던져 넣는 것과 같이 어리석은 짓입니다."

"그래도 운명철학관을 찾는 사람들이 계속 늘어나는 것은 무엇 때문일까요?"

"생활이 건전하지 못하기 때문입니다. 부귀영화를 추구하는 사람들이나 사기협잡이나 권모술수로 살아가는 사람들이 흔히 점집을 많이 찾는 이유가 거기에 있습니다. 이기심이 시야를 가리고 있어서 눈앞이 보이지 않으니 철학관을 찾을 수밖에 없습니다. 이런 사람들은 철학관을 찾기 전에 이기심을 제어하여 마음을 비우고 바르고 착하고 슬기롭게 살기로 작정을 하면 머지않아 눈앞이 훤히 열리고 자기 갈 길이 보일 것입니다."

마음이 얼마나 열렸는가를 본다

우창석 씨가 물었다.

"선생님께서는 제자를 선택할 때 무엇을 기준으로 삼으십니까?"

"우선 마음이 얼마나 열려 있는가를 봅니다."

"수행과 마음 여는 것하고 무슨 관계가 있습니까?"

"될성부른 나무는 떡잎부터 알아본다고 했습니다. 마음이 꽉 막혀서 융통성이 없는 사람은 아무리 수련을 시켜 보았자 헛일입니다."

"융통성이라고 하셨는데 그것이 있는지 없는지는 어떻게 알아낼 수 있습니까?"

"나도 10여 년 동안이나 찾아오는 사람들은 접대하다가 보니까 이제는 어지간히 도가 트여서 지금은 척 보면 벌써 훤히 내다보입니다. 무슨 일이든지 한 가지 일을 오래 하다 보면 반드시 물리(物理)가 트이게 마련입니다."

"융통성이란 무엇입니까?"

"사물을 객관적으로 보는 눈을 말합니다."

"어떻게 해야 사물을 객관적으로 볼 수 있습니까?"

"우선 이기심에서 벗어나야 합니다. 사람은 이기심에서 벗어나는 정도에 따라 시야가 넓어지게 되어 있습니다. 시야가 넓어질수록 행동반경도 넓어집니다. 시야가 넓은 사람을 보고 우리는 융통성이 있다고 말합니다. 이기심에서 많이 벗어나면 벗어날수록 우리는 역지사지(易地思之), 애인여기(愛人如己) 정신을 발휘할 수 있습니다."

"애인여기(愛人如己)가 무엇인데요?"

"『참전계경』에 나오는 구절입니다, 글자 그대로 남을 자기 자신처럼 사랑한다는 뜻입니다. 역지사지(易地思之)와도 통하는 말입니다. 수행의 승패는 애인여기, 역지사지 정신의 이행 여부에 달려 있습니다. 사고(思考)의 융통자재(融通自在)는 애인여기와 역지사지 정신에서 나옵니다. 그런데 이기심은 인간의 사고에 동맥경화증을 일으켜 앞뒤가 꽉 막히게 합니다.

그 좋은 실례가 요즘 방영되고 있는 '명성황후'라는 드라마에서 극적으로 잘 보여 주고 있습니다. 원자 생기기를 고대하던 중 명성황후가 임신을 하여 사내 아기를 분만했습니다. 왕실과 나라 전체가 다행으로 여겼는데 그 아이는 사흘이 되도록 배변을 못 하기에 살펴보니 항문이 막혀 있었습니다. 기형아(畸形兒)였습니다.

조대비(趙大妃), 대원군, 고종, 명성황후를 비롯하여 왕실 전체가 근심 걱정에 싸였습니다. 일부에서는 천주교를 통하여 민간에 잠입해 들어와 포교하면서 은밀히 의술(醫術)도 베풀고 있는 서양 의사를 불러 수술을 해야 된다는 의견을 제시했습니다. 고종도 황후도 대원군도 수술을 하여 막힌 항문을 열어 주려고 했습니다.

그러나 조대비는 완강하게 반대했습니다. 이유인즉 지중한 왕손의 몸에 칼을 대다니 천부당만부당(千不當萬不當)하다는 것입니다. 만약에 칼을 대어 불행을 당하기라도 하면 열성조(列聖祖)에게 씻을 수 없는 크나큰 죄를 짓는 것이므로 순리를 따라야 한다는 것입니다.

　조대비의 논리대로 하면 막힌 항문을 그대로 두는 것이 순리를 따르는 것이 됩니다. 그러나 막힌 것은 뚫어 주는 것이 순리지 어떻게 막힌 것을 그대로 방치하는 것이 순리일 수 있겠습니까? 지금 생각하면 일개 무식한 아녀자의 대갈일성(大喝一聲)에 온 왕실과 조정이 벌벌 떨고 쥐 죽은 듯 항의 한마디 못 했습니다. 알고 보면 이 세상에 무식한 사람의 고집처럼 무서운 것은 없습니다.

　갓난아기의 친부모인 고종과 황후도 속수무책이었습니다. 결국 그 아기는 변독(便毒)으로 출생한 지 사흘 만에 목숨을 잃었습니다. 이때 아기의 부모 중 누구라도 융통성과 기지(奇智)를 발휘할 수 있었더라면 그 아기는 얼마든지 살아날 수 있었을 것입니다.”

　“어떻게 말입니까?”

　“막힌 시궁창은 당연히 뚫어 주어야지 그렇지 않으면 시내가 범람하여 악취가 진동하고 도시 기능이 마비될 것입니다. 막힌 항문은 당연히 뚫어 주어야지 그렇지 않으면 그 생명체는 똥독이 온몸에 퍼져 죽을 수밖에 없습니다.

　막힌 것은 뚫어 주는 것이 자연의 순리입니다. 아기의 항문에 칼을 댈 수 없다면 대꼬챙이로라도 뚫어만 주었더라도 아기는 죽음을 면할 수 있었을 것입니다. 대꼬챙이가 안 된다면 손톱으로라도 항문을 뜯어 열어 주었어야 했습니다.

　마치 신생아의 탯줄을 끊을 때 가위나 칼이 없으면 이빨로 물어뜯어 자르듯이 말입니다. 그러나 고종의 첫 아들은 조대비의 옹고집으로 아무도 손써 주는 이 없이 불쌍하게 죽어 갔습니다. 사고(思考)의 경직성이 빚어낸 터무니없는 비극입니다. 이것은 어찌 보면 이조 5백년의 낙조를 예고하는 것과도 같은 상징적이 사건이었습니다."

"그런 때는 아기의 친부모가 결단을 내렸어야 하는 거 아닙니까?"

"물론입니다. 부모 중 누구라도 아기의 처지가 되었더라면 해답은 손쉽게 얻을 수 있었을 것입니다."

"콜럼버스의 달걀과 같은 고정관념으로부터의 발상의 전환이 필요했었는데 아무도 그렇지 못했군요."

"그렇습니다. 이 사건은 아무래도 이 나라 왕실의 난국 돌파력을 시험해 보려는 섭리가 아니었나 생각됩니다."

"왕실 전체가 당황망조(唐慌罔措) 속에서 허위적대기만 했지 아무도 제정신을 차리고 융통성을 발휘하지 못했습니다. 수련자들은 이런 실수를 저질러서는 안 됩니다."

"어떻게 하면 그런 실수를 저지르지 않을 수 있겠습니까?"

"이기심에서 어느 정도 떠나 있기만 해도 융통자재(融通自在)한 사고(思考)의 여유를 얻을 수 있었을 것입니다. 깨달음은 이러한 사고방식에서 나옵니다."

권태기(倦怠期)를 극복하는 비결

삼십 대 초반의 회사원인 정대윤 씨가 물었다.

"선생님, 결혼생활이 원만해지려면 어떻게 해야 합니까?"

"결혼한 지 몇 해나 되었는데 그러십니까?"

"3년 됐습니다."

"아직 아기는 없습니까?"

"아기라도 하나 있으면 하는데 생기지를 않습니다."

"부인도 직업을 갖고 있습니까?"

"네 저와 같은 회사원입니다."

"같은 회사에 다닙니까?"

"아닙니다. 다른 회사에 다니고 있습니다."

"맞벌이부부군요."

"그렇습니다."

"두 분은 지금 권태기에 들어와 있는 것 같습니다."

"저도 그렇게 생각합니다. 선생님, 권태기는 왜 생깁니까?"

"신혼기의 달콤한 사랑이 식었기 때문입니다."

"어쩐지 요즘은 신혼기 같으면 아무것도 아닌 일로 서로 승강이를 하고 짜증을 내게 되는데 그것도 사랑이 식었기 때문이군요."

"그렇습니다."

"그렇다면 우리의 결혼에도 위기가 온 거 아닙니까?"

"결혼은 사랑으로만 유지되는 것은 아닙니다."

"그럼 무엇으로 됩니까?"

"사랑은 열풍과 같은 겁니다. 신혼의 열풍은 항상 부는 것은 아닙니다. 부부가 한평생을 살아가노라면 온갖 역경을 견디고 극복해야 합니다. 물론 그 중에는 권태기도 들어 있습니다."

"어떻게 하면 권태기를 잘 극복할 수 있겠습니까?"

"권태기를 겪고 있는 자기 자신의 모습을 관(觀)하도록 하십시오."

"권태기를 겪고 있는 저 자신의 모습을 관(觀)하라는 말씀입니까?"

"그렇습니다."

"그렇게 관을 하면 어떻게 됩니까?"

"직접 해 보면 알게 될 것입니다. 지금부터 한 10분간 권태기에 접어든 자기 자신을 관해 보세요."

10분 동안 명상에 잠겨 있던 그가 눈을 떴다.

"무슨 느낌이 들었습니까?"

"어쩐지 저 자신이 왜소하다는 느낌이 들었습니다. 선생님."

"왜 그런 느낌이 든다고 생각하십니까?"

"결혼이라는 것을 아무 준비 없이 너무 안이하게 시작했기 때문에 그런 느낌이 드는 게 아닌가 생각됩니다. 따뜻한 바람이 불고 나면 찬 바람이 불 때도 있는데 그것을 미리 대비하지 못한 제가 너무 안이하고 왜소하다는 느낌이 들었습니다."

"그 정도라도 자기성찰(自己省察)을 할 수 있었다니 참으로 다행입니다. 결혼은 밀월(蜜月)만 있는 게 아니고 온갖 신산고난(辛酸苦難)을 다 겪어야 하는 생활의 현장입니다. 신혼의 열정은 곧 식게 되므로 그 것만 가지고는 이 현실을 극복할 수 없습니다."

"애정이 식을 때는 어떻게 하면 됩니까?"

"상대에 대한 신뢰와 끊임없는 배려로 이겨 나가야 합니다. 내 마음 이 늘 아내에게 가 있으면 그녀가 지금 무엇을 생각하는지 원하는 것 이 무엇인지 직감적으로 알게 됩니다. 상대방의 생각과 감정을 내가 앞질러 알아 버리면 얼마든지 미리 대비할 수 있으므로 다툴 것도 싸 울 것도 없어질 것입니다.

그렇게 되면 정대윤 씨 부인 역시 남편이 자기를 극진히 위해 준다 는 것을 본능적으로 눈치채고는 그녀도 가만히 있지는 않을 것입니다. 그녀 역시 지지 않으려고 남편에게 관심을 기울일 것입니다. 상대에 대한 배려가 핑퐁처럼 왔다갔다하는 사이에 세월의 이끼가 끼고 부부 애는 두께를 더해 가게 될 것입니다.

신혼의 열정은 열풍처럼 스쳐지나가지만 이렇게 일상생활로 다져진 부부애는 오랜 시간 쌓여진 우정과 같아서 열풍처럼 스쳐지나가는 일 은 없을 것입니다. 그것은 두 사람을 잇는 신뢰의 튼튼한 유대(紐帶)가 되어 같이 살아가는 동안 서로 떨어지지 못하게 할 것입니다."

"그러니까 아무리 부부라고 해도 서로 끊임없는 마음의 교류가 이루 어져야 한다는 말씀이군요."

"그렇습니다. 그 교류가 없으면 허울만 부부지 속은 남남이 될 것입 니다. 그러므로 부부는 이기심에서 벗어날 수 있는 가장 기초적인 공동체 단위입니다. 부부간에도 이기심만이 팽배하면 냉기밖에 흐르지 않게 될 것이고 미구에 이혼으로 끝나게 될 것입니다."

"이타심(利他心) 없는 사람은 결혼할 자격도 없다고 해야 되겠군요."

"물론입니다. 그러므로 욕정(慾情)만 가지고 하는 결혼은 진정한 의미의 결혼이 아니라 욕정을 해결하기 위한 일시적인 남녀의 야합에 지나지 않습니다. 신혼여행길에 이혼하는 것이 바로 이런 경우입니다. 정대윤 씨도 일단 결혼을 했으니 실패하는 일 없이 꼭 성공시켜야 합니다. 넓은 의미에서 좋은 남편이 되는 것도 하나의 수도(修道) 과정입니다. 부디 아내에게서 버림당하는 남편이 되지 말고 아내의 존경과 사랑을 받는 좋은 남편이 되도록 노력하시기 바랍니다."

"좋은 말씀 들려 주셔서 고맙습니다."

남에게 환영받는 사람이 되려면

우창석 씨가 물었다.

"선생님, 남에게 늘 환영받는 사람이 되려면 어떻게 하면 좋겠습니까?"

"그건 아주 간단합니다."

"어떻게요?"

"남이 싫어하는 일을 피하고 남이 좋아하는 일을 하면 됩니다."

"어떤 것이 남이 좋아하는 일입니까?"

"누구나 남이 나에게 해 주었으면 하는 일들이 있을 겁니다. 바로 그 겁니다. 그런 일을 남에게 하면 됩니다."

"돈을 주는 겁니까?"

"돈을 주다뇨?"

"이 세상에 돈을 좋아하지 않는 사람은 없을 것입니다. 돈을 많이 벌어서 필요한 사람에게 늘 나누어 주면 될까요?"

"우창석 씨는 그렇게도 공짜를 좋아합니까?"

"아뇨."

"우창석 씨를 포함한 대부분의 건전한 사고방식을 가진 사람들은 공짜를 바라지 않으므로 그것은 아닙니다."

"그럼 지식입니까?"

"지식을 싫어하는 사람은 없습니다. 그러나 지식의 습득 역시 노력

없이 공짜로 바라는 사람은 많지 않습니다."

"그럼 정보통이 되는 겁니까?"

"정보 역시 지식과 마찬가지입니다."

"그럼 기술일까요?"

"기술 역시 노력의 산물입니다."

"그럼 마르지 않는 샘물처럼 남에게서 늘 환영받는 사람이 되려면 어떻게 해야 합니까?"

"예절을 제대로 차릴 줄 아는 사람이 되는 겁니다."

"예절이라뇨? 그건 너무 간단하지 않습니까?"

"간단한 것 같으면서도 일상생활에선 항상 실행하기 어려운 것이 바로 예절 차리는 일입니다. 친밀한 사람은 친밀한 대로 소원(疏遠)한 사람은 소원한 사람대로 예절을 제대로 지키는 사람은 남에게서 홀대(忽待)당하는 일이 결코 없을 것입니다."

"요컨대 예절을 제대로 차리는 사람은 늘 남에게서 환영을 받을 수 있다는 말씀이시군요."

"그렇습니다."

"그렇다면 예절을 차린다는 것은 아무나 할 수 있는 일은 아니지 않습니까?"

"그렇습니다. 예절은 돈, 지식, 정보, 기술을 능가하는 삶의 지혜입니다. 아무리 돈이 많고 지식이 많고 정보를 많이 가지고 있고 기술에 달통(達通)해 있다고 해도 교만한 사람은 결국에 가서는 남의 멸시는 받을지언정 환영을 받을 수는 없습니다."

"예절을 차리려면 어떻게 해야 합니까?"

"예절을 차리려고 하기 전에 예절이 무엇인지 아십니까?"

"예절이란 내가 원하는 것을 상대가 가지고 있을 때 그것을 얻어내기 위해서 내가 구사하는 예비 작업이라고 생각합니다."

"그렇습니다. 상대가 내가 원하는 것의 대가로 돈을 요구한다면 돈을 주면 간단히 해결이 됩니다. 이것을 상행위라고 합니다. 그러나 부모와 자녀, 스승과 제자, 의사와 환자, 지휘관과 부하, 상관과 하급자, 선장과 선원 사이에는 상행위만으로 해결이 안 되는 미묘한 경우가 있을 수 있습니다.

이럴 때는 상대가 내가 원하는 것을 기꺼이 내어 주겠다는 마음이 일어나도록 이쪽에서 어떤 작용을 가해야 합니다. 그 작용이 바로 예절이고 그것을 잘하고 못하느냐에 따라 원하는 것을 얻느냐 못 얻느냐가 결정됩니다. 어떻게 하면 상대의 호감을 살 수 있겠습니까?"

"그게 정말 어렵겠는데요."

"어렵더라도 뚫고 나가야 합니다. 그것을 뚫고 나가는 과정이 바로 예절입니다. 그러나 여기서 한 가지 짚고 넘어가야 할 것은 예절 차리는 비결은 돈, 지식, 정보, 기술처럼 한계를 드러내는 일이 없다는 것입니다."

"왜 그럴까요?"

"그것은 사람이라면 누구나 다 가지고 있는 지혜의 산물이기 때문입니다. 예절은 바로 지혜에서 나옵니다. 따라서 예절은 이 지혜의 구체적 표현입니다."

"선생님 저는 그 지혜를 알고 싶습니다."

"그것은 내가 원하는 것을 갖고 있는 상대를 찾아가기 전에 상대의 처지가 되어 보는 겁니다."

"그렇게 함으로써 무슨 이득이 있습니까?"

"상대가 무엇을 원하는가를 알아낼 수 있습니다. 그것을 알아내면 그의 호감을 사는 것도 어렵지 않습니다. 그의 호감을 살 수 있다면 그에게서 내가 원하는 것을 얻어내기는 식은 죽 먹기일 것입니다."

"그 말씀을 들으니 지피지기(知彼知己)는 백전불태(百戰不殆)라는 손자병법(孫子兵法)이 생각납니다."

"그렇습니다. 여기서는 전쟁을 무언의 흥정이나 거래로 바꾸어 놓으면 됩니다. 나를 알고 상대를 알고 나면 내가 어떻게 해야 할 것인지도 환히 알 수 있게 될 것입니다. 그것이 지혜이고, 지혜에서 나온 생활 윤리가 바로 예절입니다.

상대에게서 무엇을 얻어내기 위해서 나는 무엇을 상대에게 먼저 주어야 할 것인가를 알아내는 것이 지혜이고 이것을 실천하는 것이 예절입니다. 예절을 제대로 차릴 줄 아는 사람은 어떠한 경우에도 남의 호감을 잃는 일이 없을 것입니다.

대인관계의 성패는 예절을 어떻게 차리느냐에 달려 있습니다. 하도 예절 차리기가 복잡 미묘해서 전통 사회에는 매 경우에 따라 일정한 관례와 기준이 있었습니다만 이것 역시 시대 상황과 환경과 인심의 변화 추이에 따라 끊임없이 다양하게 변화하고 있습니다.

그러므로 무조건 구습을 따르다간 눈치 없고 성의 없는 사람으로 낙

인찍히기 쉽습니다. 그렇게 되지 않기 위해서는 전례를 따를 생각을 하지 말고 언제나 일대일로 그때그때 형편에 따라 임기응변(臨機應變)으로 상대의 의중을 파악하여 지혜롭게 처신해야 합니다."

"생각해 보니 정말 어려운 일인데요."

"그러나 늘 깨어 있으면서 상대의 처지에 내 마음이 가 있으면 그가 원하는 것을 파악해 낼 수 있습니다."

"결국은 매 경우에 합당한 각자의 노력과 성의와 창의력의 구사에 달려 있다고 해야 되겠군요."

"그렇습니다. 우리는 이러한 과정을 하나하나 극복하면서 무한한 창의력과 무소불위(無所不爲)의 지혜를 연마할 수 있습니다."

"선생님, 남에게 일일이 예절 차리지 않고도 편히 살 수 있는 방법은 없을까요?"

"있습니다."

"어떻게 하면 그렇게 될 수 있겠습니까?"

"내가 남에게 아쉬운 소리 안 하고도 살 수 있을 만큼 막강(莫强)해지는 겁니다. 적어도 어느 한 분야에서만은 최고 실력자가 되어야 합니다. 그렇게 되면 적어도 그 분야에서만은 남이 나를 필요로 할지언정 내가 남의 도움을 필요로 하지는 않게 될 것입니다. 목마른 사람이 먼저 우물 판다고 예절이란 어느 의미에선 약자가 강자의 도움을 받기 위한 노력의 산물이요 슬기입니다."

"요컨대 예절 차리기 싫으면 어느 분야에서든지 일인자가 되라는 말씀이군요."

"그렇습니다. 예절 차리기 싫으면 그럴 수밖에 없지 않겠습니까?"

"그러나 예절은 형식에 흐를 우려가 항상 있지 않습니까?"

"그렇습니다."

"형식을 극복하려면 어떻게 하면 됩니까?"

"예절을 차리되 겸손을 잃지 않으면 형식에 흐르는 일은 없어지게 될 것입니다. 겸손한 마음이 상대의 의중을 파악하는 지름길입니다. 그래서 겸손한 사람 쳐놓고 인심을 잃은 일은 없습니다. 또 일인자가 된 후에도 남의 비웃음을 사는 사람은 틀림없이 교만하거나 방자한 사람입니다.

일인자가 된 후에도 남의 존경을 받을 수 있는 비결은 오직 겸손이 있을 뿐입니다. 약할 때 예절을 차리고 강할 때 겸손할 줄 아는 사람은 누구한테서도 환영을 받게 되어 있습니다. 그렇게 일인자의 위치에 있다가도 자기보다 우수한 사람이 나타나면 지체 없이 자기 자리를 양보할 줄 아는 겸손과 지혜가 있는 사람이야말로 정말 막강한 사람입니다."

무기공(無記空)과 견성(見性)의 차이

우창석 씨가 물었다.

"선생님, 무기공과 견성은 어떤 차이가 있습니까?"

"비유해서 말하자면 기공부를 하여 대주천을 한다고 말하는 사람이 간암에 걸렸다면 그 사람은 틀림없이 기공부를 잘못한 것입니다. 기공부를 하노라고 하기는 했지만 헛바퀴를 돌린 것입니다. 그와 마찬가지로 어떤 사람이 견성을 했다고 큰소리로 외치긴 했는데, 그 사람이 하는 말에 설득력이 없고 듣는 사람에게 아무런 깨달음의 감동도 일으켜 주지 못한다면 그는 헛깨달은 겁니다.

그가 입으로는 엄청난 우주의 기운을 느낀다고 말하지만 그의 주변에 있는 사람이 아무런 기운도 느낄 수 없다면 그 사람은 헛깨달은 겁니다. 또 자기 몸이 진리의 향기로 충만해 있다고 말하지만 막상 그 옆에 앉아 있는 사람은 아무런 향기도 맡을 수 없다면 그 사람은 헛바퀴를 돌린 데 지나지 않습니다.

좌정만 하고 있어도 마음이 그지없이 편안하다고 말하지만, 막상 그의 앞에 바싹 다가가 앉아 보아도 편안함은 눈곱만큼도 느낄 수 없다면 그 사람은 무기공(無記空)에 빠진 것이 틀림없습니다."

"무기공이 무엇입니까?"

"자기 입으로는 깨달았다고 말하지만 실제로는 헛물을 켜고 있는 것을 말합니다."

"왜 그런 현상이 벌어집니까?"

"착각 때문입니다. 기어도 넣지 않고 엔진만 공회전시키면서도 자기
는 열심히 차를 운전하고 있다고 착각하는 운전자와 같습니다."

"왜 그런 일이 일어납니까?"

"호랑이한테 물려가도 정신만 똑바로 차리고 있으면 살길이 열린다
고 했습니다. 수련이란 호랑이한테 잡혀가면서도 정신을 잃지 않는 것
입니다. 그런데 수행자들 중에는 호랑이한테 물려 가면서도 정신을 깜
빡깜빡 잃는 사람들이 있습니다. 그러면서도 그 정신 잃은 상태가 그
지없이 편하다고 말하면서 이것이 바로 깨달음이라고 말하는 사람이
있는데 이런 사람이 바로 무기공에 빠진 사람입니다. 착각을 깨달음이
라고 잘못 생각한 겁니다."

"그렇게 되는 이유가 무엇입니까?"

"게으름 즉 나태(懶怠) 때문입니다. 게으르면 자주 정신을 잃게 됩니
다. 정신을 잃는 동안에는 만사를 잊으니까 마음이 편안합니다. 경솔
하고 성급한 수행자들은 이러한 가수(假睡) 상태를 흔히 경험하는데
이것을 깨달음이라고 봅니다. 이것이 무기공(無記空)입니다."

"그럼 진짜 깨달음은 어떤 것입니까?"

"호랑이한테 물려가면서도 한순간도 정신을 잃지 않고 관찰을 하다
가 그 호랑이가 잠시 잠든 사이에 호랑이 아가리에서 빠져나와 호랑이
등에 올라타고 그 호랑이의 주인이 되는 것과 같은 겁니다. 모든 사람
이 두려워하는 호랑이를 마음대로 부릴 수 있으니까 그는 이웃에게도

도움을 줄 수 있습니다. 이것이 바로 상구보리(上求菩提) 하화중생(下化衆生)입니다. 따라서 하화중생할 줄 모르는 깨달음은 헛깨달음이요, 무기공(無記空)일 수밖에 없습니다."

마음은 끌리나 약속 지키지 않는 남자

30대 중반의 오경숙이라는 직장에 다니는 처녀 수련생이 말했다.

"선생님, 저에게는 요즘 유난히 선이 많이 들어옵니다. 여러 사람을 선보았는데 그 중에서 특별히 마음이 끌리는 남자가 하나 있거든요."

"거 잘됐군요."

"그런데, 그게 아니구요. 제 얘기를 좀더 들어보세요."

"그럽시다."

"선을 본 후에 그 남자를 좀더 알아보려고 등산 갈 약속을 했습니다. 지난 일요일 아침 5시 반에 도봉산 매표소에서 만나자고 약속을 했거든요. 그런데 아무 연락도 없이 그 시간에 나타나지 않았어요. 그런데 그 사람은 다음에 만났을 때도 그 일에 대해서 아무 말도 안 하는 거예요. 그래서 제가 왜 약속을 지키지 않았느냐고 물었더니 별로 미안한 기색도 없이 깜빡 늦잠을 잤다고 합니다."

"실없는 사람이군요. 그래 어떻게 됐습니까?"

"여느 때 같았으면 그것으로 그 남자와의 관계는 끝냈을 텐데, 그래도 어쩐지 미련이 남아서 약속을 한 번 더 해 보기로 했습니다. 이번엔 극장에 같이 가기로 했는데 그 남자는 두 번째 약속도 지키지 않았습니다. 그런데도 어쩐지 그 남자가 싫어지지 않습니다. 저는 혼자서 곰곰이 생각해 보았습니다. 이것이 혹시 인연이라는 것이 아닌가 하구요."

"그 남자가 만약에 오경숙 씨와 맺어질 인연이라면 일이 그런 식으로 전개되지는 않았을 것입니다. 내가 보기에는 두 번이나 약속을 위반한 그 남자는 오경숙 씨와 맺어질 만한 자격도 인연도 없는 사람입니다. 선본 여자와 약속을 하고도 아무렇지도 않게 그 약속을 헌신짝처럼 내던지는 사람이라면 애당초 만나지 않았던 것으로 생각하는 것이 좋습니다.

모든 인간관계는 거래로 이루어집니다. 이 거래 중에서도 가장 명시적인 거래가 바로 약속입니다. 약속은 비록 부모자식 간에 이루어진 것이라도 반드시 지켜야 할 의무가 지워지는 겁니다. 서로 지키기로 약속을 해 놓고 지키지 않는 것은 상대를 처음부터 무시한 행동입니다.

아무리 마음이 끌리는 사람이라고 해도 약속을 지킬 줄 모르는 사람이라면 빛 좋은 개살구요 회 칠한 무덤에 지나지 않습니다. 만약에 오경숙 씨가 그 남자의 겉모습에 끌려서 그런 실없는 남자와 결혼을 한다면 평생 속 썩는 일만 생길 것입니다. 미래가 뻔히 내다보이는 일에 미련을 두지 마시고 일찌감치 단념하는 것이 좋을 것입니다."

내가 이렇게까지 말했는데도 그녀는 어쩐지 아쉬운 표정이었다.

"오경숙 씨가 그 남자의 성품을 알아보기 위해서 등산 약속을 한 것은 참으로 잘한 일입니다. 상대의 인품을 여러 모로 알아보는 데 등산처럼 좋은 것은 없습니다. 나도 대학 다닐 때 비슷한 일을 겪은 일이 있습니다."

"선생님도 애인과 데이트 약속을 하신 일이 있습니까?"

"애인이라기보다는 대학 동기동창이었습니다. 나는 그때 군대생활을

10년이나 하고 전역을 하고 난 뒤였습니다. 그러니까 동창생들이 평균 21세였는데 나는 31세였으니 열 살이나 위였습니다."

"만학(晚學)이셨군요."

"그렇습니다. 지금도 그렇지만 그때는 웬만한 직장에 취직하는 데 대학 졸업 학력이 지금보다 더 필수적이었습니다. 마침 북한에서 나를 가르치던 은사님이 그 대학 교수로 계셨는데 그분의 주선으로 나는 그 대학 2학년 2학기에 편입할 수 있었습니다."

"무슨 과에 편입하셨는데요?"

"영문과였습니다. 나는 그때도 작가가 되기로 마음을 먹고 있었으니까 국문과를 택하려고 했는데 은사님께서 영문과를 나와야 취직하는 데 훨씬 유리하고 하시는 통에 영문과를 택했습니다."

"선생님께서는 6·25때 북한에서 나오신 걸로 알고 있는데 영어 공부는 언제 하셨어요?"

"남한에서는 아무래도 영어를 해야 하겠기에 군대생활하면서 틈틈이 독습을 했습니다."

"그래도 대학 영문과에 편입할 정도면 영어가 상당한 수준이셨을 텐데."

"군대에서 번역 일을 많이 해서 그렇게 어렵지는 않았습니다."

"그럼 통역 장교였습니까?"

"정식 통역 장교는 아니지만, 영어를 좀 안다고 소문이 나서 번역 일을 많이 했습니다. 그래서 그랬는지 학과 공부는 어렵지 않았습니다. 한 학기를 마치자 내 성적은 학급에서 선두를 달리고 있었습니다. 시험을 칠 때 공부에 자신 없는 학생들은 공부 잘하는 학생 옆에 앉으려는 경향이 있습니다.

　나는 시험 때 특히 동창들의 인기를 끌었습니다. 시험 때만 되면 내 자리 주변에는 여학생들이 특별히 많이 모여 앉았습니다. 내 시험지를 보고 조금이라도 도움을 받으려고 그랬던 모양입니다. 그러한 여학생들 중에서 유난히 나를 따르는 동창생이 하나 있었습니다. 몸매나 용모는 볼 것 없었지만 공부만은 여학생들 중에서 단연 으뜸이었습니다. 바로 이 여학생이 나에게 데이트 신청을 했습니다."

　"그래서요?"

　"나도 오경숙 씨처럼 등산을 가자고 했습니다. 오경숙 씨처럼 그녀의 인품을 알아보려고 해서가 아니라 그냥 산이 좋아서 그렇게 말했던 것입니다. 그녀도 좋다고 했습니다. 일요일 오전 8시에 북한산 입구 매표소에서 만나기로 약속을 했습니다.

신뢰할 수 없는 데이트 상대

　그런데 그 여학생은 약속 시간에 나타나지 않았습니다. 그 이튿날 학교에서 왜 약속을 지키지 않았느냐고 묻자 늦잠을 자 버렸다는 겁니다. 그러고도 별로 미안해하지도 않았습니다. 약속을 어기고도 저렇게 태연해하는 것이 이해가 되지 않았습니다.

　얼마 후에 또 데이트 약속을 했습니다. 그런데 이번에도 바람을 맞았습니다. 다음날 학교에서 따졌더니 약속 시간에 맞춰 집을 막 나서는데 고향에서 귀한 손님이 오는 바람에 그에게 잡혀서 어쩔 수 없었다고 했습니다."

186

"휴대폰으로 연락이라도 하지 않았어요?"

"지금으로부터 근 40년 전이라 그때는 휴대폰이 없었죠."

"아 참, 그랬겠군요."

"두 번이나 바람을 맞은 나는 이렇게 신뢰할 수 없는 여자와는 다시는 약속을 하지 말아야겠다고 속으로 다짐을 했습니다. 조금이라도 약속한 상대를 생각할 줄 아는 사람이라면 어떻게 약속 시간에 늦잠을 자든가 귀한 손님이 왔다고 해서 어길 수 있단 말입니까? 그래서 다음부터는 아무리 데이트 약속을 하자도 해도 응하지 않았습니다. 신의가 없는 사람이 공부를 아무리 잘하면 뭘 합니까? 우선 인간이 되어야지.

인간(人間)이란 원래 무엇을 말합니까? 글자 그대로 사람과 사람 사이를 말할 뿐만 아니라 사람과 사람 사이에 지켜져야 할 도리를 말합니다. 서로 간에 이루어진 약속이란 사람이 지켜야 할 중요한 도리이고 이것을 지킬 줄 모르는 사람과는 상종할 가치조차 없다고 단정해 버렸습니다.

그러나 아무리 그렇다고 해도 여학생들 중에서는 공부를 제일 잘하니까 학교에서 만나서 대화를 나누든가 그룹 활동을 하든가 하는 일은 자주 있었습니다. 내가 속으로 그녀를 어떻게 생각하든 그녀는 학교에서는 여전히 내 주위에서 가까이 맴돌았습니다.

그러는 사이에 세월은 흘러 졸업반이 되었습니다. 비록 무직이고 나이 서른이 넘은 대학생이긴 하나 중매 서겠다는 사람이 여기저기서 나타났습니다. 그때 나는 생활 형편이 넉넉하지도 못한 은사님 댁에서 더부살이를 하고 있었으므로 어떻게 하든지 독자적으로 숙식을 해결하는 것이 급선무였습니다.

그러나 그때도 취직은 쉽지 않았습니다. 다행히 선본 여자 중에서 내가 무직이고 아직은 대학생이라는 것을 다 알면서도 나를 결혼 상대로 택하겠다는 상대자가 나타났습니다. 그녀는 이미 직장생활을 10년이나 하여 그 방면에서는 베테랑이었습니다. 왜 하필이면 나 같은 백수에다가 부모형제도 없는 사람을 선택했느냐고 묻자 직장에서 인사과 일을 오래 하다 보니 사람 보는 안목이 어느 정도 틔었다는 겁니다.

첫인상을 보니 장래에 희망도 있어 보이고 내가 곧 취직을 할 것 같고 이북 출신이라 부모형제도 친척도 없는 것은 바로 자기가 원하는 바였다는 것입니다. 결혼한 언니들이 시집살이하느라고 고생하는 것을 보아 와서 그런 결정을 내렸다는 겁니다. 혼담은 일사천리로 진행되었습니다. 돈 한푼 없는 나는 처가에서 일체의 비용을 대주어 간소하게 결혼식을 올리고 셋집을 얻어 살림을 차렸습니다. 그런데 이때 그 문제의 여학생이 나에게 느닷없이 청혼을 하는 것이었습니다."

"아니 그럼 선생님이 결혼하셨다는 것을 그 여학생은 몰랐다는 말씀입니까?"

"내가 일부러 학교에는 알리지 않았습니다. 아무리 동창생들보다 나이는 열 살이나 위이고, 비록 졸업반이라고 해도 직업도 없는 대학생이 결혼을 한다는 것이 떳떳하지 못했기 때문이죠. 뜻밖의 청혼을 받고 그녀에게 나는 이미 결혼을 했다고 말했습니다.

그랬더니 그럴 리가 없다고 자기를 따돌리려고 그러는 게 아니냐?고 말했습니다. 그런 게 아니고 나는 바로 얼마 전에 결혼을 해서 살림까지 차렸다고 말하니까 자기 눈으로 확인하지 않고는 믿을 수 없다고 했습니다. 할 수 없이 나는 아내의 허락을 얻어 그녀를 우리집에 초대하기로 했습니다.

그 여학생과는 다시는 약속을 하지 않겠다고 다짐을 했었지만 이번만은 어쩔 수가 없었습니다. 그녀에게 약도를 그려 주고 아내가 집에 있는 일요일에 그녀와 우리집에서 점심때에 만나기로 약속을 했습니다. 그 여학생과의 세 번째 약속이었습니다. 그런데 그 여학생은 세 번째 약속만은 일분도 어기지 않고 정확하게 지켰습니다. 우리는 아내가 차려 놓은 식사를 하면서 이런저런 얘기를 나누다가 헤어질 때가 되었습니다.

눈치 빠른 아내는 나를 보고 차 타는 데까지 바래다 주라고 했습니다. 혼자서 돌아가는 그녀의 뒷모습이 유난히 쓸쓸해 보였습니다. 그녀를 배웅하고 돌아온 나를 보고 아내는 그 여학생과 어떤 사이냐고 물었습니다. 그냥 대학 동기동창일 뿐이라고 말했더니 자기가 보기에는 아무래도 그녀가 당신을 사랑하는 것 같다고 말했습니다. 그래서 나는 그녀를 여자로 보지는 않았는데 그녀는 나를 결혼 상대로 본 것 같다고 말하면서 그간의 사정을 실토했습니다.

아내가 보기에 그 여학생은 우리집에 들어올 때는 자신만만한 얼굴이었는데 시간이 흐르면서 점점 풀이 죽어 가는 것 같았다고 말했습니다. 후에 그 여학생은 내가 자기를 떼어 버리려고 적당히 연극을 꾸미는 줄 알았는데 실제로 가 보니 그렇지 않아서 실망이 컸다고 말했습니다."

"그럼 선생님은 그 여학생에게 진짜 아무 감정도 없었습니까?"

"나에게는 그냥 공부 잘하는 동창생이었을 뿐 그 이상도 이하도 아니었습니다."

"그래도 호감은 가지고 있었을 게 아닙니까?"

"싫지는 않았을 뿐이지 여자로 대한 적은 없었습니다."

"결국 인연이 아니었군요."

"잘 보셨습니다. 만약에 오경숙 씨와 약속을 두 번이나 위반한 그 남자가 정말 인연이 있는 남자라면 처음부터 일이 그렇게 진행되지는 않았을 것입니다. 등산을 가기로 약속을 해 놓고 늦잠을 자는 무례한 짓은 범하지 않았을 것입니다. 그는 두 번째 약속도 바람을 맞혔습니다. 상대를 무시한 무례한 행동이 아닐 수 없습니다.

그쯤 되면 오경숙 씨의 자존심을 위해서라도 단념을 하셔야 합니다. 인연이 없는 상대와 억지로 맺어지면 반드시 불행이 닥쳐오게 되어 있습니다. 당사자들의 의사는 무시한 채 이루어진 정략결혼이 대체로 불행한 것은 그 때문입니다."

"그래 그 여학생은 그 후에 어떻게 됐습니까?"

"대학 졸업하고 고등학교 영어 선생이 되었고 곧 결혼을 했습니다."

"부잣집 딸이었던 모양이죠?"

"아버지가 지방 도시의 교육감이었다고 합니다. 결혼하기 전에 그녀는 내가 다니는 직장에 자주 찾아오곤 했습니다."

"찾아와서 뭘 하셨는데요?"

"그저 다방에 내려가 차나 한 잔 나누곤 헤어졌죠 뭐. 그런데 그녀는 결혼 후에도 습관적으로 나를 찾아오곤 했었는데 그녀의 남편이 그걸 알았습니다. 그래서 약간의 트러블이 있었다고 어느 동창이 나에게 귀띔을 해 주었습니다. 그 뒤로는 그녀가 찾아와도 다시는 만나 주지 않았습니다."

"그 후엔 무슨 소식 없었습니까?"

"동기동창 모임이 몇 번 있었지만 그녀가 나타난 일은 없었고, 고등학교 영어 선생을 하면서 아들딸 낳고 잘산다는 것 이외는 별로 알려진 것이 없습니다."

"그런데 선생님, 그 여학생이 정말 선생님을 사랑했었다면 왜 데이트 약속을 하고 두 번이나 나타나지 않았을까요? 평소에도 그렇게 약속을 안 지키는 실없는 인간이었던가요?"

"만약에 그런 신의 없는 인간이었다면 동창생들 사이에서도 혹이 나고 따돌림을 당했을 텐데 그렇지는 않았습니다. 그런데도 기묘하게도 세 번째 약속만은 한 치의 오차도 없이 철저히 지켰거든요. 그걸 보면 사람들 사이에는 눈에 보이지 않는 기묘한 운명의 거미줄 같은 것이 쳐져 있는지도 모릅니다. 더구나 그 인연의 거미줄이 사람들 사이에서 물샐 틈 없이 작용하고 있다는 것을 알 수 있습니다.

천망회회소이불실(天網恢恢疎而不失)이라는 노자의 말이 한 치의 오차도 없는 것입니다. 인과응보의 그물은 허술한 것 같지만 그 실은 물샐 틈이 없습니다. 우리는 인간관계에서 처음 나타나는 몇 가지 징후로 이것을 재빨리 알아차려 차후에 유감이 없도록 대처해야 할 것입니다. 옛날 사람들은 운명의 갈림길에서 흔히 점괘로 앞일을 판단하려고 했지만 우리는 점괘 따위에 의존하지 않아도 냉철하게 관찰을 해보면 반드시 중요한 일에는 구체적인 징후가 나타나게 마련입니다.

우리는 이 징후를 제때에 포착해야 합니다. 눈앞에 나타난 징후를 무시하고 점쟁이를 찾아가는 것이야말로 먼 길 떠난 사람이 그 날의 일기를 무시하고 점괘에만 의존하려는 것과 같은 어리석음을 범하는 것이 아닐 수 없습니다."

고이즈미의 신사 참배

우창석 씨가 말했다.

"요즘은 일본의 고이즈미 준이치로 총리의 야스쿠니 신사 참배를 둘러싸고 항의 시위를 하느라고 한국과 중국이 떠들썩하고 시끌벅적합니다. 여기에 역사 교과서 왜곡과 종군 위안부 문제까지 겹쳐서 반일 무드가 한창 고조되고 있습니다.

1985년에 나카소네 야스히로 일본 총리가 야스쿠니 신사를 공식 참배한 후 15년 만의 일이라고 합니다. 일본이 과거를 반성하기는커녕 국수주의로 우경화하여, 이웃을 침략하던 제국주의 시대로 회귀하려 한다고 과거의 피해국 국민들은 격분하고 있습니다. 일본 총리가 14명의 일급 전범자들의 위패가 안치된 야스쿠니 신사를 참배하는 것은 독일 총리가 2차 대전 때 6백만의 유태인을 학살한 아돌프 히틀러의 묘에 헌화하는 것과 같다고 서방 언론들은 말하고 있습니다.

역사 교과서 왜곡, 독도 영유권 주장, 일제의 식민지 정책을 합리화하는 각료들의 빈번한 망언과 일본 총리의 신사 참배가 있을 때마다 우리나라에서는 냄비 끓듯 신경질적인 반일 감정이 비등하고 항의 시위가 뒤따르곤 하는데, 이런 일도 하도 자주 반복되다 보니 이제는 이에 신물이 날 지경입니다.

더구나 한심한 일은 최근에 자칭 구국결사대라는 청년 12명이 소형

작두로 자신들의 새끼손가락을 잘라 일본 총리의 신사 참배에 항의했다고 합니다. 그들은 잘린 손가락의 접합 수술까지도 거절했다고 합니다. 우리가 제아무리 화를 내고 단지(斷指)를 해 보았자 일본 국수주의자들은 결국은 눈 하나 깜짝하지 않고 하고 싶은 일은 다 하여 왔고 앞으로도 그럴 겁니다. 이래 가지고는 근본적인 해결은 되지 않고 앞으로도 똑같은 일이 무한히 되풀이될 것입니다.

단지(斷指)는 엽기(獵奇)적인 자해 행위로 가십거리는 될 수 있을지 몰라도 문제 해결에 별로 도움이 되지는 못할 것입니다. 일본의 우익은 단지보다는 우리의 끈질긴 극일(克日) 정신이 국력을 키워 모든 면에서 자기네를 능가하는 것을 진정으로 두려워할 것이기 때문입니다.

항의 시위 외에 우리가 고작 한다는 짓이 일본 상품 불매 운동이 있긴 하지만 언제나 시간이 지나면 흐지부지해 버리고 맙니다. 일본 상품 불매 운동이 성과를 거두지 못하는 것은 무엇 때문입니까?"

"국교 정상화 이후 근 40년 동안 지속된 만성적인 대일 무역 적자 때문입니다."

"무역 적자라뇨?"

"우리가 수출하는 고부가가치 상품 예컨대 반도체, 자동차, 휴대폰, 선박, 냉장고, 텔레비전 등등의 상품들은 핵심 부품과 소재를 일본에서 수입해서 쓰고 있습니다. 보통 40프로에서 80프로까지 일제 부품과 소재를 쓰고 있습니다. 우리가 제아무리 땀흘려 일해서 제품을 만들어 수출한다고 해도, 우리가 벌어들이는 돈의 40내지 80프로는 고스란히 일본에 갖다 바치는 꼴입니다. 따라서 우리의 수출이 늘어나면 늘어날 수록 일본에 가져다 바치는 수익금은 눈덩이처럼 불어납니다."

"그렇다면 그것은 갈데없는 경제 예속이 아닙니까?"

"그렇습니다. 일본이 부품 하나, 소재 하나라도 수출을 금지하면 우리는 꼼짝 못 하고 당할 수밖에 없습니다. 우리가 이러한 경제 예속에서 벗어나지 못하는 한 우리가 제아무리 일본 총리의 신사 참배를 반대하고 역사 교과서 왜곡, 독도 영유권 주장, 일본 각료들의 식민지 합리화 망언을 규탄하고 일제 상품 불매 운동을 전개한다고 해도 일본은 미동(微動)도 않고 코웃음만 칠 것입니다."

"그러면 어떻게 하면 일본이 우리를 얕보지 못하게 할 수 있겠습니까?"

"우리가 수출하는 고부가가치 제품에 사용하는 40 내지 80프로에 달하는 일본의 핵심 부품과 소재를 국산화하여 일본 제품보다 국제 경쟁력이 강한 것으로 만들어야 합니다."

"그렇다면 왜 우리는 그 핵심 부품들은 지금껏 국산화하지 않았습니까?"

"일본과의 국교 정상화 이후 근 40년 동안 우리 정부는 말로만 요란하게 국산화를 외쳤지만 결국은 구두선(口頭禪)에 지나지 않았습니다. 실제로 우리나라 제조업체들은 여전히 일제 핵심 부품들을 수입해다 쓰는 데만 이골이 나 있었기 때문입니다."

"도대체 그렇게 된 근본 이유가 무엇입니까?"

일제 수입 핵심 부품 국산화해야

"한마디로 우리 정부 당국자들과 제조업자들이 극일(克日) 정신이 없고 게을렀기 때문입니다. 그렇게 하자면 정부와 기업인들이 많은 연구 개발비를 들여 피땀 흘려 노력해야 되는데 우선 손쉽게 돈 버는 데만 열중하다가 보니까 40년의 아까운 세월을 허송한 것입니다.

그래도 개중에는 애국심이 강한 일부 기업체들이 비록 영세하기는 하지만 혼신의 노력을 기울여 일제 부품과 소재를 국산화하는 데 성공한 일이 있습니다. 그러면 해당 일본 업체는 한국 고객이 떨어져 나갈까 봐 기존 납품 업체와 우리 정부 요로에 적극적이고 치밀한 로비 활동을 전개하는 한편 일시적인 결손을 각오하고 생산비도 안 되는 덤핑 가격으로 그것을 한국에 수출합니다.

엎친 데 덮친다는 격으로, 일본의 방해뿐만이 아니라 한국 업체나 한국 정부 부처들조차 만란을 무릅쓰고 힘들여 개발해 놓은, 외제보다도 성능이 우수한 국산품을 외면하고 외국산만 선호하는 경향이 있습니다. 더구나 정부 부처들에서는 국산품은 아예 입찰 자격조차 주지 않아 원천 봉쇄를 당하는 경우도 자주 언론에 보도됩니다. 이렇게 되면 아무리 잘 만들고 경쟁력이 있는 국산이라도 설 땅을 잃게 됩니다.

국내에서조차 외면당한 국산품이 어떻게 해외에서 팔릴 수 있겠습니까? 집안에서 구박만 당하는 아이는 밖에 나가서도 기를 펼 수 없듯이, 국내에서 천대당하는 상품을 선호할 외국인이 어디 있겠습니까? 그렇게 되면 많은 융자를 끌어들여 장기간에 걸쳐 불철주야 침식을 잊어가면서 노사가 전력투구하여 만들어 낸 수입 대체 부품은 일본 업체의 저가 공세에 밀려 부도를 내고 쓰러지게 됩니다."

"일제 부품과 소재를 쓰는 한국 업체들은 그런 때 애국심을 발휘해야 하는 거 아닙니까?"

"그러나 그런 때는 누구나 막연한 애국심보다는 당장 눈앞에 보이는 이익에 매달리게 마련입니다."

"그렇다면 이제부터라도 대일 무역 역조를 개선하는 데 정부와 온 국민이 빈틈없고 구체적인 종합 실천 계획을 세워 총력을 기울여야 하지 않겠습니까?"

"물론입니다. 당연히 그래야 합니다. 그러나 마땅히 해야 할 일은 하지 않고 역사 교과서 왜곡이나 총리 신사 참배 같은 분쟁이 발생할 때마다 요란하게 떠들어 대거나 발끈하여 냄비 끓듯 항일 시위나 하는 것으로 40년 세월을 허송했으니 무슨 소용이 있겠습니까? 그럴 시간이 있으면 핵심 부품 하나라도 국산화하여 일제 수입품을 대체했어야 합니다.

일본인보다 탁월한 두뇌와 창의력과 지구력을 갖고 있는 우리는 게으르지만 않으면 얼마든지 그렇게 할 수 있습니다. 일본이 저처럼 우리에게 오만방자하게 구는 것도 결국은 우리가 저들보다 약하고 게을렀기 때문이라는 것을 똑똑히 알아야 합니다.

사정이 이렇게 명백한데도 불구하고 정부와 제조업자는 일제 수입 부품을 국산화할 치밀하고 구체적인 사업을 추진할 생각은 하지 않고 엉뚱하게도 별 실속도 없는 반일 감정을 부추기는 데만 열을 올리고 있습니다. 이것은 우리에게는 아무 실익도 없는 허풍에 지나지 않습니다. 일본이 우리를 계속 깔보고 얕잡아 보는 이유가 바로 여기에 있습니다. 지금부터라도 늦지 않으니 일제 수입 부품 국산화 사업에 온 국민의 지혜와 힘을 기울여야 합니다."

"그 일을 꾸준히 밀고 나가 하나하나 성과를 올려 일제 부품과 소재 수입을 줄여 나간다면 어떻게 될까요?"

"머지않은 장래에 우리가 피땀 흘려 제품 만들어 수출하여 벌어들여 일본에 갖다 바쳐 온 40 내지 80프로의 수익금은 고스란히 우리 자신들의 손안에 떨어지게 될 것입니다. 그때 가면 지난 40년 동안 계속되어 온 대일 무역 적자는 해소될 것입니다. 한 걸음 더 나아가 우리가 만약에 일제보다 더 우수한 경쟁력 있는 핵심 부품과 소재들을 만들어 낸다면 지금까지의 무역 역조는 단숨에 역전될 수도 있습니다.

일부 분야에서는 벌써 그런 현상들이 일어나고 있습니다. 우리의 국력이 그 정도로 강력해지면 일본이 우경화하여 군국주의로 회귀하든 말든 걱정할 필요가 없어질 것입니다. 우리가 과거 일본에게 침략을 당했던 것은 우리가 일본보다 약했기 때문이었습니다.

임진왜란 때도 구한말에도 우리가 일본보다 강했더라면 일본이 언감생심 침략할 생각이나 했겠습니까? 문제는 단지(斷指)나 시위보다는 우리 국민들의 마음의 자세에 달려 있습니다. 우리가 어떻게 해서든지 일본을 능가하는 국력을 기르겠다는 각오와 의지가 확고하다면 우리는 얼마든지 그렇게 할 수 있습니다."

"그럼 목표는 뚜렷해졌군요. 우리가 피땀 흘려 수출해서 벌어들여 일본에 갖다 바치던 40 내지 80프로의 돈을 우리 것으로 만들기 위해서 일제 수입 부품과 소재의 국산화에 이제부터라도 총력을 기울이면 되겠군요."

"물론입니다. 일본이 우리를 얕보지 못하게 하려면 그 길밖에 없습

니다."

"이 밖에도 일본을 이기는 길은 우리 민족 내부에 지금까지도 청산되지 않고 있는 일제의 잔재를 숙청하는 길입니다. 일제 잔재 청산은 지금까지 말로만 요란하게 떠들어 왔지 구체적으로 시행된 일은 단 한 번도 없습니다. 일제의 잔재가 그대로 남아 있는 한 일본은 우리가 아무리 단지(斷指)나 항일 시위에 열을 올려도 계속 눈 하나 깜짝하지 않고 속으로 코웃음만 칠 것입니다. 어떻게 하면 일제의 잔재를 명실공이 청산할 수 있겠습니까?"

"일제의 잔재는 지금도 우리 민족의 자립정신과 민족정기와 창의력을 좀 먹고 있습니다. 이것은 1948년 정부 수립 시에 친일파를 청산하지 않고 그대로 새 정부의 정치인과 관리로 채용하였기 때문입니다. 더구나 일제가 우리 민족을 영원히 일본의 노예로 길들이기 위해서 날조해낸 식민사관(植民史觀)으로 교육받은 식민사학자, 교수, 교사들이 지금도 우리나라의 사권(史權)을 그대로 휘어잡고 국사 교과서를 만들고 있을 뿐만 아니라 각급 학교에서 학생들에게 역사를 가르치고 있습니다."

"선생님, 왜 그런 현상이 벌어지고 있습니까?"

"정부 수립 후에 아무도 정부 주도하에 조직적으로 친일파와 식민사학자들을 숙청한 일이 없었기 때문입니다. 바로 이 때문에 우리나라에서는 지금도 독립투사의 후손들은 학교 공부를 못 하여 가난하고 무식하게 살아가고 있지만 친일파의 후손들은 대대로 높은 벼슬을 해 가면서 떵떵거리면서 잘살고 있습니다.

친일파 출신의 정치인이나 관리들 본인들은 지금은 거의 다 고령으로 사망했거나 은퇴했지만 각급 학교에서 식민사관을 그대로 가르치고 있는 교직자들과 강단 사학자들은 학맥(學脈)을 형성하여 대대로 이어 가면서 지금도 그대로 교단(敎壇)을 장악하고 있습니다. 이들 식민사학자들이 한국 사단(史壇)에서 제거되지 않고 있는 한 우리의 역사 교육은 일제의 망령에서 벗어날 수 없습니다. 이들이 한국의 사권(史權)을 틀어쥐고 있는 한 우리는 일본 우익들로부터 언제까지나 경멸과 멸시를 당하지 않을 수 없을 것입니다."

"그 부분에서 근본 대책은 무엇일까요?"

"구한말과 일제 치하에서 치열한 국사 찾기 운동을 벌여온 박은식, 신채호, 정인보 선생 같은 민족 주체 사학자들의 학맥을 잇고 있는 재야 사학자들이 대거 기용되어 친일 식민사학자들을 대체해야 됩니다. 이런 거창한 작업은 천상 정부의 관계 부처에서 주도해야 하는데 그 부분의 공무원들 자체가 전부 다 식민사학자들을 스승으로 하여 사학 공부를 한 사람들이어서 그 일은 엄두도 못 내고 있는 실정입니다."

"그럼 어떻게 해야 하죠?"

"일제 식민사학이 우리 민족에게 끼친 폐해를 알고 있는 재야 사학자들과 민간단체들이 주인이 되어 일제 잔재 불식 운동을 대대적으로 끈질기게 전개하여 마침내 정부 당국의 각성과 호응을 끌어내어야 합니다. 그리하여 운동이 일제의 잔재가 완전히 뿌리 뽑힐 때까지 민(民)과 관(官)이 단합하여 강력하고 철두철미하게 지속되어야 합니다."

"다행히도 왜곡된 역사 교과서는 양식 있는 학부형의 반대 운동으로 일본의 총 12,209개 중학교 중에서 겨우 12개교만 채택에 응하여 채택 학교 비율은 0.01프로 미만이고 채택 교과서 부수 비율은 0.4프로에 지나지 않는다고 합니다.

이것을 보면 우리 정부가 일본의 중학교 역사 교과서 왜곡에 항의하여 일본과의 민간 교류까지 금지한 것은 심히 무사려(無思慮)하고 졸속(拙速)한 조치였다고 할 수 있습니다. 그것을 보면 역사 교과서를 왜곡하려는 일본의 극우 세력은 극소수에 지나지 않는다는 것을 확실히 알 수 있습니다."

"극우 세력이 극소수라는 것은 이번의 교과서 왜곡 파동으로 입증이 되었지만 그들이 바로 일본의 정계와 재계 그리고 관계(官界)를 주름잡고 있는 핵심 세력이기도 하므로 비록 소수이기는 해도 막강한 소수라는 데 문제의 심각성이 있습니다.

독일에서는 2차 대전 패전 후에 나치 세력이 정계, 재계, 학계, 관계에서 깡그리 뿌리 뽑혀 나갔지만, 일본은 그렇지 않고 바로 그들이 그대로 눌러앉아 지금까지 세력을 휘두르고 있는 것입니다. 독일에서는 나치 세력을 대신할 만한 정치 세력이 있었지만 일본에는 아직도 그들을 몰아낼 만한 정치 세력이 존재하지 않습니다."

"그럼 일본 침략의 최대 피해 국민인 우리는 어떻게 해야 하겠습니까?"

"일제 수입 핵심 부품 국산화와 함께 일본의 극우 세력을 반대하는 다수 세력과 손을 잡고 극우 세력의 군국주의 회귀(回歸)를 끈질기게 그리고 적극적으로 저지해야 합니다."

종군 위안부 문제 해결책

"그건 그렇고요. 아직도 살아 있는 종군 위안부는 지금도 일본의 사과와 배상을 요구하면서 피맺힌 구호를 외치면서 시위를 벌이고 있습니다. 모두가 살날이 얼마 남지도 않은 80 가까이 된 할머니들입니다. 파렴치한 일본은 이 할머니들의 정당한 요구를 지난 50년 동안 계속 외면만 해 왔고 앞으로도 그 태도는 바뀔 것 같지 않습니다.

할머니들은 피어 보지도 못하고 무참하게 짓밟혀 버린 꽃다운 청춘을 보상하라면서 평생 동안 일본에 대한 절절이 사무치는 원한과 증오심을 키워 오고 있습니다. 우리 민족의 치유되지 않은 상처요 치부(恥部)입니다. 평생을 사무친 원한으로 보내고 있는 할머니들의 인생이 불쌍하기 짝이 없습니다. 이 문제에 대한 근본적인 해결책은 없겠습니까?"

"그 할머니들이 아무리 사과와 보상을 외쳐 보았자, 일본은 지금까지와 마찬가지로 눈 하나 깜짝하지 않을 것입니다. 왜정 치하에서 무려 20만에 달하는 꽃다운 우리나라 처녀들이 일본군의 성 노리개요 집단 강간의 대상으로 혹사당하는 것을 막지 못한 것은 근본적으로 우리 정부가 책임져야 할 문제입니다."

"1910년 경술국치 때 우리나라 정부는 사실상 소멸되어 버렸는데 그 당시에 우리에게 무슨 책임질 만한 정부 같은 것이 있었겠습니까?"

"그렇지만 현 대한민국 헌법은 엄연히 1919년에 수립된 상해 임시 정부를 계승한 것으로 되어 있습니다. 한반도에서 20만 명의 미혼 처녀들이 종군 위안부로 끌려간 것은 대체로 1930년에서 45년 이전에 벌어진 일입니다. 따라서 한반도를 실효적으로 통치하지 못한 임시 정부를 계승한 대한민국 정부가 대신 책임을 져야 합니다.

물론 생존 종군 위안부들에게 일본은 당연히 사과하고 보상해야 합니다. 그러나 후안무치한 일본이 이를 거부하고 있는 이상 일본이 제 정신을 차리고 사과와 보상을 해 줄 때까지는 우리나라 정부가 마땅히 책임지고 이를 대행해야 합니다."

"아니, 그럼 현 한국 정부가 종군 위안부들에게 사과하고 보상해 주어야 한다는 말씀입니까?"

"그렇고말고요. 마땅히 외적으로부터 선량한 국민들의 생명과 재산을 보호하지 못한 책임을 다해야 합니다. 그녀들이 입은 피해에 대해 섭섭지 않게 사과와 보상을 해 주고 나서 한국 정부는 일본에 대하여 외교적으로 그녀들을 대신하여 응당 사과와 보상을 받아 내야 합니다."

"그러나 일본이 한국 정부의 그런 요구에 지금까지와 마찬가지로 눈 하나 깜짝하겠습니까?"

"일본이 우리 정부의 그런 요구에 응하지 않는 것은 우리의 국력이 저들보다 약하기 때문입니다. 일본이라는 나라가 원래 강한 자에게는 약하고 약한 자에게는 강합니다. 일본이 우리의 정당한 요구를 끝내 거절한다면 그들이 우리의 요구를 들어줄 때까지 꾸준히 국력을 키워 나가야 합니다.

2차 대전 때 일본이 미국에 무릎을 꿇었듯이 우리의 국력이 일본을 능가할 때 그들은 비로소 우리의 요구를 들어주지 않을 수 없게 될 것입니다. 우리는 그렇게 될 때까지 국력을 끈질기게 키워 내야 합니다. 이것이 근본적인 해결책입니다."

"그건 그렇고요. 들어주지 않는 일본의 사과와 배상을 요구하면서 평생을 일본에 대한 원한과 증오심을 품은 채 이 세상을 쓸쓸히 등지고 저 세상으로 떠나고 있는 종군 위안부 할머니들의 외롭고 한 많은 인생 문제는 누가 어떻게 해결해 주어야 합니까?"

"그녀들이 일본군의 성의 노예로 끌려가는 것을 막아 주지 못한 것은 한국 정부가 일본을 대신해서 사과하고 충분한 보상을 해 주어 여생을 불편하지 않게 돌보아야 합니다. 여기까지는 응당 한국 정부가 책임질 일이지만 그 범위를 넘어서는 그녀들의 개개인의 인생 문제는 어디까지나 그녀들이 마음이 해결해야 할 몫입니다."

"그게 무슨 뜻입니까?"

"지난 과거를 제아무리 한탄해 보았자 이미 한 번 지나간 인생은 다시 돌이킬 수 있는 것은 아니라는 말입니다."

"그럼 그녀들이 그런 불행을 당한 것은 누구 탓입니까?"

"물론 실정법으로는 한국을 침략한 일본의 탓이지만 근본적으로는 남의 탓이 아니고 각자의 탓입니다."

"결국은 각자의 인과응보라는 말씀이군요."

"그렇습니다. 만약에 그렇지 않다면 그 당시 백만 명 이상은 족히 되었을 다른 처녀들 중에서 하필이면 20만 명만 그런 불행을 당하게 된 이유를 설명할 길이 없습니다."

"그러니까 그녀들이 전생에 그런 일을 당하지 않을 수 없는 인과가 있었다는 얘기가 되는군요."

"그렇습니다. 결국은 콩 심은 데 콩 나고 팥 심은 데 팥 나게 되어 있습니다. 우리의 현실 세계에서 자업자득(自業自得), 자업자수(自業自受)의 원칙에서 벗어날 수 있는 존재는 있을 수 없습니다."

"무슨 뜻인지 알겠습니다. 결국은 그녀들이 과거생에 무슨 잘못을 저질렀기에 그런 일을 당하지 않을 수 없었다는 말씀이군요."

"사람이 한평생을 살아가노라면 한 번도 잘못을 저지르지 않고 살 수는 없습니다. 그러므로 잘못을 저지르는 것이 나쁜 것이 아니라 잘못을 저지르고도 고칠 줄 모르는 것이 나쁜 것입니다."

"그러나 선생님, 금생에 저지른 잘못은 누구나 알 수 있으므로 자기 탓으로 돌리고 고쳐 나갈 수 있겠지만 전생에 저지른 잘못은 어떻게 알고 고쳐 나갈 수 있겠습니까?"

"물론 전생의 기억은 이 세상에 태어날 때 전부 다 지워졌으니까 생각이 나지 않을 것입니다. 그러나 우리는 현생에 자기도 모르게 밀어닥치는 불행한 사건들을 내 탓이 아니고 남의 탓으로만 돌릴 경우 그 사람은 불행한 인생을 살 수밖에 없게 될 것입니다."

"그것은 왜 그렇습니까?"

"자신의 불행을 남의 탓으로만 돌리는 사람 쳐놓고 불행하지 않은 사람은 한 사람도 없다는 것이 그것을 입증해 주고 있습니다."

"그럼 금생에 자기도 모르게 밀어닥친 불행을 누구 탓으로 돌려야 합니까?"

"내 탓으로 돌려야 합니다. 내 앞에 닥친 일체의 불행을 내 탓으로 돌리는 사람은 무슨 일이 있어도 그 불행을 딛고 일어서서 행복한 삶을 살 수 있습니다. 그러나 자기 앞에 닥친 불행을 모조리 남의 탓으로 돌리는 사람 쳐놓고 불행하지 않는 사람은 동서고금을 막론하고 인류 역사상 단 한 사람도 있어 본 일이 없습니다."

"저는 아무래도 그 이유를 모르겠습니다."

행불행은 내 마음먹기에 달렸다

"모든 불행의 근본 원인은 바로 내 탓이라는 것이 변함없는 진실이기 때문입니다. 이 세상에 존재하는 모든 것은 인과응보 아닌 것이 없습니다. 우리는 이 이치를 깨달아야 합니다. 공자는 칠십이종심소욕불유구(七十而從心所慾不踰矩)라고 했습니다. 나이가 칠십이 되면 무슨 일이든 마음대로 해도 이치에 어긋나는 일이 없다는 말입니다. 인생을 칠십 년쯤 살았으면 어지간한 삶의 이치는 깨달아 무슨 일을 해도 거침이 없어야 합니다. 그런 사람은 불행할 이유가 없습니다.

따라서 종군 위안부 할머니들이 인생을 불행하게 끝내느냐 행복으로 마감하느냐 하느냐 하는 것은 전적으로 그녀들 자신의 마음가짐 여하에 달려 있습니다. 인과응보의 이치를 깨닫고 자기 앞에 닥친 불행이 내 탓이라고 깨닫는 한 그녀들은 비로소 영속적인 마음의 평안을 누릴 수 있을 것입니다."

"모든 불행을 내 탓으로 돌릴 때 온갖 불행에서 벗어나 마음의 평화를 얻을 수 있는 것은 무엇 때문입니까?"

"모든 불행을 내 탓으로 돌리는 사람은 우주 전체를 내 것으로 소유할 수 있을 뿐만 아니라 우주의 무한한 힘을 받아 쓸 수 있기 때문입니다. 우주는 원래 시작도 끝도 없습니다. 우리가 그러한 우주와 하나가 될 때 우리는 생사에서 벗어날 수 있습니다."

"그러나 80세 고령의 할머니들이 어떻게 그러한 이치를 깨달을 수 있겠습니까?"

"모든 것을 남의 탓으로만 돌리지 않고 내 탓으로 돌릴 때 바로 깨달음에 도달할 수 있습니다. 시궁창에서 연꽃이 피어나듯 진리란 원래 오예(汚穢)나 비참한 생활 속에서 피어나게 되어 있습니다."

"저 역시 그 할머니들이 숨지기 전에 큰 깨달음을 얻어 마음의 평안을 얻기를 간절히 소망합니다. 그러나 아직 그 원망과 증오에서 벗어나지 못한 분들을 위해 이런 생각을 해 보았습니다."

"어떤 생각을 말입니까?"

"그녀들은 과연 전생에 무슨 일이 있었기에 금생에 그런 불행을 당했어야 했을까 하는 생각입니다."

"대체적으로 금생에 당한 일과 반대되는 일을 했다고 보면 틀림없습니다. 어떤 여자가 금생에 집단 강간을 당했다면 전생에 그녀는 남자였을 것입니다. 남자로서 많은 여자들을 강간했을 것입니다. 그것이 원인이 되어 금생에 종군 위안부로 강제 연행되어 과거생의 업장을 해소하기 위해서 그런 일을 당한 것입니다.

만약에 종군 위안부 할머니들이 이 세상을 등지기 전에 이러한 자업자득의 이치를 깨달을 수 있었다면 그녀들 자신을 괴롭히는 원망과 증

207

오에서 벗어나 진정한 마음의 평화를 찾을 수 있을 것입니다. 만약에 그렇게만 될 수 있다면 그것이야말로 전화위복(轉禍爲福)의 축복이 될 수 있을 것입니다. 그때 비로소 그녀들은 그 치욕스런 과거를 새 생명을 잉태하기 위한 뜻 깊은 진화의 과정으로 받아들일 수 있을 것입니다."

"선생님, 저 역시 그렇게 되기를 간절히 바라고 있습니다."

"그러나 그렇게 되고 안 되는 것은 순전히 그녀들의 마음먹기에 달려 있습니다."

【이메일 문답】

사람 만나는 것이 싫어집니다

김태영 선생님께

안녕하십니까? 김숙경입니다. 오늘 토요일은 선생님께 찾아뵙는 날인데 못 갈 것 같습니다. 일차적으로는 23일과 24일 기말고사가 있고, 이차적으로는 제가 계속적으로 빙의가 되고 있는 상태에서 마음속으로 내심 선생님께 의존적으로 되고 있는 것 같아 경계하려 하고 있습니다.

제가 구도에 관심을 가진 것은 사회생활에서 오는 인간관계에 대한 이해를 위해서입니다. 또한 사람들에게 포용력 있게 친절한 마음이 밑바닥에서 우러나와 진심으로 그들을 이해하고 사랑하게 되길 바라는 마음과 더불어 저의 업을 정화시킬 수 있으리라 바라는 소망 때문이었습니다. 그런데 문제는 잡념이 너무 많이 생겨 수련에 방해가 되고 있다는 것입니다.

예전에 선생님의 저서에서 읽었던 보왕삼매론을 수첩에 메모하고 힘이 들면 가끔 들여다보는데 거기서의 구절에 "수행하는 데 마가 없기를 바라지 말라. 수행하는 데 마가 없으면 서원이 굳게 되지 못하느니라. 모든 마군으로써 수행을 도와주는 벗으로 삼으라"란 말과 "공부하는 데 마음에 장애가 없기를 바라지 말라. 마음에 장애가 없으면 배우는 것이 넘치게 되느니라. 장애 속에서 해탈을 얻으라"란 말을 되새김질을 하고 있습니다.

하지만 요새 계속 짜증이 생겨납니다. 저의 업무가 사람들을 대하는 업무인데 전날 몸이 많이 가벼워졌다 싶은데 다음날 출근하고 검진을 하다 보면 또 몸이 힘들어지고 빙의가 더욱 심하게 됩니다. 그러다 보니 사람들에게 친절하게 미소를 짓기는커녕 빨리 가 주기를 바라는 마음과 그러면 안 된다고 비난하는 마음이 서로 충돌하고 갈등을 일으킵니다.

물론 선생님께서 항상 말씀하시듯 업장 때문이라고 생각하면서도 사람을 만날 때마다 빙의가 심해지고 몸이 힘들어지고 그러다 보니 마음이 흔들립니다. 계속 언제까지 이렇게 살아야 하나 하는 생각까지 들기도 합니다. 사람에 대한 애정과 관용이 없어지고 있는 것 같아 어찌 해야 될까 싶습니다. 저의 마음공부가 이 모양이라 죄송합니다.

또 한 가지는 최근에 직장 동료가 사람을 소개해 줬습니다. 학력은 고졸이지만 전기 기술자이고 일반 월급쟁이보다 낫다고 하면서 소개를 해 줬습니다. 36세 동갑내기이고 2남 2녀 중 둘째이고 위로 형님이 계시고 아래로 여동생 둘이 있다고 하였습니다. 성격은 내성적이고 소극적이긴 하지만 성실한 것 같아 서너 번 만났습니다. 자기 생각을 표현하지 않기에 아직은 결정을 내리지는 않았지만 문제는 저의 내면에 있었던 두려움에 직면해 있다는 겁니다.

저의 아버지가 예전에 제가 5살에 여객선 침몰 사고로 돌아가셨는데

210

그러한 죽음에 대한 두려움이 아직까지 잠재해 있었고 그것이 이 사람을 만나면서 다시 표면에 떠오르고 있습니다. 언젠가 제가 응급실에 근무를 할 때 어떤 젊은 군인이 전기에 감전되는 사고로 사망하게 되는 경우를 보게 되었는데 자꾸 제가 소개받은 사람이 그런 감전 사고로 병원 응급실에 사망하여 누워 있는 생각이 드는 것입니다. 거기다 외모가 저의 돌아가신 아버님과 인상이 비슷합니다. 그래서 더욱 그런 생각이 떠오릅니다.

선생님께서도 진인사대천명이라고 하셨지만 이러한 두려움이 왜 아직까지 숨어 있다가 다시 떠오르는지 모르겠습니다. 선생님께서 전번에 얘기하셨듯이 소개받는 것도 인연이라고 하셨는데 이 사람과 저와의 업이 무엇인지 다른 사람을 만날 때는 없던 생각이 왜 생겨나는가 싶습니다.

어렸을 때 저의 어머니가 잠수(해녀입니다)를 하시면서 생계를 꾸릴 때 간혹 해가 저물었는데도 안 들어오실 때가 많았습니다. 그러면 저는 저녁을 준비를 해놓고 나서도 그때까지도 안 들어오시면 행여나 하는 불안감으로 바닷가로 마중을 나가곤 했었습니다.

가끔 잠수 도중에 심장마비로 사고를 당하시는 분이 있는데 혹시나 하는 두려움에 집에 있지를 못했습니다. 그리고 어둑해진 바닷길 저편에서 구덕(바구니)을 무겁게 짊어지고 오시는 어머니를 발견하면 감사해 하고 안도감을 느끼면서도 괜히 늦게 오신다고 심통을 부리곤 했었습니다.

그래서 어렸을 때부터 죽음이란 것과 생로병사에 대해서 생각을 많이 하게 되었고 가정 형편 때문에 의대 진학은 생각도 못하고 간호전문대에 차석으로 입학하고 다행히 장학금으로 학교를 다니면서도 생활비는 아르바이트를 하면서 겨우 졸업을 하였지만 사회생활은 더욱 정신적으로 많이 힘들었습니다.

하지만 그런 과정이 있었기에 지금의 제가 있다고 생각을 합니다. 그런데도 아직까지 그런 두려움에서 벗어나지 못하고 있는 것을 알게 되니까 갑자기 제 운명이 두려워집니다.

칠월 28일 토요일 오후 4시에 찾아뵙겠습니다. 시험이 끝나니까 시간의 여유가 생기니까 삼천배를 하고 나서 찾아뵙겠습니다.

안녕히 계십시오.

2001년 7월 7일
김숙경 올림

【필자의 회답】

인간의 성장 기간에는 누구나 반드시 거쳐야 할 수유기(授乳期)가 있습니다. 그와 마찬가지로 수련자에게도 거쳐야 할 기간이 있는데 그게 바로 스승의 도움을 필요로 하는 기간입니다. 물론 상근기(上根器)는 이런 기간을 거칠 필요가 없을 수도 있지만 대부분의 수련자들은 이 기간을 필요로 합니다.

특히 기 수련자가 스스로 운기를 할 수 있을 때까지는 스승으로부터의 기의 충전이 필요합니다. 그러나 젖먹이가 치아가 어느 정도 자라나면 젖을 안 먹어도 스스로 음식을 씹어 먹을 수 있게 되듯, 기 수련자도 스승으로부터의 기의 충전 기간이 끝나면 혼자서 자가(自家) 충전을 할 수 있습니다.

빙의령 천도 역시 이와 비슷합니다. 스승의 도움이 필요할 때는 실기(失機)하지 말고 받는 것이 현명합니다. 그렇게 하는 동안에 자립 능력이 생기면 그때 가서 혼자 걸어가도 늦지 않습니다. 이 세상에 교사, 교수, 선생님, 스승, 선배, 사형(師兄), 사범(師範) 등의 교육자들이 필요한 이유가 여기에 있습니다. 이왕에 수련을 하기로 작정했으면 좀더 자립 능력을 기를 때까지 결벽증(潔癖症)이 일더라도 자제하시는 것이 좋을 것 같습니다.

불안과 두려움이 엄습해 올 때는 어떻게 하라고 했습니까?『선도체험기』읽다가 보면 이런 때 어떻게 하라고 내가 분명 말했는데 혹 기억나지 않으십니까? 그것도 한두 번이 아니고 여러 번 거듭 말했습니다... 이제 기억나십니까? 혹 기억이 나시지 않는다면 다시 말하겠습니다.

불안할 때는 불안을 관(觀)하십시오. 그리고 두려울 때는 두려움을 관해야 합니다. 빙의가 되었을 때는 빙의령을 관하고 짜증이 일 때는 그 짜증을 관하십시오. 빙의가 자주 되는 것은 지금 한창 수련이 잘되고 있다는 징후입니다. 다소 부담이 되더라고 인내력을 구사하다가 보면 극복될 때가 반드시 오게 될 것입니다.

김숙경 씨의 수련 정도면 능히 그렇게 할 수 있습니다. 또 사람 만나는 것이 싫어지면 그 혐오증 자체를 관해야 합니다. 관한다는 것은 마음을 그 대상에 집중한다는 뜻입니다. 다시 말해서 불안할 때는 불안에 마음을 집중하고, 공포심이 일 때는 공포심에 마음을 집중하고, 혐오증이 일 때는 혐오증에 마음을 집중하십시오.

그럼 언제까지 그 불안, 공포, 혐오를 관해야 하느냐고 의문이 일어날 수 있을 것입니다. 그럴 때는 그 불안, 공포, 혐오를 관하는 사이에 관이 잡혀서 그것들이 안개처럼 사라질 때까지 관해야 합니다. 왜냐하면 불안, 공포, 혐오는 마음이 만들어 낸 환상일 뿐 아무런 실체도 아니기 때문입니다.

그러므로 관을 하여 마음의 집중 조명을 받으면 어두운 골짜기에 엉겨 있던 안개가 햇볕을 받아 사라져 버리듯 없어질 것입니다. 지금 당장 그렇게 해 보십시오. 그리고 그 결과를 메일로 보내 주시기 바랍니다.

그리고 인생의 선배로서 맞선에 대하여 한마디하겠습니다. 맞선은 언제나 첫인상이 중요합니다. 아무런 선입관도 없는 순전한 직관(直觀)이 오히려 진실을 꿰뚫어 보는 능력이 있기 때문입니다. 첫인상이 좋고 같이 앉아 있으면 이유 없이 마음이 편안해지는 상대라면 관심을 가져 보아도 될 것입니다. 그와 반대로 왠지 모르게 그 사람 곁에 가면 거북하고 마음이 편치 못하면 인연이 아니라 생각하고 피하는 것이 좋을 것입니다.

호흡에 대하여

선생님께서 보내 주신 답장을 읽으면서 저의 문제는 '관'이 제대로 안 되고 있다는 것을 새삼 알게 되었습니다. "불안, 공포, 혐오는 마음이 만들어 낸 환상일 뿐 실체가 아니기 때문입니다"라는 말씀에서 느꼈습니다.

요새는 반가부좌로 앉아 수련을 하는 것이 많이 어렵습니다. 이러저러한 생각들이 무더운 여름날의 벌떼들이 몰려와 벌침을 쏘아 대는 것처럼 한 생각은 또 다른 생각으로 꼬리를 잇습니다. 저는 그럴 때마다 '망상'이라고 세 번 되뇌고 다시 단전에 집중하곤 합니다.

이것은 『명상 길라잡이』와 『명상체험여행』이란 책을 쓰신 박석 교수님(www.paraboki.net)의 수련회(1박 2일)에 작년 3월 참가했다가 배운 수련법이지만, 선생님께서 항상 말씀하시는 '관'(=박석 교수님 : 바라보기)을 하는 것과 다른 점이 크게 없어서 잡념이 생길 때 망상이라고 알아차리고 다시 단전에 집중을 했었는데 망상에 관해 관을 해야 한다는 것을 잘하지 못한 것 같습니다.

박석 교수님은 단전호흡에 관해서는 잘 모르고 있고 요가에 관해서 수련을 했기 때문에 수련의 방법에서는 차이가 있긴 하지만 마음공부 쪽으로 명상 강의를 하시는 편입니다. 평소에 너무 감기에 잘 걸리는 저로서는 그 방법은 아직 이르다 싶어 선생님의 『선도체험기』를 다시 처음부터 읽고 생식을 다시 시작하면서 매주 등산을 하고 여성회관에서 열리는 단전호흡 기초반(○○선원에서 사범을 파견하여 지도를 합니다)에 나가면서 6개월 동안 배웠습니다.

그러는 동안에 기감을 느끼기 시작했고 어지럼증이 계속되어 선생님께 전화 통화를 처음 하고 나서 빙의가 되었다는 것도 알게 되었습니다. 아마도 저는 선생님께서 말씀하시는 관에 대해서 읽으면서도 깊게 새김질을 하는 것을 하지 못한 것 같습니다. 다시 읽어 봐야 할 것 같습니다. 선생님께서 보내 주신 메일을 읽으면서 가슴이 먹먹해지면서 눈물이 나왔습니다.

선생님께서 가져 주시는 관심에 고마움을 느낌과 동시에 한편으로는 가야 할 길이 아직도 아득하게 멀었다는 생각에 서러움이 또 일어났습니다. 이렇게 마음이 왔다갔다하는 모양이 순간에도 시소 타듯 하니 저의 에고(ego)의 유희를 정신 차리고 지켜볼 작정입니다.

마지막으로 선생님께서는 빙의령 천도에 있어서 실기(失機)하지 말고 꾸준히 하라고 하셨습니다. 선생님을 뵙고 나면 다음날 산행 시에도 머리가 가볍고 힘들지도 않습니다. 그리고 며칠 동안은 빙의가 되어도 힘들지 않습니다.

그런데 보통 4~5일 정도 지속되다가 또 힘들어집니다. 그래서 선생님께서 말씀하셨듯이 선생님께 찾아뵐 때 몸이 많이 가벼워지는 것을 내심 기대하게 되었습니다. 한편으로는 그것이 의타심으로 굳어지는 것이 아닌가 싶어 경계를 하려 했습니다. 하지만 그것이 큰 문제가 되지 않는다는 선생님의 말씀에 안심이 됩니다. 고맙습니다.

요즘 며칠은 단전 부위가 배앓이 하듯이 심하게 아파 와 앉아서 공부하기가 힘들 정도가 되었었습니다. 그래서 103배를 다시 시작하고 나니 조금 나아졌습니다. 요새는 그래서 운동을 하고 나서도 수련하기 전에 103배를 꼭 합니다. 그럼 빙의되었던 머리가 훨씬 빨리 가벼워집니다.

그런데 빙의가 된 상태에서 관을 하기란 많이 어렵고 빨리 피로해집니다. 그전에는 한 시간 이상을 앉아 있을 수 있었는데 빙의된 후에는 1시간도 앉아 있기가 힘들어 억지로 한 시간을 채우기가 일쑤입니다.

호흡을 할 때 단전 깊숙이 천천히 하면 땀이 흐르고 더워지지만 단전은 별로 뜨거워지지 않습니다. 대신에 전신의 열기가 그냥 훅 하고 숨을 내쉴 때 몸 전체에서 밖으로 빠져나가는 것 같기만 합니다. 축기가 지속적으로 잘 안되는 것은 호흡에서 문제가 있기 때문인지요?

그리고 하루에 수련 시간을 어느 정도 해야 하는지요? 저는 아직은 운동 한 시간 반 정도, 유산소 50분~60분(3.5마일을 빨리 걷기 10분, 뛰기 10~15분, 다시 빨리 걷기 10분, 뛰기 7~8분, 빨리 걷기 10분과 그 외 사이클이나 스텝퍼를 15~20분)을 하고 무산소(근력운동) 40분, 스트레칭 15분을 운동하기 전과 운동 끝난 후 마무리로 합쳐서 30분 정도하고, 식사는 아침과 저녁은 생식만 하고, 점심은 생식을 한 후에도 점심을 먹습니다. (야채 섭취나 된장국 또는 김칫국을 주로 먹기 위해서 밥을 약간 먹게 됩니다. 그때는 생식은 3숟갈 먹다가 두 숟갈 먹은 후 점심을 먹고는 합니다.)

체중은 별로 변동 상황은 없습니다. 아직 완전한 채식은 하지 않고 있지만 쇠고기나 돼지고기는 먹으면 설사를 하기 때문에 잘 먹지 않고 해물이나 닭고기는 여럿이서 먹을 때는 그냥 같이 먹긴 하지만 혼자 있을 때는 굳이 찾아서 먹지는 않고 있습니다.

저녁 10시 30분에서 12시까지 단전호흡을 반가부좌한 채 하고 있고, 주말, 일요일은 산행을 3시간에서 6시간을 하고 있습니다. 사람마다 수련하는 시간이나 방식들이 많이 다르긴 하겠지만 제가 이렇게 하는 정도는 완만하게 하는 것인지요?

선생님 책을 읽고 이 정도 강도로 꾸준히 하면 되겠다 싶어 제 나름대로 이렇게 하고 있습니다. 정정을 해야 할 필요가 있다면 말씀해 주시면 정정하겠습니다.

선생님께서 『선도체험기』에 써 주셨던 『법구경』에서 "꼼꼼하게 덮인 지붕에 빗물이 새어 들지 못하듯 수행이 잘된 마음에는 욕망이 스며들 빈틈이 없나니라"라는 구절이 요즘 제게 해당되는 것 같습니다. 정신을 다시 곧추 세우고 수행하겠습니다.

선생님께서 보내주신 말씀 정말 고맙습니다. 시험이 끝나고 나서 의타심으로 인한 경계를 버리고 편한 마음으로 찾아뵙겠습니다. 선생님과 사모님께서 항상 건강하시길 기원 올립니다.

2001년 7월 9일
김숙경 올림

【필자의 회답】

명상할 때 번뇌 망상이 떠오르면 바로 그 번뇌 망상을 관하십시오. 물론 선택은 자유지만 수련법은 직접 실험을 해 보고 잘되는 것을 선택해야 합니다. 한 우물을 파야지, 이것저것 기웃거리다 보면 이것도 저것도 다 안 되는 수가 있으니 신중하시기 바랍니다.

배가 아플 때는 배 아픈 것을 관하십시오. 관을 하다가 보면 복통의 원인이 과식 때문인지 식중독 때문인지 밝혀지게 됩니다. 과식과 식중독이 아니고 명현반응 때문이라면 관을 하는 중에 통증이 사라질 것입니다. 단전에 기의 방(房)이 형성될 단전 부위에 약간의 통증이 오는 수가 있습니다.

어떤 문제든지 발생할 때마다 우선 그것 자체를 관해야 합니다. 실체 없는 오욕칠정(五慾七情)은 사라질 것이고 어려운 문제에는 반드시 해결책이 떠오를 것입니다.

단전호흡을 할 때는 숨을 갑자기 들여마시든가 훅하고 내쉬던가 해서는 안 됩니다. 코끝에 솜털을 갖다 대어도 흔들리지 않을 정도로 입식면면(入息綿綿), 출식미미(出息微微), 상유일촌여기(常有一寸餘氣) 해야 합니다. 심파(心波)를 착 가라앉히고 가능한 한 천천히 그리고 지속적으로 균일하게 호흡을 해야 합니다. 그리고 숨을 내쉬고 들이쉴 전환기에 언제나 일정한 여유를 가져야 합니다. 이렇게 해야 축기가 되고 운기가 원활해집니다.

수련 시간은 몸공부 하루 평균 2시간, 기공부는 생활행공(行功)을 위주로 하고, 마음공부는 독서와 자기성찰이 주류가 되어야 합니다. 그리고 생식을 시작했으면 우선 주식(主食)만은 생식으로 일관해야 효과가 있습니다. 주식이란 밥, 빵, 떡, 국수, 라면 같은 것을 말합니다. 이것들을 생식과 섞어 먹으면 별로 효과가 없습니다.

그리고 수행의 강도와 시간은 사람마다 조건과 환경이 다르니까 언제나 스스로 직접 체험을 해보고 그 적부와 장단점을 발견하여 고쳐나가는 습관을 기르기 바랍니다.

〈62권〉

역마살(驛馬煞) 낀 처녀

다음은 단기 4334(2001)년 8월 30일부터 같은 해 10월 20일 사이에 필자와 수련생들 사이에 있었던 수련과 인생에 대한 대화와 필자의 선도 체험과 독자와의 이메일 문답 내용을수록한 것이다.

30대 중반의 남자 수련생인 조상호 씨가 말했다.

"선생님, 오늘은 수련보다는 선생님께 인생 상담을 좀 하려고 왔습니다."

"그래요. 조상호 씨 자신의 얘깁니까?"

"아뇨. 제 여동생입니다."

"어디 말해 보세요."

"아직 미혼이고 나이는 올해 29세인데요. 대학까지는 간신히 졸업을 시켰지만 그 후에는 무슨 일을 하든지 한 가지 일에 집중을 하지 못합니다. 대학 때도 전공을 자꾸만 바꾸는 바람에 남보다 3년이나 늦게 겨우겨우 순 어거지로 졸업을 시켰습니다.

친구도 한 사람을 진득하게 사귀지를 못합니다. 그래서 스물아홉 살이나 되었는데도 아직 변변한 친구 하나 없습니다. 대학 졸업 후에 어렵게 청탁을 넣어 취직을 시켜 주었는데도 불과 3개월을 넘기지 못하고 그만두어 버리고 말았습니다."

"연애는 어떻습니까?"

"남자를 소개해 주어도 며칠 못 가서 금방 싫증을 내고 헤어져 버립니다. 그리고 제일 큰 문제는 혼기가 다 된 큰 처녀애가 어떻게 됐는지 도대체 집에 붙어 있지를 못하고 돌아다니기를 좋아합니다. 중·고등학교 때부터 배낭여행을 시작하여 국내는 물론이고 전 세계에 안 가 본 데가 없습니다. 집에 한 달 이상을 붙어 있어 본 일이 없습니다."

"그렇게 여행을 좋아하면 여행 비용도 적지 않게 들 텐데요."

"물론입니다. 학생 때는 부모님이 대주셨지만 대학을 졸업한 뒤에는 자기도 손 내밀기가 미안한지 하다못해 식당에서 허드렛일이라도 해서 제가 벌어서 씁니다. 사람들은 그 애를 보고 역마살(驛馬煞)이 끼었다고 하는데 도대체 역마살이라는 것이 무엇입니까?"

"역마살이란 옛날 역참(驛站)에 대기하고 있던 역마(驛馬)처럼 늘 이 역에서 저 역으로 달리게 되어 있어서 항상 여행을 하든가 떠돌아다니기를 좋아하는 사람의 일종의 액운(厄運)을 말합니다."

"그럼 살(煞)이란 무슨 뜻입니까?"

"사람이나 물건을 해치는 모질고 독한 기운 즉 악귀(惡鬼)라고 사전에는 나와 있습니다."

"악귀가 무엇입니까?"

"일종의 사기(邪氣)입니다."

"사기라뇨?"

"역마살의 경우 접신령(接神靈)을 말합니다."

"그럼 접신(接神)이 되어서 그렇다는 말씀입니까?"

"그렇다고 봐야죠."

"그게 혹시 전생에 문제가 있었던 것이 아닐까요?"

"물론 그런 고질적인 액운은 수없는 전생에서 되풀이된 습관의 연속 선상에서 보아야 합니다. 직업도 일종의 습성입니다. 전생에 의사였던 사람은 대체로 금생에도 의사입니다. 전생에 직업 군인이었던 사람은 금생에도 직업 군인입니다. 특히 좋지 않은 습성을 가진 사람은 마치 한 번 실수하여 교도소에 들어갔다 나온 사람처럼 계속 같은 범죄를 저지르는 경향이 있습니다."

"역시 전생의 업보(業報)라는 말씀이시군요."

"그렇습니다."

"그게 혹시 유전(遺傳)은 아닐까요?"

"왜요? 조상호 씨 집안에 그런 사람이 있습니까?"

"할머니 얘기를 들어 보니 돌아가신 할아버지께서 그러셨다고 합니다."

"가족이란 어딘가 인연이 있어서 서로 모이게 된 집단이니까, 유유 상종(類類相從)이라고 하여 비슷한 사람들끼리 모일 수도 있습니다. 그래서 부전자전(父傳子傳)이니 모전여전(母傳女傳)이니 하는 말도 있 습니다. 이것이 확대되어 조전손전(祖傳孫傳)이 될 수도 있겠죠."

"그게 유전이라면 역마살을 고칠 수 있는 방법은 없을까요?"

"왜 없겠습니까?"

"그럼 무슨 수가 있을까요?"

"있습니다."

"어떻게 하면 제 여동생의 역마살을 고칠 수 있겠습니까?"

조상호 씨가 두 눈을 번득이면서 다그쳐 물었다.

"그 여동생은 자기가 역마살이 끼었다는 것은 시인합니까?"

"네, 자기가 여느 사람들보다는 좀 고약한 성질을 타고났다는 것을 알고 있는 것 같습니다. 그래서 고쳐 보려고 학교 때는 상담 교사와 상담도 해 보았지만 별 효과가 없었습니다. 살풀이 잘한다는 유명한 무당한테 찾아가서 거액을 들여서 거창하게 살풀이굿을 해 본 일도 있었지만 별로 효험이 없었습니다. 하다못해 안수 기도에 영험하다는 목사도 찾아가 보았고 구명시식(救命施食) 잘한다는 스님도 찾아가 보았지만 역시 효험을 보지 못했습니다."

"그렇게 남의 힘에만 의존하려고 하면 되겠습니까?"

"그럼 어떻게 해야 합니까?"

"남들이 여동생의 인생을 대신 살아 줄 수는 없는 일이 아닙니까?"

"그야 물론 그렇겠죠. 그럼 어떻게 해야 합니까?"

"그것이 접신이든 유전이든, 전생의 업보든 사주팔자든, 운명이든 간에 여동생이 지금 당장 이 자리에서 어떻게 마음을 먹느냐가 중요합니다."

"그게 무슨 뜻입니까?"

스스로 자각해야

"여동생 스스로 그 역마살에서 벗어나겠다는 자각이 있어야 한다는 말입니다. 거듭 말하지만, 여동생 스스로 지금 당장 어떻게 마음을 먹고 어떻게 행동하고 어떻게 노력하느냐에 미래는 달려 있습니다."

"그렇다면 제 여동생도 수행자가 되어야 한다는 말씀입니까?"

"꼭 수행자나 구도자라는 유별난 명패를 달아야 한다는 뜻이 아니고 주어진 자기 인생을 바르게 살아가야 한다는 의지를 가져야 한다는 뜻입니다."

"그건 너무나 쉬운 일이 아닙니까?"

"그렇지 않습니다."

"그렇지 않다뇨? 도대체 이 세상에 자기 인생을 바르게 살아가려고 하지 않는 사람이 어디 있겠습니까?"

"바르게 살려고 하면서도 바르게 살지 못하는 사람과 바르게 살려고 하면서 정말 바르게 사는 사람은 엄연히 다릅니다."

"어떻게 다릅니까?"

"바르게 살려고 하면서도 실제로는 바르게 살지 못하는 사람은 무명중생(無明衆生)이요 별 볼 일 없는 민초들이고, 바르게 살려고 하면서 실제로 바르게 사는 사람을 보고 우리는 정신이 깨어 있는 사람이라고 하고 그런 사람을 보고 우리는 구도자라고도 하고 수행자라고도 말합니다. 조상호 씨의 누이동생이 역마살에서 벗어나게 하려면 지금부터라도 늦지 않으니 정신 똑바로 차리고 바른길을 가도록 결심을 하는 것이 무엇보다도 중요합니다."

"어떻게 하면 그렇게 할 수 있겠습니까?"

"식구들이 잔소리를 하면 곧 싫증을 낼 것입니다."

"그럼 어떻게 하죠?"

"여동생 스스로 그 기나긴 역마살이라는 악몽에서 깨어나도록 주변에서 도와주는 길 이외에는 별 뾰족한 수가 없습니다. 그리고 자기성찰(自己省察)을 통해서 어디까지나 제힘으로 그 역마살이라는 구렁텅이 속에서 빠져나오도록 노력해야 합니다.

한 가지 일에 너무 집착을 하는 것도 병이지만 무슨 일에서든지 금방 싫증을 내는 것도 전자에 못하지 않는 병입니다. 굽혔으면 펼 줄도 알아야 하고 펼쳤으면 오므릴 줄도 알아야 합니다. 다시 말해서 굴신(屈身)과 신축(伸縮)이 자유자재로워야 한다는 말입니다. 일을 했으면 쉴 줄도 알아야 하고 쉬었으면 일할 줄도 알아야 합니다. 일은 싫어하고 놀 줄만 아는 것 역시 큰 병폐입니다.

조상호 씨의 여동생이 무엇이 잘못되었다는 것을 알고 그것을 고쳐서 바르게 살려는 자기 혁신의 의지가 분명하고 이를 실천하기 위해서 꾸준히 노력한다면 반드시 인천(人天)의 도움이 있을 것입니다."

"인천(人天)의 도움이 무엇입니까?"

"그녀를 도와주려는 사람들 예컨대 스승, 도반(道伴), 사형(師兄) 같은 사람들과 그녀를 도우려는 하늘의 기운이 모여든다는 얘기입니다. 바르게 살려고 마음먹은 사람에게는 바른 사람들이 자연히 모여들게 되어 있습니다. 유유상종(類類相從), 즉 사물은 언제나 끼리끼리 모여들게 되어 있으니까요.

어떤 사람이 도둑질을 하려고 잔뜩 마음을 먹었다면 그 사람의 주변에는 어떻게 하든지 연줄을 타고 도둑놈 심보를 가진 사람들이 모여들게 되어 있습니다. 그중에는 별을 열 개쯤 단 그 방면의 대 고수도 끼어 있을 수 있습니다."

"결국 마음이 마음을 부르는군요."

"그렇습니다."

"그러나 사람의 마음이라는 것이 자꾸 변하지 않습니까? 그래서 인심은 아침 다르고 저녁 다르다는 말이 있지 않습니까?"

"그렇습니다. 인심(人心)은 조석변(朝夕變)이라고도 하죠. 그러나 실생활을 통해서 이룩된 뼈아픈 자각은 그렇게 하루아침에 변하지 않습니다."

"제 여동생도 자신의 성격이 잘못되었다는 것까지는 잘 알고 있습니다. 그것을 고쳐 보려고 애를 써 보기도 하지만 작심삼일(作心三日)이라고 그게 맘대로 안 되는 모양입니다. '내 마음 나도 몰라' 하는 유행가 가사처럼 자기 마음을 자기도 어쩌지 못하는 것 같습니다."

"한 번 결심한 일이 사흘은 간다고 합니까?"

"겨우 그 정도는 되는 모양입니다."

"그 정도라도 된다면 희망은 있습니다."

"정말 제 여동생에게도 희망이 있을까요?"

"있고말고요."

"어떻게 했으면 좋겠는지 구체적으로 좀 말씀해 주시겠습니까?"

"그렇게 하죠. 한번 결심한 것이 사흘을 끌 수 있으면 그 다음엔 나흘을 끌 수 있게 하면 됩니다. 무슨 일이든지 한꺼번에 하려고 하면 우선 벅차고 힘들어서 못 합니다. 세계 최고봉인 에베레스트 산 정상도 단숨에 오를 수는 없습니다.

시작이 반이라고 우선 한 발 한 발 떼어놓아야 합니다. 아무리 높은 산이라도 한 걸음 한 걸음씩 오르고 또 오르면 못 오를 리 없습니다. 성급하거나 조급증을 가진 사람은 정상을 정복하지 못합니다.

한번 실패했다고 해서 금방 단념해 버리면 영원히 아무 일도 성취할 수 없습니다. 실패를 거듭해도 그때마다 전화위복(轉禍爲福)의 계기로 삼고 지치지 말고 재기해야 합니다. 칠전팔기(七顚八起)라는 말이 있지 않습니까? 어찌 칠전팔기뿐이겠습니다. 아흔아홉 번을 넘어지더라고 백 번째에는 다시 일어나는 지구력이 있어야 합니다.

그전에 606호라는 약 이름이 있었습니다. 매독 치료약 이름인데 605번 실험까지 번번이 실패만 거듭하다가 606번째에 드디어 성공을 했다고 해서 그런 이름이 붙었다고 합니다. 정신일도하사불성(精神一到何事不成)이라는 말도 있습니다. 무슨 일을 하기로 작정하고 정신을 집중하면 성공하지 못할 일이 없습니다.

어떻게 하든지 끈질긴 지구력을 발휘하여 중도에 포기하지 말고 끝까지 밀고 나가도록 독려해 주셔야 합니다. 어디까지나 자기를 위한 자기와의 싸움입니다. 흔들리는 자기 마음과의 싸움이기도 합니다. 흔들리는 마음, 변하려는 마음과의 끊임없는 싸움입니다."

"결국은 자기 마음을 어떻게 다스리느냐에 성패가 달려 있다는 말씀이시군요."

"그렇습니다. 조성호 씨의 여동생은 전생에 큰 죄를 짓고 체포를 피해 도망을 다니다 보니 어느 한곳에 정착하지 못하는 생활이 습관화되었습니다. 여러 생을 그렇게 살아오다 보니 이 세상에 태어날 때도 역마살이라는 숙제를 안고 태어났습니다. 그전에도 수없이 많은 생을 같은 숙제를 안고 태어났지만 번번이 그 숙제를 풀지 못한 채 생로병사의 윤회만을 거듭하여 금생에 이른 겁니다."

"만약에 제 여동생이 금생에도 그 숙제를 풀지 못하면 어떻게 됩니까?"

"속절없는 한세상을 또 허송세월하고 다시금 윤회하여 내생에도 같은 숙제를 안고 태어나게 될 것입니다. 다행히 금생에는 조상호 씨와 같은 훌륭한 오빠를 만났으니 참으로 행운입니다."

"제가 뭘요."

"그래도 여동생을 위해서 이렇게까지 진지하게 걱정해 주고 해결책을 모색해 주려는 오빠가 어디에 그렇게 흔하겠습니까? 여동생으로서는 망망대해를 헤매는 눈먼 거북이가 널판때기를 만난 격이죠. 그러나 아무리 훌륭한 오빠가 있으면 뭘 하겠습니까? 오빠에게 아무리 기막힌 묘책이 있다고 해도 그것을 채택하고 안 하는 것은 여동생 자신에게 달려 있으니. 마부가 말을 물가에까지 데려다 줄 수는 있지만 물을 마시고 안 마시고는 전적으로 말의 의사에 달려 있는 것과 같습니다."

"문제는 제가 어떻게 하면 제 여동생이 초심(初心)이 흔들리지 않고 끝까지 시종일관 밀고 나가도록 도와주느냐에 달려 있다는 말씀이군요."

"바로 그겁니다."

"그게 마음 다스리는 공부를 하게 하라는 말씀이 아닙니까?"

"잘 아시는 군요."

"마음 다스리는 공부를 어디까지 해야 제 여동생이 금생의 숙제를 풀고 역마살에서 벗어날 수 있겠습니까?"

부동심(不動心)을 얻을 때까지

"그 숙제를 완벽하게 풀려면 아무래도 부동심(不動心)을 얻을 때까지는 밀고 나아가야 할 것입니다."

"부동심이란 무엇입니까?"

"글자 그대로 마음이 흔들리지 않는 경지입니다. 좀더 구체적으로 말하면 운명, 사주팔자, 전생의 업보, 유전, 역마살 따위도 능히 극복할 수 있는 흔들림 없는 확고한 마음가짐을 말합니다."

"어떻게 하면 그런 부동심을 얻을 수 있겠습니까?"

"인생살이에서 부딪치는 온갖 난관과 숙제를 화두로 삼아 관(觀)과 자기성찰(自己省察)을 무기로 하여 계속 뚫고 나가다가 보면 누구나 진아(眞我)에 도달하게 되고 그 진아가 마음의 중심을 잡게 되면 그 상태가 바로 부동심입니다. 부동심을 법상(法相)이라고도 합니다.

사주팔자가 관상(觀相)만 못하고, 관상이 심상(心相)만 못하고, 심상은 법상만 못하다고 합니다. 이것을 우리 조상들은 '사주팔자불여관상(四柱八字不如觀相)하고 관상불여심상(觀相不如心相)하고 심상불여법상(心相不如法相)이니라' 하고 말했습니다.

"부동심에 도달하면 어떻게 됩니까?"

"우주와 마음이 하나로 통하게 됩니다."

"우아일체(宇我一體)가 된다는 말씀입니까?"

"그렇습니다. 그러니까 우주처럼 처음도 끝도 없는 영원무궁한 존재가 됩니다. 따라서 생사를 초월하게 됩니다. 그렇게 되면 내일 천지개벽이 일어나고 지구의 종말이 온다고 해도 스피노자처럼 오늘 사과나

무를 심을 수 있는 느긋한 마음의 여유를 갖게 될 것입니다."

"부동심이 민초들의 마음과 다른 점은 무엇입니까?"

"민초들은 오욕칠정(五慾七情)에 흔들리지만 부동심을 얻은 사람은 오욕칠정 따위에 흔들리지 않습니다."

"겨우 역마살 따위에 시달리는 제 여동생을 보고 그러한 부동심을 가지라고 하는 것은 너무나 어려운 주문이 아닐까요?"

"물론 처음부터 부동심을 가지라고 말할 수는 없죠. 마음 다스리는 공부를 하다가 보면 종착점이 바로 부동심이라는 얘기죠. 그러나 만약에 조상호 씨의 여동생이 마음공부에 성공하여 역마살을 능히 극복할 수 있는 실력을 기를 수 있다면 거기서 멈추지 말고 쇠뿔은 단김에 빼랬다고 계속 밀어붙이면 부동심을 얻지 말라는 법도 없습니다.

이것을 일컬어 화가 도리어 복이 된다고 해서 전화위복(轉禍爲福)이라고 합니다. 성인(聖人)은 원래 편안한 환경 속에서 태어나는 것이 아닙니다. 간난신고(艱難辛苦)야말로 성인이 태어나는 요람입니다. 진리의 연꽃은 깨끗한 물에서가 아니라 더러운 시궁창 속에서 피어납니다. 온갖 어려움을 이기고 성취한 성공이 진실로 값진 이유가 여기에 있습니다."

조상 신령이 머무는 곳

우창석 씨가 물었다.

"제사 때에는 반드시 조상 신령이 오신다고 선생님께서는 말씀하셨습니다. 그렇다면 제사 때 조상 신령이 와서 머무는 곳은 어딥니까?"

"그럼 우창석 씨는 제사 때 오신 조상 신령이 어디에 와서 머문다고 생각하십니까?"

"혹시 제상(祭床) 앞이 아닐까요?"

"물론 우리가 알기로는 제상 앞 지방(紙榜)이 있는 곳이 조상 신령의 정위치입니다. 그러나 조상 신령이 막상 머물러 있는 곳은 제주(祭主)를 비롯한 자손들의 마음입니다. 물론 견성 해탈하여 생사를 초월하여 구경각(究竟覺)을 얻은 성인들은 육도사생(六途四生)을 누구의 도움을 받지 않고도 마음대로 오갈 수 있지만 그렇지 못한 신령들은 신령계(神靈界)에서 인계(人界)에 올 때는 사람에게 의지하게 되어 있습니다."

"육도사생(六途四生)이란 무엇입니까?"

"육도(六途)는 지옥(地獄), 아귀(餓鬼), 축생(畜生), 아수라(阿修羅), 인계(人界), 천계(天界)를 말하고 사생은 태생(胎生), 난생(卵生), 습생(濕生), 화생(化生)을 말합니다."

"그럼 육도사생(六途四生)을 마음대로 출입한다는 말은 무슨 뜻입니까?"

"육도사생 중 어디든지 마음 내키는 대로 드나들 수 있다는 말입니다. 새가 되고 싶으면 새가 되고 사람이 되고 싶으면 사람이 될 수 있고, 과거 현재 미래를 시공을 초월하여 마음대로 드나들 수도 있다는 얘기입니다."

"제주나 제사 지내는 후손들의 마음에 조상 신령이 머물러 있다는 것은 어떻게 알 수 있습니까?"

"영안(靈眼)이 뜨인 수행자는 영안으로 볼 수 있고, 아직 영안이 열리지 않는 수행자는 감각으로 조상 신령이 자기 자신에게 내려와 있다는 것을 알 수 있습니다."

"빙의(憑依) 현상과는 어떻게 다릅니까?"

"빙의 현상과 비슷한 점도 있습니다. 그러나 빙의되었을 때는 빙의령이 빙의당한 사람에게서 기를 흡수하지만 조상 신령은 그런 일이 없으므로 전연 손기(損氣)를 일으키지 않습니다. 그 점이 현저히 다릅니다."

"그럼 조상 신령은 제사 때 어느 시점에 제주나 제사 지내는 후손에게 들어옵니까?"

"내 경험에 의하면 향 피우고 헌작(獻酌)하고 나서 첫 재배하는 순간입니다."

"그때 들어오신 조상 신령은 그럼 언제 떠나십니까?"

"마지막 재배하고 철상(撤床)하고 나서 음복할 때 떠나십니다. 이때 수행자들 중에는 제사 도중에 빙의가 된 것으로 착각하는 수가 있습니다. 그러나 제사 끝내면 깨끗이 물러난다는 점에서 빙의와는 엄연히 다릅니다. 그리고 조상 신령이 머물고 계실 때 영안이 열린 제주나 후손은 그분들의 모습을 살필 수도 있고 무언의 대화를 나눌 수도 있습

233

니다."

"제사를 지내지 않을 때도 조상 신령을 만날 수 있습니까?"

"물론입니다."

"어떻게요?"

"그분들을 간절히 염원하면 금방 나타나십니다. 물론 수행 정도에 따라 차이가 있기는 하지만 적어도 부동심(不動心)을 얻고 출신(出神)의 경지에 도달한 수행자는 이 우주 안에 있는 어떠한 존재도 부를 수 있고 어느 곳에든지 원하는 곳에 순간 이동을 할 수 있습니다."

"부동심이란 무엇을 말합니까?"

"자기 마음을 자기가 다스릴 수 있는 것을 말합니다. 적어도 오욕칠정(五慾七情) 따위에 흔들리지 않는 마음입니다. 자기 마음을 다스리는 사람은 우주를 소유할 수 있습니다. 그리하여 불출호지천하(不出戶知天下)의 경지에 도달할 수 있습니다. 반드시 먼 곳에 여행을 하지 않아도 세상 이치를 다 알 수 있다는 얘기입니다."

"어떻게 돼서 그럴 수 있습니까?"

"우리들 각자의 심기신(心氣身) 자체가 하나의 소우주이기 때문입니다. 그러므로 자기 자신을 지배할 수 있는 사람은 우주를 지배할 수 있습니다. 소우주의 작동 원리는 대우주의 작동 원리와 다를 것이 없기 때문입니다."

"소우주가 대우주가 될 수 있는 길은 무엇입니까?"

"소우주에서 사심(私心)이 사라지면 사라질수록 대우주에 가까이 접근하게 됩니다. 소우주에서 마침내 사심이 완전히 사리지는 순간 우리는 대우주와 겹쳐져서 하나가 됩니다."

"저도 선생님처럼 조상 신령들과 만나고 싶습니다. 어떻게 하면 그렇게 될 수 있겠습니까?"

"수련을 열심히 하여 자신의 영적(靈的) 능력을 향상시켜야 합니다. 그런 연후에 지극한 효심만 있다면 언제든지 원할 때는 조상 신령과 만날 수 있습니다. 그리고 마음을 크게 비우면 조상 신령들은 말할 것도 없고 우주 전체를 자기 자신 속에 수용할 수 있습니다. 다시 말해서 나 자신이 우주의 일부분이면서도 우주 전체이기도 한 것입니다."

제 전생은 무엇입니까?

오광석이라는 50대 중반의 남자 수련생이 물었다.

"선생님, 제 전생이 무엇이었는지 말씀해 주시겠습니까?"

"오광석 씨의 전생의 직업이 무엇이었는지 알고 싶습니까?"

"네."

"오광석 씨는 지금은 무슨 일을 하십니까?"

"경찰관입니다."

"경찰학교 출신이십니까?"

"네."

"전생에는 포도청(捕盜廳) 포교(捕校)로 계셨군요."

"저도 어쩐지 그럴 것 같다는 생각은 늘 하고 있었는데 선생님께서는 어떻게 그렇게 금방 알아맞추십니까?"

"전생이란 현재의 자기 자신 속에 다 내장(內藏)되어 있기 때문입니다."

"무슨 뜻인지 잘 못 알아듣겠는데요."

"현재의 나는 과거 생의 나의 연장에 지나지 않는다는 얘기입니다. 사람은 생로병사의 윤회를 거듭하는 동안 기억이 상실되므로 전생의 자기 모습을 확인할 수 없지만, 관(觀)을 일상생활화 하는 수행자들은 수련이 일정한 궤도에 올라서면 전생의 자기 모습을 화면으로 볼 수 있습니다.

오광석 씨도 수련이 좀더 진행되면 반드시 그럴 때가 올 것입니다. 그러나 현재는 그렇지 못합니다. 왜냐하면 아직 영안(靈眼)이 뜨이지 않았기 때문입니다. 그러나 비록 영안이 뜨이지 않았다고 해도 알 수 있는 방법이 있습니다."

"저는 아직 영안은 뜨이지 않았으므로 그때까지 기다릴 수는 없고 선생님께서 말씀하시는 그 알 수 있는 방법이라도 알았으면 좋겠습니다."

"그럼 누구나 알아낼 수 있는 그 방법을 말하죠. 그것은 과거 생의 축적의 결과가 현재 생이라는 것입니다. 그러므로 어떤 사람의 현재의 모습을 보면 그의 전생을 알 수 있습니다. 다시 말해서 금생은 전생과 비슷한 생활의 반복에 지나지 않기 때문입니다. 금생에 경찰관인 사람은 전생에도 경찰관 비슷한 직업인 포도청의 포교 노릇을 했다는 것을 알 수 있습니다.

"그럼 금생의 직업 군인은 전생에도 직업 군인이었다는 말입니까?"

"그렇습니다. 금생의 공무원은 전생에도 관리였습니다."

"금생의 탤런트는 전생에 뭐였을까요?"

"역시 광대나 배우와 같은 직업이었습니다."

"그럼 정치인은요?"

"신료(臣僚)였습니다."

"무역업자는 뭐였을까요?"

"무역상이었습니다."

이때 옆에서 듣기만 하던 수련생이 입을 열었다.

"이야기 도중에 끼어드는 것 같아서 죄송합니다만 제가 한마디해도 좋겠습니까?"

"좋습니다."

"금생의 컴퓨터 발명가는 전생에 뭐였을까요?"

"전생에도 컴퓨터 기술자였겠습니다."

"지구상에 과거에 언제 컴퓨터가 있었습니까?"

"지구상에는 없었지만 다른 별에도 컴퓨터가 없다고는 말할 수 없을 것입니다."

"그럼 컴퓨터 전문가는 다른 별에서 온 존재라는 말씀입니까?"

"컴퓨터 전문가라기보다 적어도 컴퓨터를 지구상에서 처음 소개한 발명가는 다른 별에서 온 존재임에 틀림없습니다. 알고 보면 이 우주 안에 새로운 것은 아무것도 없습니다. 우리가 새로운 발명품이라고 하는 것도 언젠가 이 우주 내의 다른 곳에서 있었던 것에 지나지 않습니다. 지구인의 눈으로 볼 때는 새로운 발명품이지만 우주인의 눈으로 볼 때는 새로운 것은 아무것도 없고 단지 과거 다른 곳에서 있었던 일의 반복에 지나지 않습니다."

오광석 씨가 말했다.

"그럼 선생님, 저의 금생은 과거 생의 비슷한 반복에 지나지 않는다고 말씀하셨는데 그 이유는 어디에 있습니까?"

"전생이나 금생이나 오광석 씨의 마음에 이렇다 할 뚜렷한 변화가 일어나지 않았기 때문입니다."

"그럼 마음의 상태가 존재의 양상을 결정합니까?"

"그렇습니다. 전생이든 금생이든 자신의 모습은 그때그때의 마음의 결정체(結晶體)에 지나지 않습니다."

"그렇다면 제 마음이 지금까지와는 다르게 크게 변하면 내생에는 금생과는 다른 모습으로 변할 수 있을까요?"

"그렇고말고요. 그렇게 되기 위해서 우리는 지금도 열심히 수련을 하고 있지 않습니까?"

"금생과 확연히 다른 모습이라면 어떤 것을 말씀하시는 겁니까?"

"다시는 이 지루하고도 따분한 생로병사의 윤회에 휘말리지 않고 그것에서 벗어나 대자유를 누리면서 유유자적(悠悠自適)하는 겁니다."

"어떻게 하면 그렇게 될 수 있습니까?"

"마음을 완전히 비워 시공(時空)의 구속에서 벗어나 구경각(究竟覺)에 도달하면 그렇게 될 수 있습니다."

금생의 여자는 전생에도 여자였나?

"금생의 여자는 전생에도 여자였습니까?"

"금생의 여자는 거의가 다 전생에도 여자였습니다. 그러나 예외도 있습니다. 전생에 남자였던 경우도 있습니다."

"어떤 경우입니까?"

"어떤 여자가 다음 생에는 남자로 태어나기를 간절히 소망한 채 숨을 거두었다면 남자로 태어날 수도 있습니다. 여자들 중에 성격이나 체격이나 용모가 남자와 비슷한 여장부가 간혹 눈에 뜨이는 것은 그 때문입니다."

"어떻게 그런 일이 가능할까요?"

"남자와 여자는 인간계에서 자손 번식의 필요에 의해서 생겨난 것이지 원래 고급 천계(天界)에서는 남녀의 구별이 없습니다. 남녀는 원래 하나였습니다. 남녀는 단지 쓰임이 다를 뿐 뿌리는 하나입니다. 그것을 『천부경』에서는 용변부동본(用變不動本)이라고 했습니다. 그 때문에 남자가 여자가 되고 여자가 남자가 될 수도 있는 것입니다. 근년 들어 성전환 수술이 성공하는 것도 그 때문입니다."

"그럼 금생의 직업적인 도둑은 전생에도 도둑이었습니까?"

"그럼요, 도둑 역시 최초에는 순수한 존재였습니다. 그러나 어느 시점에 탐심(貪心)을 이기지 못하여 남의 물건을 훔치는 버릇이 생긴 뒤부터 도둑질이 일상생활화 되었습니다. 그리하여 수많은 전생에서 도둑질에 이골이 나다 보니 그것이 직업화한 것입니다. 그것이 금생에까지 연장된 것입니다."

"그럼 도둑이 착한 사람이 될 수도 있습니까?"

"있고말고요."

"어떻게 하면 그리 될 수 있겠습니까?"

"지금 당장, 이 순간부터라도 도둑질을 하지 않고 바르게 살기로 작정하고 그것을 실천하면 그 어떤 도둑도 착한 사람이 될 수 있습니다."

"어떻게 하면 도둑질을 안 할 수 있을까요?"

"도둑질을 안 하기로 마음을 작정하고 그것을 일상생활에서 실천하면 그렇게 될 수 있습니다."

"마음먹기에 달려 있다는 말씀입니까?"

"그렇습니다. 이 우주 안에 마음이 못 하는 일은 아무것도 없습니다."

"그럼 대통령이 되는 것도 성인(聖人)이 되는 것도 마음먹기에 달려 있다는 말씀입니까?"

"그렇고말고요. 그래서 세상만사 마음먹기에 달려 있다고 하지 않습니까? 일체유심조(一切唯心造)란 바로 그 말입니다."

"그러나 평생을 대통령이 되어 보려고 그렇게 무진 애를 썼는데도 끝내 그 소망을 이루지 못하고 눈을 감는 사람이 있는데 그건 어떻게 된 겁니까?"

"정성이 부족했거나 아직 때가 이르지 않았기 때문입니다."

"그런 경우에는 어떻게 해야 합니까?"

"한생에만 모든 것을 걸려고 해서는 안 됩니다. 몇 생 아니 몇십 생, 몇백 생이 걸려도 이루겠다는 하늘을 찌르는 간절한 대망을 품고 끈질기게 노력한다면 어느 생에서든지 기필코 이루고야 말 때가 있을 것입니다. 이 세상에서 왕, 황제, 대통령이 된 사람은 대체로 그러한 과정을 거친 사람들입니다. 그러나 제 정신을 가진 사람이라면 제왕이나 대통령이 되는 것 따위를 위해서 그런 노력을 기울이지는 않을 것입니다."

"아니 왜요?"

"대통령이란 무엇입니까?"

"그래도 사람으로 태어나 한번 해 볼 만한 것이 아닙니까?"

"기껏 대통령이 되어 보았자 고작 부귀영화에 속하는 세속적인 욕망을 달성하는 것에 지나지 않습니다. 부귀영화란 무엇입니까?"

"그거 좋은 거 아닙니까?"

"좋아 보았자 한갓 물거품에 지나지 않습니다."

"그게 무슨 뜻입니까?"

"대통령이 되었다고 해서 인생의 근본 문제가 해결되는 것은 아닙니다."

"인생의 근본 문제가 무엇인데요?"

"인간에게 생로병사(生老病死)의 인생고(人生苦)가 그림자처럼 따라 다니는 한 인생의 근본 문제가 해결되는 것은 아닙니다. 어떤 사람이 대통령이 되었다고 해도 그가 생로병사에서 벗어날 수 있는 것은 아닙니다."

"그럼 어떻게 해야 생로병사에서 벗어날 수 있겠습니까?"

"자기 존재의 실상을 궁극적으로 깨달아야 합니다."

"자기 존재의 실상이 무엇인데요?"

"생로병사가 없는 경지입니다."

"어떻게 하면 그 경지에 도달할 수 있을까요?"

"역시 구도(求道)의 길을 걸을 수밖에 없습니다."

"무엇이 구도의 길입니까?"

"쉽게 한마디로 말해서 도심(道心)을 품고 우리들 각자에게 주어진 인생을 바르고 착하고 슬기롭게 사는 겁니다."

"도심(道心)이 무엇입니까?"

"나는 무엇이고 어디서 왔는가를 궁극적으로 알아내려는 의지입니다."

수행이란 무엇인가?

우창석 씨가 물었다.

"선생님, 수행이란 도대체 무엇입니까?"

"수행이란 바르게 사는 겁니다."

"바르게 사는 것이라뇨? 그건 너무 쉽고 간단하지 않습니까?"

"그렇습니다. 말하기는 쉽고 간단합니다. 그러나 바르게 살기를 실천하기는 이 세상에서 다른 무엇보다도 어렵습니다."

"바르게 살기가 왜 그렇게 어렵습니까?"

"삐딱하게 사는 사람은 반드시 한쪽으로 쏠려서 쓰러지게 되어 있기 때문입니다. 어떠한 생명체든지 쓰러지면 다치거나 죽거나 병들거나 불구자가 될 수밖에 없습니다. 쓰러진 나무 치고 제대로 자라는 것 보았습니까?"

"못 보았습니다."

"그럴 겁니다. 쓰러진 나무는 조만간 뿌리가 밖으로 드러나 말라 죽게 되어 있습니다. 짐승도 삐딱하게 걷다가는 곧 쓰러지게 되어 있습니다. 사람 역시 길 가다가 쓰러진 사람은 중풍이나 뇌졸중, 심장마비에 걸린 사람의 경우입니다. 그러니 쓰러지지 않기 위해서라도 우리는 바르게 걷고 바르게 살아야 합니다."

"바르게 살기만 해도 성통공완(性通功完)하고 견성 해탈(見性解脫)

하여 구경각(究竟覺)에 도달할 수 있을까요?"

"그렇고말고요."

"정말 그렇다면 종교 단체에 가입하여 헌금(獻金)하고 신앙생활을 하거나 수련 단체에 가입하여 수련비 내고 수련할 필요도 없는 일이 아닐까요?"

"물론입니다. 바르게 살기를 실천하기 위해서 자기 마음만 제대로 다스릴 수 있는 사람은 구태여 종교 조직 같은 데 묶일 필요가 없습니다. 종교란 자기 마음을 다스릴 줄 모르는 사람들이 모여드는 조직체입니다. 조직체에 묶여 버리면 자연히 타력 신앙, 기복 신앙 쪽으로 빠져 들어가지 않을 수 없게 되어 있습니다.

까딱하면 혹 떼러 갔다가 혹 하나 더 붙이게 될 수도 있습니다. 타력 신앙, 기복 신앙이 바로 그 혹입니다. 그러나 우리는 자기 마음만 제대로 관하고 다스릴 수 있으면 종교 따위를 기웃거릴 필요가 없습니다. 오직 바르게 살기에만 전념해도 능히 구경각에 도달할 수 있기 때문입니다."

"과연 그럴까요?"

"그렇고말고요. 지금으로부터 2천 5백년 전에 석가모니는 인간이 생로병사의 윤회의 고통에서 벗어나려면 팔정도(八正道)를 실천해야 한다고 말했습니다. 팔정도란 글자 그대로 여덟 가지 바르게 사는 방법을 말합니다."

"석가모니가 말한 팔정도의 내용은 무엇입니까?"

"정견(正見), 정사유(正思惟), 정어(正語), 정업(正業), 정명(正命), 정

정진(正精進), 정념(正念), 정정(正定)입니다. 다시 말해서 바르게 보고, 바르게 생각하고, 바르게 말하고, 바르게 행동하고, 바르게 생활하고, 바르게 노력하고, 바른 의식을 갖고, 바르게 정신을 집중하는 것을 말합니다. 여덟 가지로 세분을 하긴 했지만 한 마디로 말하면 바르게 살기에 지나지 않습니다. 바르게 살기로 작정한 사람에게는 이 여덟 가지는 자동적으로 따라오게 되어 있기 때문입니다. 더구나 바르게 사는 사람에게는 육바라밀 같은 것도 자동적으로 실천할 수 있게 됩니다."

"육바라밀이란 무엇입니까?"

"불교에서 구도승이 지키는 여섯 가지 수행법인데, 그 내용은 보시(布施), 인욕(忍辱), 지계(持戒), 정진(精進), 선정(禪定), 지혜(智慧)입니다. 남에게 널리 베풀고, 굴욕을 참고, 계(戒)를 지키고, 열심히 노력을 하고, 마음을 안정시키고, 지혜를 터득하는 것을 말합니다. 이 여섯 가지 수행법 역시 바르게 살기만 해도 자연히 따라붙게 되어 있습니다. 오계(五戒) 역시 바르게 살기에서 나온 것입니다."

"오계(五戒)의 내용에는 어떤 것이 들어 있습니까?"

"살인하지 말라, 간음하지 말라, 도둑질하지 말라. 거짓말하지 말라. 술 취하지 말라는 오계의 내용은 바르게 살기를 일상생활화 한 사람은 누가 시키지 않아도 자동적으로 실천하고 있는 사항들입니다. 왜냐하면 이러한 것들은 바르게 살려는 사람은 누가 말하지 않아도 자연스럽게 실행하지 않을 수 없게 되어 있기 때문입니다."

"바르게 사는 것 속에는 선행(善行)이 포함되어 있습니까?"

"있고말고요. 바르게 생각할 줄 아는 사람은 남을 위해 주는 것이 바로 자기 자신을 위하는 길이라는 것을 자연히 터득하게 되기 때문입니다."

"그럼 바르게 사는 사람은 슬기로워질 수도 있을까요?"

"물론입니다."

"왜 그렇죠?"

"슬기로움, 즉 지혜는 바른 생활 속에서만 우러나오게 되어 있으니까 그렇습니다."

"자기성찰(自己省察)도 바르게 살기 속에 들어갈 수 있을까요?"

"물론입니다. 관(觀)이나 자기성찰은 바르게 사는 사람이 사물을 바르게 관찰하는 것을 말합니다. 여기서 바르게 관찰한다는 것은 사물을 사심(私心) 없이 그리고 편견 없이 공평무사하게 객관적으로 살펴보는 것을 말합니다. 따라서 바르게 사는 사람이 아니면 바른 관(觀)도 바른 자기성찰(自己省察)도 할 수 없다는 얘기가 됩니다."

"그렇군요. 단전호흡도 바르게 살기 속에 포함될 수 있을까요?"

"그렇고말고요."

"단전호흡과 바르게 살기가 무슨 관련이 있습니까?"

"단전호흡이란 다른 게 아니고 숨을 바르게 쉬는 것에 지나지 않으니까요. 어머니 뱃속에서 방금 태어난 영아(嬰兒)가 어떻게 숨을 쉬는지 유심히 살펴보세요. 모두가 배꼽 아래 단전으로 숨을 쉬고 있는 것을 보게 될 것입니다. 이것이 원래 바른 숨쉬기입니다.

영아가 단전호흡을 하는 동안에는 여간해서는 앓는 일이 없습니다. 그러나 아이가 점점 자라면서 주위 환경에 잘 적응하지를 못하고 성급해지거나 조바심을 내기 시작하면서 아이의 호흡 방법은 자기도 모르게 단전호흡에서 흉식호흡(胸式呼吸)으로 바꾸어 버리고 맙니다. 이때부터 아이는 앓게 되어 병약해집니다.

이것은 무엇을 말할까요? 단전호흡은 바르고 건강해지는 호흡법이고 흉식호흡은 바르지 못한, 병약해지는 숨쉬기라는 것을 말해 주는 겁니다. 이 과정을 유심히 관찰한 끝에 나온 결론이 단전호흡을 하면 건강해지고 흉식호흡보다 3배 이상 호흡이 길어지므로 마음이 느긋해지고 만사에 여유를 갖고 임할 수 있게 해 준다는 것입니다.

무슨 일을 하든지 성급하거나 조급증에 빠지는 일이 없으므로 바르게 말하고 바르게 생각하고 바르게 행동하는 데 단전호흡이 좋다는 것을 깨닫게 됩니다. 더구나 구도자가 자기 존재의 실상에 도달하는 데 단전호흡은 가장 유력한 방편들 중의 하나라는 것을 알게 됩니다."

"그런데 단전호흡은 부작용이 많다는 말이 있지 않습니까?"

"호사다마(好事多魔)라고 좋은 일에는 반드시 마(魔)가 끼게 되어 있습니다. 부작용은 하나하나 그 원인을 규명하여 해결책을 강구해 나가면 됩니다. 어쨌든 관(觀), 자기성찰(自己省察), 마음공부, 기공부, 몸공부, 지감, 조식, 금촉, 화두, 참선, 주문(呪文), 기도(祈禱), 독경(讀經), 명상(瞑想), 위빠사나, 관음(觀音), 요가, 만트라, 탄트라 등등 온갖 수행법은 바르게 살려고 하는 수행자들이 발견해 낸 수행의 방편들입니다. 수행 방편은 수천수만 가지가 있을 수 있습니다. 그러나 그 뿌리는 하나입니다."

"그게 뭡니까?"

"바르게 살려는 정신입니다. 바르게 사는 사람은 그때그때의 쓰임새와 필요에 따라 얼마든지 적합한 수행 방편을 선택하거나 새로 만들어 이용할 수 있습니다. 바른 사람은 때와 곳에 따라 얼마든지 착해질 수도 있고 슬기로워질 수도 있습니다. 바르게 살려는 사람은 죽었다가 깨어나도 타락한 인간, 사악(邪惡)한 인간이 될 수는 없습니다.

비록 악의 함정에 빠지는 수는 있을 수 있지만 자기성찰의 힘으로 어떻게 해서든지 그 함정에서 빠져나올 수 있습니다. 오뚝이처럼 누가 우정 쓰러뜨려도 바르게 살려는 사람은 곧 균형 감각이 회복되어 한때 뒤뚱대다가도 곧바로 서게 되어 있습니다. 그러므로 바르게 보고 바르게 생각하고 바르게 행동하는 사람의 앞길은 아무도 방해할 수 없습니다. 저승사자도 인과의 신도 그를 어쩌지 못합니다."

"그건 왜 그렇습니까?"

"바르게 살려는 사람의 마음은 이미 사심(私心)에서 떠나 있으므로 우주심(宇宙心)과 하나일 뿐만 아니라 바로 우주심 그 자체이기 때문입니다. 그래서 우리는 물거품 같은 사회적 지위나 명예나 부귀영화 따위에 연연할 것이 아니라 바르고 착하고 슬기롭게 살 줄 안다는 것 자체에 늘 긍지를 느낄 수 있어야 합니다."

"바르고 착하고 슬기롭게 사는 일에 너무 치중하는 것 역시 새로운 집착이 아닐까요?"

"그런 집착은 얼마든지 해도 좋습니다. 『논어』에도 착한 일에는 절대로 남에게, 심지어 스승에게도 양보하지 말라고 나와 있습니다. 이타행(利他行)은 아무리 열심히 해도 지나치는 일이 없습니다. 이타행이야말로 바르게 살기의 핵심입니다."

수련을 중단했을 때 어떤 일이 일어날까?

우리집에 한 3년 동안 다니면서 열심히 수련을 한 덕분에 대주천 경지까지 올라갔다가 2년 전부터 소식도 없이 발길을 끊었던 윤승호라는 중년의 남자 수련생이 찾아왔다. 오래간만에 만난 그를 살펴보니 이전의 깨끗하고 밝은 윤기는 자취를 감추고 그 대신 어둡고 꺼칠해진 얼굴에 체중도 5킬로는 불어난 것 같았다. 더구나 왼쪽 뺨이 심하게 실룩거리고 있었다. 눈동자의 초점이 풀어지고 붉은 기를 띄고 있었다. 심한 괴로움에 그는 시달리고 있었다. 아니나 다를까 그는 집단 빙의가 되어 있었다.

"선생님, 그동안 자주 찾아뵙지 못해서 죄송합니다."

"아주 오래간만입니다. 우리집에 찾아오지 않은 지 벌써 몇 해는 되었죠? 아마."

"죄송합니다. 벌써 한 2년 넘었습니다."

"그전에 우리집에 다닐 때는 몸도 날렵하고 얼굴도 맑고 밝았었는데 지금은 몸도 둔해지고 건강도 별로 좋은 것 같지 않습니다. 왼쪽 뺨에 경련도 일어나고."

"네, 선생님 말씀이 맞습니다. 사실은 두어 달 전부터 왼쪽 뺨에 이렇게 심한 경련이 일어나고 있습니다. 병원에 가서 정밀 진단을 받아보았지만 아무 이상도 발견할 수 없다고 합니다. 아무래도 영적(靈的)

인 병인 것 같습니다."

"그렇군요. 심한 안면(顔面) 신경통을 앓다가 사망한 사람의 영가(靈駕)가 빙의(憑依)되어 있습니다. 그 영가 이외에도 일개 소대 정도의 신령(神靈)들이 윤승호 씨한테 빚을 받으려 들어와 진을 치고 있습니다."

"아무래도 제가 초지일관(初志一貫) 수련을 하지 못하고 수련이 잘 될 때 갑자기 그만두었기 때문에 이런 현상이 일어난 것 같습니다."

"잘 아시는군요. 윤승호 씨는 아직은 혼자 힘으로 수련할 때가 아닙니다. 윤승호 씨가 대주천 수련에 들어갔을 때 내가 뭐라고 했습니까? 그때 윤승호 씨는 죽을 때까지 평생 마음 변하지 않고 수련을 하겠다고 나와 윤승호 씨 자신에게 스스로 약속하지 않았습니까?"

"네, 분명히 그랬습니다."

"그런데 왜 수련 시작한 지 겨우 3년 만에 중단해 버렸습니까?"

"정말 선생님께 면목이 없습니다."

"나에게 미안해 할 필요는 없습니다. 나는 윤승호 씨가 안 보이면 잊어 버리고 마니까 그만입니다. 나는 항상 오는 사람 막지 않고 가는 사람 잡지 않으니까요. 그러나 윤승호 씨가 자신에게 한 약속은 그렇게 쉽사리 잊어 버릴 수도 없고 떼어 버릴 수도 없습니다. 윤승호 씨는 나한테서는 떠나 버리면 그만이지만 윤승호 씨 자신한테 한 약속은 항상 그림자처럼 따라다닐 거 아닙니까?"

"저한테 입이 열 개 있어도 할말이 없습니다."

"더구나 윤승호 씨는 아직 빙의령을 천도시킬 수 있는 능력도 채 생기기 전에 수련을 그만두었기 때문에 지금처럼 어려움을 겪고 있는 겁

니다."

"정말 죄송합니다."

"아직 기감(氣感)은 살아 있습니까?"

"네 다행히도 아직 기감만은 살아 있습니다. 선생님께서 말씀하시는 동안에 백회로 무엇이 자꾸만 빠져나가는 것 같습니다.

"기감이 살아 있는 것만도 천만다행입니다. 지금 빙의령들이 자꾸만 빠져나가고 있습니다."

"대주천까지 나갔던 사람도 기감까지 잃어버리는 수가 있습니까?"

옆에 앉았던 수련생이 물었다.

"그렇고말고요. 구도자는 한 번 서약을 했으면 죽이 되든 밥이 되든 끝까지 수련을 밀고 나가야지 중간에 포기하면 폐인(廢人)이 되는 수도 있습니다. 구도의 약속은 자기 자신의 자성(自性)과의 약속입니다. 자성과의 약속은 진아(眞我)와의 약속입니다. 진아가 무엇입니까?"

"우주심(宇宙心) 즉 우주의식(宇宙意識)입니다."

"우주의식이 무엇입니까?"

"하느님이 아닙니까?"

"맞습니다. 진아는 바로 자기 자신 속에 들어와 있는 하느님 즉 우주심입니다. 그러니까 그렇게 함부로 구도의 약속을 어기면 반드시 보복을 당하게 되어 있습니다. 도대체 왜 중간에 마음이 변했습니까?"

"솔직히 말해서 제가 게을러서 그랬습니다. 앞으로는 열심히 하겠습니다."

"윤승호 씨는 누구를 위해 수련하십니까?"

"물론 저 자신을 위해서 합니다."

"그럼 자기 자신에게 좀더 정직하세요. 게으름을 피우는 것은 몸을 바르게 세우고 걸어가던 사람이 갑자기 한쪽으로 삐딱하게 몸을 기울이고 걸어가는 것과 같습니다. 삐딱하게 기울어진 몸은 조금만 충격을 받아도 미쳐 중심을 잡지 못하고 뒤뚱대다가 결국은 쓰러지게 되어 있습니다.

그러니까 몸을 바로 세워야 합니다. 몸을 바르게 세우고 걸어가는 사람은 누가 일부러 밀쳐도 균형 감각이 살아 있어서 재빨리 대처할 수 있으므로 쓰러지는 일은 있을 수 없습니다. 수련은 자세를 바르게 하고 앞뒤 좌우를 살피면서 정신 똑바로 차리고 걸어가는 것과 같습니다."

"그런데 선생님, 참으로 이상한 일이 있습니다. 아무리 생각해도 그 이유를 모르겠습니다."

"무엇이 그렇게 이상합니까?"

"아무래도 선생님을 찾아뵈어야겠다고 마음을 작정하고 오려고만 하면 영락없이 피치 못할 일이 생겨서 못 오곤 했습니다. 며칠 전에도 직장에서 일을 마치고 선생님 댁에 오려고 택시를 탔는데 공교롭게도 그 택시가 트럭과 충돌 사고를 일으켜서 다리와 얼굴에 찰과상을 입은 일이 있습니다."

아닌 게 아니라 그의 눈언저리에는 반창고가 붙어 있었다.

"오늘도 이곳에 오려고 하는데 갑자기 배가 아파서 꼼짝할 수 없었습니다. 그러나 오늘은 무슨 일이 있어도 가야 한다고 무리를 해서 왔습니다. 선생님 댁이 한 10킬로 정도의 거리 안에 들어오자 신기하게

도 복통이 사라졌습니다. 아무래도 보이지 않는 힘이 제가 이곳에 오는 것을 방해하는 것 같습니다."

"그 보이지 않는 힘을 이길 수 있는 정도까지는 수련이 되어야 하는데 그 전에 수련을 중단했기 때문에 생기는 부작용입니다. 기회란 한 번 잡으면 뚜렷한 성취가 있을 때까지는 놓치지 말아야 하는데 게으름 때문에 공부에 틈을 보이기니까 수련을 방해하는 영(靈)들이 장난을 한 겁니다."

등산객의 질문

산길에서였다. 늦더위의 땡볕이 쨍쨍 내려쬐고 있었다. 등산 중에 가끔 마주치는 중년 사내 일행이 산마루턱 나무 그늘에 앉아서 과일을 깎아 먹으면서 쉬다가 지나치는 우리 일행을 보고 반색을 하면서 "과일이 너무 많아서 처지 곤란해서 그러는데 하나씩 들고 가세요" 하고 앉기를 권했다. 늦더위로 하도 땀을 많이 흘려서 한시라도 빨리 집에 돌아가 샤워를 하고 싶은 생각만이 간절했으므로 그냥 지나치려고 했지만 그전에 도봉산에서 있었던 일이 불현듯 떠올라 발길을 멈췄다.

도봉산에서 있었던 일이란 이러했다. 산길에서 가끔 마주치던 등산객 일행이었는데 지금처럼 길가 바위에 앉아서 빵을 먹으면서 하나 들고 가라는 것을 바쁘다는 핑계로 그냥 지나쳤더니 남의 호의를 그렇게 무시하는 법이 어디 있느냐면서 몹시 화를 내는 것이었다. 오늘도 그런 봉변을 당할까 보아 겁이 나서 마지못해 나를 비롯한 우리 일행은 그들이 권하는 대로 주저앉았다. 과일을 들면서 50대 중년이 물었다.

"혹시 요즘 중앙일보에 연재되는 '산은 산, 물은 물'이라는 원택 스님의 연재물을 읽고 계십니까?"

"네, 읽고 있습니다."

"거기 나오는 내용 중에 견성(見性)했다면서 인가를 받으러 오는 구도승들을 보고 성철 스님이 몇 마디 나누어 보고는 아직 멀었다고 호통을 쳐서 쫓아 보내는 일이 대부분입니다. 그런데 간혹가다가 어떤 사람을 보고는 똑같은 몇 마디 말을 시켜 보았는데도 대번에 견성 인가해 주곤 하는 장면이 나오는데, 도대체 무엇을 보고 누구는 인가해 주고 누구는 인가해 주지 않는지 그 기준이 무엇인지 우리 같은 무명중생(無明衆生)은 도무지 알 길이 없습니다. 선생님께서는 그 기준을 말씀해 주실 수 있겠습니까?"

"성철 스님은 30대 이전에 출가하여 80세가 넘어서 입적했으니까 50년 이상 도를 닦은 분입니다. 누구나 한 가지 일에 50년쯤 정진했으면 더구나 10년 장좌불와(長坐不臥)로 유명한 그분이라면 그 방면에도 도가 텄겠죠."

"아무리 그렇다고 해도 똑같은 질문을 해 보고 어떻게 견성 여부를 그렇게 금방 알아낼 수 있는지 이해가 되지 않는데요."

"뱀 잡는 땅꾼 아시죠?"

"알고말고요."

"아무리 독을 뿜어 대던 독사도 땅꾼이 다가가면 설설 깁니다. 그리고 아무리 사납게 짖어 대던 맹견도 개백정이 가까이 가면 끽 소리도 못하고 꼬리를 사립니다."

"그야 그렇겠죠."

"왜 그렇다고 보십니까?"

"뱀은 땅꾼을 알아보고, 개 역시 개백정을 알아보기 때문이겠죠."

"말 못하는 짐승도 이렇게 사람을 알아봅니다. 그런데 40년 50년 동안 도를 닦은 고승이 후배들의 수련 정도를 못 알아보겠습니까? 시골

소장에 가면 소장수들은 소를 척 보기만 해도 그 소에 대한 모든 것을 금방 알아냅니다. 나이는 얼마고 병은 없는지, 건강 상태는 어떤지, 일은 잘할 것인지 한눈으로 알아봅니다.

무슨 기준 같은 것이 따로 있는 것이 아니고 그냥 한 번 척 보면 오랜 경험에서 터득한 직감으로 단번에 알아맞춥니다. 될성부른 나무는 떡잎부터 알아본다고 합니다. 노련한 교사는 공부하는 태도를 보고 금방 제자의 자질을 알아냅니다. 성철 스님이라고 해서 자기와 같은 길을 걸어오는 제자나 후배들을 첫눈으로 못 알아볼 이유가 있겠습니까? 더구나 그 후배가 자기가 전에 가르쳤던 제자라면 더 말할 것도 없는 일이죠."

"딴은 그렇겠는데요. 그런데 저 같은 무명중생(無明衆生)도 성철 스님 같은 고승한테 인정받는 수행자가 될 수 있을까요?"

"그거야 그런 질문을 하시는 분의 마음먹기에 달려 있는 일이죠."

"이거 인사가 늦어 죄송합니다. 저는 박철훈이라고 합니다."

'질문하시는 분'이라는 호칭이 마음에 걸렸던지 그는 인사를 청했다. 통성명이 끝나자 그는 다시 질문을 계속했다.

"아니 그럼 마음만 먹으면 저 같은 놈도 구도자가 될 수 있다는 말씀이십니까?"

"그렇고말고요. 박철훈 씨가 어때서요? 그런데 어떻게 돼서 그렇게 구도에 관심을 갖게 되었습니까?"

"지천명(知天命)의 나이가 되니 어쩐지 인생이 무상하고 허무하다는 생각이 자꾸만 들어서 불안해지는 마음을 안정시킬 방법이 없을까 궁리하다가 구도에 관심을 갖게 되었습니다. 마음먹기에 달려 있다고 하셨는데 그게 무슨 뜻입니까?"

"구도에 힘써 보겠다는 마음을 구도심(求道心)이라고 합니다. 구도심이 확실히 마음속에 자리잡으면 자연 길이 열린다는 말입니다."

"출가 삭발(出家削髮)하지 않아도 구도자가 될 수 있다는 말씀입니까?"

"그렇고말고요. 구도자는 반드시 출가 삭발해야 한다는 법은 없습니다."

"그러나 아무래도 처자식 거느리고 구도생활을 하기는 어렵겠죠?"

"아뇨. 처자식 거느리는 것 자체를 구도의 한 방편이나 과정으로 보고 공부를 하면 됩니다. 산사(山寺)에서의 청정한 생활이나 온갖 잡인들이 어울려 돌아가는 속세의 생활이나 다 같이 구도의 현장이 될 수 있습니다.

보기에 따라서는 속세의 생활이 한층 더 역동적이고 생동감이 있으므로 그만큼 수행에도 큰 자극제가 될 수도 있습니다. 이 모두가 생활을 수용하는 마음의 자세에 달려 있습니다. 사람들은 구도자 하면 출가 삭발을 연상하는데 알고 보면 처자식을 거느리고 보통 사람과 같은 생활을 하면서 도를 성취한 선현들은 얼마든지 있습니다."

"어떤 분들이죠?"

"소크라테스, 공자, 노자, 장자, 유마힐, 맹자, 최치원, 퇴계, 율곡, 톨스토이, 소태산, 다석 같은 분들은 출가 삭발하지 않고도 도를 이룬 분들입니다. 예수도 출가는 했지만 삭발은 하지 않았습니다."

"그분들은 하도 고명한 성현들이라 저희 같은 민초들은 감히 쳐다볼 수도 없는 분들이 아닙니까?"

"그렇지 않습니다. 공부를 하여 마음이 활짝 열려 버리면 그분들과 도 한마음으로 통할 수 있습니다."

"그럼 성철 스님처럼 되고 싶어도 반드시 출가 삭발하지 않아도 된 다는 말씀입니까?"

"그렇고말고요. 마음속에 도심(道心)만 확실히 자리잡으면 장소 따 위는 문제가 되지 않습니다."

"결국 마음이 문제지 장소는 문제가 되지 않는다는 말씀이군요."

"그렇습니다."

"그러나 도심만 가진다고 해서 도인이 되는 것은 아니지 않습니까?"

"당연한 얘기입니다."

"그럼 어떻게 해야 합니까?"

"마음을 정했으면 반드시 행위와 실천이 따라야 합니다."

"그럼 어떻게 하면 성철 스님처럼 될 수 있습니까?"

"성철 스님이 수련하던 대로 화두 잡고 참선하시면 됩니다."

마삼근(麻三斤)

"마서근인가 마삼근(麻三斤)인가 하는 화두를 잡고 참선만 하면 견 성(見性)도 하고 성불(成佛)도 할 수 있다는 말씀입니까?"

"물론입니다."

"그런데 평생을 화두 잡고 참선을 했는데도 성불은커녕 견성 근처에 도 못 가 본 사람이 수두룩하다는데 그건 왜 그렇습니까?"

"그건 수행에 정성이 들어 있지 않았기 때문입니다."

"정성만 지극하면 누구나 견성할 수 있습니까?"

"물론입니다."

"화두를 깬다는 말은 무슨 뜻입니까?"

"화두에 마음을 집중하여 진리의 관문을 뚫고 들어가서 자성(自性)의 정체를 실감하고 그로 인하여 심신이 완전히 새롭게 바뀌는 것을 말합니다. 그렇게 되면 마음이 환히 열리면서 새로운 차원의 경지에 도달하게 됩니다. 이른바 견성(見性)입니다."

"화두는 꼭 마삼근(麻三斤)이라야 합니까?"

"그렇지 않습니다. 화두의 종류는 1천 7백 가지나 있지만 어느 화두를 잡든지 간에 마음을 하나로 모을 수만 있으면 됩니다. 정신일도하사불성(精神一到何事不成)이란 말 그대로 화두는 정신을 하나로 통일하여 진리의 관문을 뚫는 예봉(銳鋒)의 구실을 하게 됩니다."

"참선(參禪)은 무엇을 말합니까?"

"참선은 자기 자신을 관찰하는 것을 말합니다. 이것을 흔히 관(觀)이라고 합니다. 육안으로 자기 자신을 살피는 것이 아니라 마음의 눈으로 살피는 것을 말합니다."

"사람에게는 누구나 그 나름의 견해와 관점이 있는데 아무리 자기를 관(觀)한다고 해도 자기 한계를 뛰어넘을 수는 없는 것이 아닐까요?"

"참으로 좋은 질문을 하셨습니다. 관이란 이기적인 편견에서 벗어나 엄격하게 객관적인 도마 위에 올려놓은 자기 자신을 살펴보는 것을 말합니다. 그래서 관(觀)을 알기 쉽게 말해서 자기성찰(自己省察)이라고 합니다. 이기적이 안목을 가지고는 제아무리 참선을 오래해도 진리에는 도달하지 못하게 되어 있습니다.

온갖 종류의 이기주의, 갖가지 편견이나 관념, 관습에서 벗어나 제삼자의 입장에서 냉정하게 자기 자신을 관찰하는 것을 참선, 관 또는 자기성찰이라고 합니다. 이것이 자기 자신을 있는 그대로 바르게 보는 방법입니다. 자기 자신을 냉혹하게 제삼자의 입장에서 관찰할 수 있는 능력이 있는 구도자라면 미구에 자기 자신의 존재의 실상을 볼 수 있습니다. 그러나 이렇게 말하기는 쉽지만 존재의 실상을 보기는 결코 쉬운 일이 아닙니다."

"왜요?"

"달을 진리라고 할 때 달을 가리는 구름, 안개, 비, 눈 같은 것이 달의 적나라한 진상을 보지 못하게 방해하기 때문입니다. 여기서 말하는 구름, 안개, 비, 눈 같은 것이 진리를 가리는 이기주의, 편견, 잘못된 관념, 습관 같은 겁니다.

자기 자신을 정확하게 관찰할 수 있는 사람은 자기의 잘못이 무엇인가를 알 수 있으므로 그것만 고쳐 나가면 얼마든지 향상 발전할 수 있습니다. 자연 그대로의 자기 모습, 그것이 바로 자성이며 진아(眞我)이고 진리 그 자체입니다."

"성불이란 무엇입니까?"

"있는 그대로의 자기 모습을 되찾는 것이 바로 성불입니다. 성불(成佛)은 글자 그대로 부처를 이루는 것을 말합니다."

"부처가 무엇입니까?"

"도인 또는 신선입니다."

"진리를 깨달은 사람인가요?"

"그렇습니다. 따라서 성불은 상처를 입거나 때묻거나 왜곡되지 않은 원래의 있는 그대로의 자기 모습을 찾는 것을 말합니다. 그러니까 깨달은 사람은 누구나 진리 그 자체입니다. 그리고 진리의 구현체인 하느님이요 부처님입니다."

"그럼 성통공완(性通功完)은 무엇입니까?"

"선도(仙道)의 용어로서 견성 해탈 또는 견성성불과 같은 뜻입니다."

"좀 전에 선생님께서는 관(觀)의 성공 여부는 자기 자신을 객관적으로 볼 수 있느냐의 여부에 달려 있다고 말씀하셨습니다. 그렇다면 어떻게 하면 자기 자신을 객관적으로 바라볼 수 있겠습니까?"

"자기를 객관적으로 살펴볼 수 있는 요령은 그가 얼마나 마음을 비울 수 있느냐에 달려 있습니다. 좀더 구체적으로 말해서 얼마나 이기심에서 떠날 수 있느냐에 달려 있다는 말입니다. 이기심이야말로 자연 그대로의 실상을 가리는 구름이나 안개 같은 장애이기 때문입니다."

"그럼 수련의 성패는 이기심에서 떠나느냐 못 떠나느냐에 달려 있군요."

"그렇습니다."

"그럼 과연 이기심에서만 떠날 수 있으면 청정도량(淸淨道場)이든 속세의 시장 바닥이든 수행하는 데는 상관없다는 말씀입니까?"

"그렇습니다. 구도심을 가진 사람에게는 이 세상 삼라만상이 전부 다 스승이요 교재요 교훈이 될 수 있습니다."

"그럼 그 이기심에서 떠나는 요령을 좀 가르쳐 주시겠습니까?"

"그립시다. 사람은 혼자서 동떨어져서는 살 수 없는 존재입니다. 항상 남과 어울려 살아가게 되어 있는 사회적인 동물입니다. 비록 동굴 속에서 혼자 수행을 하는 구도자라고 해도 공기, 물, 열매 같은 자연의 도움 없이는 혼자서 살아갈 수 없습니다. 이처럼 자기를 생존케 하는 남을 자기보다 먼저 생각할 줄 아는 것이 이기심에서 떠나는 근본 요령입니다. 이러한 생활 태도를 일컬어 역지사지(易地思之), 애인여기(愛人如己), 여인방편자기방편(與人方便自己方便)이라고 합니다."

"모두 한문 숙어가 되어 어려운데요."

"역지사지란 처지를 바꾸어놓고 생각하는 것을 말하고, 애인여기는 남을 자기 자신처럼 사랑하는 것을 말하고, 여인방편자기방편은 남을 위해 주는 것이 자기 자신을 위해 주는 것이라는 뜻입니다. 이러한 이타심(利他心)이 생활화되었을 때 비로소 관(觀)도 화두(話頭)도 잡히게 됩니다. 역지사지 정신이야말로 도에 들어가는 제일 첫 번째 관문입니다."

"그럼, 화두와 참선을 한 지 20년 30년이 되어도 한소식도 얻지 못하는 것은 역지사지 정신 즉 이타심이 없었기 때문이라고 보아도 틀림없겠습니까?"

"그렇습니다."

역지사지(易地思之)와 지극정성(至極精誠)

"그럼 지극정성(至極精誠)은 어떻게 됩니까?"

"지극정성도 이타심의 토대 위에서 구사되어야 우주와 두루 통할 수 있습니다. 지성(至誠)이면 감천(感天)이란 바로 그래서 생겨난 말입니다. 이기심에 뿌리박은 지극정성은 자기 파멸밖에는 기다리는 것이 없습니다."

"그럼, 이타심만이 진리의 관문을 여는 열쇠의 구실을 할 수 있다는 말씀입니까?"

"그렇습니다."

"역지사지 정신이나 이타심은 기독교에서 말하는 사랑과는 어떻게 다릅니까?"

"이름만 다를 뿐 내용은 다 같은 겁니다."

"결국은 이타심만이 진리에 도달할 수 있는 열쇠가 된다는 말씀인데 그 이유가 어디에 있습니까?"

"구도의 종착점에 도달해 보면 남과 나는 결국 하나이기 때문입니다."

"선생님 말씀은 하도 확신에 차 있어서 좀 이해하기 어려운 데가 있기는 하지만 뭔가 모르게 가슴에 와닿는 알맹이가 있는 것 같습니다."

"수자여허이유실(修者如虛而有實)이요, 문자여실이유허(聞者如實而有虛)라는 옛말이 있습니다."

"그게 무슨 뜻입니까?"

"갈고 닦은 수행자는 말솜씨가 서툴러도 속 알맹이가 있고, 남의 말을 듣기만 하고 자기가 직접 수행을 해 보지 못한 사람의 말은 겉보기엔 알맹이가 있는 것 같아도 속은 비어 있다는 뜻입니다."

"무슨 말씀인지 잘 알겠습니다. 오늘 모처럼 좋은 말씀을 들었습니다. 감사합니다."

"천만에 말씀입니다."

효도(孝道)와 수행(修行)

황도현이라는 젊은 수련생이 말했다.

"선생님, 구도자에게 있어서 효도가 먼저입니까, 수행이 먼저입니까?"

"그 질문에 대답하기 전에 내가 먼저 묻겠습니다."

"말씀하십시오."

"효도란 무엇입니까?"

"부모님 뜻을 거스르지 않고 잘 순종하는 겁니다."

"그럼 수행은 무엇입니까?"

"수행은 수행자 자신이 진리의 주체임을 깨달아 가는 과정입니다."

"만약에 아버지가 도둑질을 하자고 하면 황도현 씨는 그 뜻에 따르겠습니까?"

"따르지 않겠습니다."

"그럼 어떻게 하겠습니까?"

"어떻게 하든지 그런 일을 하시지 않도록 아버님의 마음을 돌려 개과천선(改過遷善)하시도록 할 것입니다."

"개과천선이 부친의 뜻이 아닌데도 그렇게 하겠다면 그거야말로 부모의 뜻을 거스르는 일이니까 불효가 아닙니까?"

그는 잠시 생각하고 나서 말했다.

"아무리 아버님의 뜻이라고 해도 올바르지 않은 일은 할 수 없습니

다. 진정한 효도는 아버님의 잘못까지도 고쳐 드릴 수 있어야 한다고
생각합니다."

"황도현 씨가 진정 그렇게 생각한다면 효도가 먼저인지 수행이 먼저
인지 스스로 명백해지지 않습니까?"

"사실은 제 생각이 맞는지 확인해 보고 싶어서 그런 질문을 해 보았
습니다."

"예수가 회당에서 군중을 모아 놓고 한창 설교를 하고 있을 때 한 제
자가 들어와 밖에 선생님의 어머니와 형제들이 와서 급히 만나 보았으
면 한다고 알려 왔습니다. 이때 예수는 말했습니다. '나는 그들이 누군
지 모른다. 하나님의 말씀을 따르는 자가 나의 어머니요 형제니라'하고
말했습니다.

속인들이 듣기에는 거북하기 짝이 없는 말 같지만 잘 새겨들으면 바
로 그 속에 진리가 들어 있습니다. 예수에게 있어서 중요한 것은 핏줄
이 아니라 진리였습니다. 혈연으로 맺어진 어머니나 형제보다는 하나
님의 말씀인 진리를 따르는 자가 그에게는 진짜 어머니이고 형제임을
말하고 있습니다.

예수가 과연 진리를 깨달았느냐의 여부는 바로 이 한마디를 제자와
청중들에게 자신 있게 말한 것만 보아도 충분히 알 수 있습니다. 예수
는 또 자기가 이 세상에 온 목적은 진리를 알리기 위해서라고 말했습
니다. 물론 예수가 진리를 깨달아 가는 방법으로는 철저히 타력(他力)
에 의존하는 종교적인 방편을 택함으로써 자력(自力) 수행과는 현저히
다르지만 진리를 향한 기본 목적은 같다고 할 수 있습니다."

"그럼 효도와 수행은 따로 떼어놓고 생각해야 하겠군요."

"따로 떼어놓기보다 효도를 수행의 한 방편으로 삼아야 진정한 수행자가 될 수 있을 것입니다."

"그러나『고승전(高僧傳)』을 읽어 보면 부모와 처자를 떼어놓고 밤에 몰래 담을 넘어 출가 입산하여 머리 깎고 승려가 된 경우가 허다하지 않습니까?"

"그런 방법을 쓰는 구도자가 있는가 하면 유마힐, 소크라테스, 공자, 노자, 장자, 맹자, 퇴계, 율곡처럼 부모 봉양하면서 처자를 거느리고도 도를 이룬 사람들도 얼마든지 있습니다. 그 사람의 능력과 근기와 자질에 따라 그가 택하는 방법은 천차만별이라고 할 수 있습니다."

【이메일 문답】

구명시식(救命施食)에 대하여

선생님께

임영진입니다. 선생님께서 주신 답장 너무 잘 받아 보았습니다. 바쁘신 와중에 제 멜을 읽기라도 해 주신다면 하는 맘으로 보냈던 건데, 저의 고객 카드를 아직도 보관하여 주시고, 답장까지 주시다니 어찌 감사해야 할까요?

선생님, 멜을 받고 보니 저의 경솔함이 부끄러워집니다. 몇 번 먹어 보고 안 된다고 생식을 금방 포기해 버리고, 매주 한 번씩 방문을 허락하셨는데도 저의 노력 없음에 폐나 되지 않을까 죄송해서 못 찾아뵙고, 수련은 통 진척되지 않은 채 몇 년 동안 책만 붙들고 있었습니다.

좀 전에 60권 읽기를 막 끝냈습니다. 항상 책을 읽을 때마다 많은 것을 느끼고 배우며 마음의 수양을 할 수 있게 해 주셔서 감사합니다. 다시 한 번 힘을 내서 수련을 하고 생식을 해보겠습니다. 준비가 되는 대로 멜로 연락드리고 찾아뵙겠습니다.

저 그건 그렇고요, 제가 생식을 지으러 간 날 같이 가서 생식을 지어 간 윤명재 언니에 대해서 상의 좀 드리겠습니다. 그 언니도 몇 번 먹어 보다 끝까지 못 하고 포기한 케이스입니다.

당연히 그 언니도『선도체험기』는 59권까지 다 읽었구요, 60권도 읽을 겁니다. 올해 서른여섯의 미혼이구요, 6년 전에 우연히 알게 되었어요. 저를 만날 당시까지 남묘호렌게쿄라는 일본 종파를 믿고 있었구요. 절대로 흔들릴 것 같지 않는 맹신자와 같았어요.

좀 친해지면서 제가『선도체험기』얘기를 꺼내자 시큰둥하더니, 읽어 보라고『선도체험기』를 안겨 줬더니 몇 장 읽고 나서는 너무 시시하고 잼 없다나요... 아마도 그 언니에게는 다른 이야기, 다른 종파는 귀에 거슬리는 무언가로 뵈었나 봐요. 그리고 나서 한 달이 지나더니, 조금씩 읽기 시작하고, 2권을 빌려 가고 3권을 빌려 가고 5권을 빌려 가던 날 저에게 말하더군요.

자기는 이젠 그 종파에서 떠났다구요. 깨달았다구요, 종교란 하나의 수단일 뿐 인생의 전부가 될 수가 없다는 것을요... 전에는 그 종파의 학회 회장 얼굴만 봐도, 주문을 외우고 1만배 절만 하면 소원이 이루어진다고 생각했는데 그건 아니라는 걸 깨달은 거죠. 그 이후론 절대 어느 종교도 기웃거리지 않고 오직『선도체험기』에만 매달렸어요.

언니는 열 번의 낙태 수술을 하고, 한 번 아이를 낳고 미혼모가 되어 아이를 해외에 입양까지 보냈어요. 만나는 남자마다 이상한 남자들이어서 사기를 당하기 일쑤구요... 괜찮은 사람은 못 만나면서도 또 만나고 또 당하고... 우스갯말로 제가 아마 전생에 기생이었을 거라고 하면 자기도 그런 것 같다면서 웃고 말지요.

상고를 나와서 30살에 집을 나오기 전까지 가족의 뒷바라지를 위해 계속 일을 해야 했고, 또 돈 안 벌어 오나? 하는 그런 가족들의 이기심에 치를 떨고 보따리를 싸 들고 가출한 케이스예요. 약혼까지 했다가 파혼도 당하고, 남자랑 동거도 해 보고, 결혼하자는 말에 속아 임신을 했다가 졸지에 미혼모 신세까지 당하면서도 남자에 대한 미련을 아직 떨치지 못하네요.

요즘도 스쿠버다이빙 한다는 남자를 사귀어서 푹 빠져 있는데, 전 왠지 의심부터 가요. 또 어찌 당할까? 하고 말이예요. 제가 뜯어말려서 겨우 사기를 모면한 일도 몇 번, 이젠 저도 지쳤어요.

무슨 업이 그리 크고 많기에 평생을 이렇게 순탄치 못한 인생을 사는지 궁금합니다. 자신의 업을 제대로 알고 대처하면 좀 괜찮아 질런지요? 통장에 돈 10원도 잘 못 모으던 언니가 요즘은 구명시식을 한다고 돈을 모으고 있어요.

하도 일도 안 풀리고, 자꾸 사기만 당하고 하는 꼴을 보고 있으려니 하도 답답해서 차길진 법사의 책을 읽고, 송파동 후암정사를 찾아 갔었어요. 조그만 법당이었는데 우리나라에서 구명시식(또는 구병시식(救病施食)이라고도 함)을 잘하는 분이래요. 그분이 그저 한 달에 한번 대전에 있는 산신당에 와서 법회나 참석하라고 했어요. 그럼 좋은 일이 생길 거라구.

저한테는 미안한 얘기지만 일반 직장에선 방황만 하니 술집을 다녀야 된다고 하더라구요. 그럼 돈도 잘 벌 수 있고, 술집이 저한테는 맞는데요. 그것도 전생의 업인지, 참고로 저의 아버지가 술집을 했거든요. 저는 무슨 업인지는 몰라도 그런 대물림되는 듯한 아버지 같은 인생은 절대 살지 않으리라 다짐을 했는데, 술을 파는 업이 좋은 직업은 아니잖아요?

일반 직장에는 제가 잘 적응하는 스타일이 아닌 건 사실이지만 막상 그런 말을 듣고 보니 참 난감하고 답답합니다. 『선도체험기』를 60권까지 읽은 독자로서 설사 제 업이 술집이랑 인연이 있고, 그걸로 인해 성공한다고 할지라도 그건 올바른 인생은 아닐 것 같습니다. 제 업을 뛰어넘어 진정 필요한 사회인이 되는 것이 올바른 것이겠죠?

언니 얘기를 하다가 삼천포로 빠졌네요. 언니가 돈을 모아서 구명시식 하고 나면, 그 이후로는 일이 잘 풀릴 것 같다며 아주 열심히 돈을 모으고 있습니다. 비용은 한 200 정도라 들었습니다. 전에 자기 애인한테 카드를 도둑맞아서 은행에 언니가 써 보지도 못한 카드 빚 1500이라는 돈도 깔려 있는 상태에서, 구명시식 하면 모든 것이 순조롭게 돈도 벌리고 은행빚도 값을 수 있다고 믿고 있습니다.

천도된 조상의 은덕이 산 사람에게 미칠 수 있다는 인간의 미묘한 계산법이 깔려 있을 수도 있겠고, 한편으로 조상을 위하는 마음일 수도 있겠구, 선생님은 이 일에 대해 어떻게 보시는지요?

거의 6년간을 『선도체험기』라는 인연으로 맺어온 저의 두 사람은 과연 전생이 어떤 사람들일까요? 그리고 제가 먼저 『선도체험기』를 읽지 않으면 절대로 먼저 이 책을 읽지 못하고 제가 다 읽을 때까지 이 책을 못 읽더군요. 하도 신기해서 똑같은 권수를 두 권 사서 동시에 읽자고 했는데도, 제가 다 읽는 동안 언니는 단 한 장도 못 읽더라구요. 참 희한한 일이지요?

글이 길어졌습니다. 61권을 기다리면서 이만 줄이겠습니다.

항상 건강하시고 행복하십시오.

임영진 올림.

【필자의 회답】

구명시식(救命施食)이라는 것이 무엇을 말하는가? 하고 이희승 사전을 찾아보았더니 불교 용어로서 병자를 위하여 귀신에게 먹을 것을 주고 법문(法文)을 해 주는 것이라고 나와 있습니다. 일종의 타력 신앙에서 파생된 기복(祈福) 의식 같습니다. 아무래도 자력 구도를 지향하는 삼공선도와는 번지수가 다른 것 같습니다.

천도된 조상신이 살아 있는 자손에게 영향을 끼친다는 말에는 기복 신앙의 냄새가 물씬 풍깁니다. 모쪼록 그런 감언이설에 속지 마시기 바랍니다. 내가 잘되고 못되는 것은 전적으로 내가 마음을 어떻게 먹느냐에 달려 있는 것이지 남에게 좌우되는 것은 아닙니다. 모든 것은 내 탓입니다. 나 자신 속에 진리도 있고 우주도 있다는 것을 알아야 합니다.

전생에 기생이었으니까 금생에도 술집을 해야 잘 풀리겠다는 발상 역시 전형적인 점쟁이나 무당이나 할 소리 같아서 씁쓸합니다. 우리가 수련을 하는 목적은 전생의 업장에서 벗어나 자기 존재의 실상에 도달하기 위해서입니다.

불행한 과거 생이 있었다면 그것에서 벗어나기 위해서 수련을 하는 것이지 과거 생을 되풀이하기 위해서는 아닙니다. 고작 과거 생을 되풀이해야 한다면 그것이야말로 생로병사의 윤회의 굴레에서 단 한 발짝도 벗어날 수 없을 것입니다.

윤명재 씨의 고객 카드를 찾아보니 임영진 씨와 함께 98년 11월 14일에 다녀간 기록이 있더군요. 솔직히 말해서 단 한 번 왔다 간 사람은 다시 만나지 않는 한 얼굴을 기억할 수 없습니다. 그녀는 임영진 씨가 영적으로 이끌어 주어야 할 기묘한 인연이 있는 것 같습니다. 이상야릇한 데 빠져서 마음 상하고 돈 날리지 마시고 진정한 구도자의 길을 걷기 바랍니다.

삼공 선생님 감사합니다

선생님, 저의 질문에 이렇게 답해 주시고 깨우쳐 주시니 너무 감사합니다. 인생을 살아오면서 어렵고 힘들 때마다 저는 누군가의 도움이 필요했습니다. 다른 누군가가 이렇게 저렇게 살아라 하면서 결론지어 주길 바랐습니다.

소설가 기인으로 유명한 이외수 씨에게도 찾아가 인생의 길을 물어보았고, 우리나라의 유명한 무당이나 점쟁이, 자칭 불교의 법사라는 분을 비롯해 기독교의 목사, 불교의 스님, 가톨릭의 신부님까지 안 가 보고 안 만나 본 사람이 없을 정도입니다.

때론 성경을 펴서 읽어 보았고 어느 때는 불경을 외웠습니다. 대순진리회도 따라가 보았고, 고래고래 소리를 질러 가며 철야 기도를 하는 사이비 종교 집회에도 가 보았습니다. 어딘가에 진리가, 삶의 행복이 숨어 있을 것 같았습니다.

주일날 아침 경건하게 두 손을 모아 기도하며 찬송을 부르는 모습이 아름다웠고, 수백 번 절을 하며 누군가를 위해 기도하고 향을 사르는 모습이 좋았습니다. 대순진리회나 무속 신앙을 통해서는 영혼을 부정하지 않고 조상을 모시는 모습이 좋았습니다.

하지만 항상 내가 겪어야 하고 넘어야 하는 삶의 짐이 없어지거나 속시원하게 풀린 적은 단 한 번도 없었습니다. 아마도 종교란 잠시 잠깐 삶의 짐을 잊고 싶어 찾아가는 휴게소 같은 것인가 봅니다.

전 요즘 가끔 이런 생각을 합니다. 교회에서 자칭 예수라 부르는 그 사람은 참 업장이 두꺼운 사람이었구나 하구요. 너무나 업장이 두꺼워서 제자에게는 배신을 당하고, 만천하 사람들 앞에 십자가에 못에 박혀 죽을 만큼 그 전생에 큰 업을 지었구나 하는 생각이 들어요. 아마도 그 나라의 엄청난 권력을 누리려고 하던 자가 그 일을 가지고 신격화하고 크게 포장해서 예수라는 인물이 지금까지 신으로 대접받고 있는 것이 아닐까요?

성경이 처음 문자화되었을 당시 최고의 권력이나 부를 누린 자가 교회를 주관하는 목사나 신부가 아니었을까? 하는 생각도 들고요. 한마디로 교회는 개인의 이기주의를 바탕으로 생겨난 종파가 아닐까요? 개신교, 가톨릭이 한 사람의 신을 놓고 서로 엄청난 사람의 피가 흘려졌다는 건, 이기주의가 전체로 확산되면서 터진 재앙이 아닐까?라는 생각도 들어요. 제가 너무 비약해서 상상했을 수도 있지만, 확실한 건 예수의 전생의 업은 참 컸을 거란 생각에는 변함이 없어요.

교회에 가서 기도를 하며 예수의 피로 죄 사함을 받으려 하기보다는, 자신의 죄를 용서해 달라고 미안하다며 친구나 자신의 잘못을 알고 있는 누군가를 찾아가 용서를 구하는 것이 백 번 나을 거예요. 그래서 전 예수의 피는 싫어합니다. 교도소에 갈 사람이 교회에 와서 예수의 보혈로 죄 사함을 받지 못 하는 걸 보면, 그 성경 구절은 고쳐져야 할 것 같아요.

그리고 지금 불교에서 제일 불만인 것은 불경을 외울 때는 일부는 인도어로 외운다는 거예요. 물론 풀이가 되어 있기는 하지만, 그 풀이에 뜻을 두며 외우는 사람보단 그저 뭔 뜻인지도 모르고 옴마니반메훔을 외운다는 거예요. 차라리 '착하게 삽시다'를 외우는 게 인격 수양에 더 도움이 될 것 같다는 생각에 좀 아쉽네요. 각설하고, 그 누구를 만나든 어느 종교든 제 인생을 시원하게 풀어 주는 것은 없었습니다.

결국, 모든 인생의 결정은 제 스스로 해야 하고, 풀어가면서, 저 자신 속의 우주를 찾고, 파랑새를 찾아야 된다는 것을 선생님의 메일을 통해서 절실히 깨달을 수 있었습니다. 이 세상에 그 어떤 사람도 이렇게 성의껏 저의 질문에 답변해 주고, 저의 자성의 목소리를 듣게 해 준 사람은 없었습니다.

열심히 살겠습니다. 항상 행복하시고 건강하십시오.

임영진 올림

【필자의 회답】

임영진 씨의 메일을 읽어 보니 회답을 보내기를 정말 잘했다는 생각이 듭니다. 앞으로도 인생을 살아가면서 어렵거나 막히는 일이 있으면 그때마다 지체 없이 메일을 띄워 주시기 바랍니다.

천백억화신(千百億化身)

삼공 스승님! 안녕하십니까?

몇 달 전에 제 신상 이야기와 함께 '어아가를 읽고 감동을 받았다'는 내용의 글을 선생님께 보낸 적이 있는 『선도체험기』 독자입니다. 기억하시는지요? 그때 선생님께서 직접 답장을 곧바로 써 주셔서 너무나도 고마웠습니다. 이제야 감사하다는 글을 보내게 되어 죄송합니다.

하지만 제가 이 글을 쓴 진짜 이유는 다른 데 있습니다. 이달 12일 새벽에 꿈을 꾸었습니다. 꿈에 선생님이 나타났습니다. 도장(道場)만큼 넓은 마룻바닥에 많은 사람들이 양반다리를 하고 질서정연하게 앉아 있었습니다. 저도 반가부좌를 한 채 앉아 있었구요. 선생님은 사람들 사이를 걸어 다니고 계셨습니다. 선생님이 제 뒤를 지나가시는 순간 무엇인가 묵직한 것이 위에서부터 아래로 내려오는 느낌이었습니다.

12일 아침에 잠에서 깨었을 때 간밤의 꿈들이 생각났지만 여러 가지 다른 꿈들이 서로 겹쳐진 듯한 느낌이 들어 선도와 관련된 꿈 중 기억나는 내용은 이것이 전부였습니다. 그런데 참 이상한 일이 생겼습니다.

선생님 꿈을 꾼 그날부터는 단전에 따뜻한 느낌이 드는 것이었습니다. 그 전에는 단전호흡을 하더라도 손바닥이나 정수리 부근에서 약간의 기감을 느끼는 것이 거의 전부였는데 이제는 의식적으로 단전호흡을 하지 않더라도 단전에 따뜻함을 느끼게 되었습니다. 기 수련에 있어서 저 자신이 한 수준 향상된 것 같습니다. 선생님께 글을 쓰는 이 순간에도 단전이 따뜻합니다.

이 일을 경험하고 나서 선생님께서『선도체험기』에서 말씀하신 '천백억화신(千百億化身)'이 생각났습니다. 저에게 일어난 일도 선생님의 천백억화신의 발현이 아닐까요? 저는 그렇다고 믿고 있습니다. 그렇지 않고서야 달리 설명할 방법이 없습니다.

사실 요즘은 제가 준비하고 있는 시험 날짜까지의 기간이 그리 많이 남아 있지 않아 시험 준비에 매진하고 있습니다. 하지만, 저는 시험 준비와 선도생활과는 별개라고 생각하고 있지 않습니다.

시험 준비하다 내가 나태해진다는 생각이 들 때 저는『선도체험기』20권의『참전계경』의 성(誠) 편을 읽으면서 마음을 바로잡습니다. 머리가 복잡하면『천부경』을 암송합니다. 인생이 무의미하다고 느껴질 때면『삼일신고』를 속으로 되뇌입니다.

선생님! 저는 이번 시험을 마치면 본격적으로 선도수련에 힘 쓸 생각입니다. 지금 제가 하고 있는 일이 그날을 위한 준비 작업이라고 생각하면 현재가 비록 조금 괴롭더라도 버텨 나갈 수 있게 하는 힘이 됩니다.

선생님! 제가 시험에 합격하여 선도수련을 위한 모든 준비가 된 날, 제일 먼저 하고 싶은 일은 선생님을 찾아뵙고 인사드리는 일입니다. 부디 그날이 빨리 오기를 기원하며 하루하루 지성을 다해 살아갈 것입니다.

항상 저와 같이 삶의 본질을 아직 꿰뚫지 못한 사람들을 위해 높이,

멀리 그리고 환하게 비추어 주는 등대와 같이 올바른 길로 인도해 주시고 계시는 데 대해 감사드리며 다음 인사드릴 때까지 안녕히 계십시오.

4334(2001)년 9월 19일
독자 서광렬 올림

【필자의 회답】

서광렬 씨와 나와는 누생(累生)에 걸쳐서 같이 수행을 한 경험이 있으므로 그 인연 때문에 금생에서는 직접 서로 만나본 일이 없는데도 그러한 꿈을 꾸게 된 것입니다. 꿈 이야기는 수련이 한 단계 올라갈 때 흔히 일어나는 현상입니다.

불교에서는 그런 현상을 가피력(加被力)이라고도 하고 천백억화신(千百億化身)이라고도 합니다. 실례로 내가 홈페이지에 글을 올린다든가 『선도체험기』 같은 책을 출판했을 때 인연 있는 수행자들은 그것만 읽고도 기운을 받고 수련이 향상되는 것과 유사한 현상입니다. 꿈에 기운을 받고 실제로 운기가 강화되었다니 진정으로 축하할 일입니다.

지극정성으로 공부한 덕분입니다. 앞으로도 계속 용맹정진하시기 바랍니다. 알고 보면 영적(靈的)으로는 사제지간에 흔히 있을 수 있는 지극히 자연스런 현상이니 이것을 신비화하거나 들뜨는 일은 없도록 하시기 바랍니다.

항간에는 이 가피력과 천백억화신을 발휘하는 사람을 신비화하고 우상화하는 사이비 종교 비슷한 것이 날뛰고 있으니 조심할 일입니다. 그러한 종류의 사이비 종교나 수련 단체에서는 신도들로 하여금 바로 이 가피력과 천백억화신만을 맹신케 하여 그것에만 매달리게 합니다.

그렇게 함으로써 자력(自力) 구도자를 타력(他力) 신앙자(信仰者)로 그 다음엔 맹신자나 광신자로 타락시킵니다. 구도자는 이러한 속임수에 넘어가지 않도록 조심해야 합니다. 가피력과 천백억화신은 어디까지나 구도자의 지극한 도심이 끌어당기는 하나의 수련 방편에 지나지 않습니다.

도심(道心)이 지극한 수행자가 나타나면 인천(人天)이 그러한 방편으로 도와주는 것뿐입니다. 도(道)도 진리도 우주도 가피력과 천백억화신도 모두 다 수행자 자신 속에 고루 다 갖추어져 있다는 것을 알아야 할 것입니다.

저의 수련이 정상적인지 궁금합니다

스승님께

그간 안녕하셨습니까?

제자 문안 인사 올립니다. 가을 단풍이 서서히 짙어 가는 이즈음 스승님, 사모님, 건강하신지요? 저는 격주 토요일마다 스승님 전에 가 수련 지도를 받는 인천에 거주하는 제자 오일이옵니다.

느닷없이 제가 이렇게 글을 올리는 것은 두 가지 연유에 의해서입니다.

첫째로는 매번 스승님 전에 가 수련을 하다 보니 수련의 진도가 한층 더 빨라졌습니다. 처음 (8월 25일) 뵙던 날 제 표현으로 기 삼매경에 들다 보니 이루 말 할 수 없는 황홀경에 빠졌습니다. 백회로 해서 상하체로 서서히 물에 젖어 들듯이 촉촉이 적셔 내리며 온몸이 흠뻑 사우나한 듯 개운한 느낌이었습니다.

너무도 황홀한 순간이었고 그 다음엔 죄송한 감이 들었습니다. 이렇게 기운을 마냥 받아도 스승님께 무리가 되지나 않을까 하고요. 끝날 때 인사를 넙죽 드리고 나서 집으로 오는 순간 감사에 감사한 마음으로 열심히 정진해야 되겠다 하는 결심을 하게 되었습니다.

다음에 가 뵈었을 때는 자세를 불편하게 잡은 관계지만 무리 없이 삼매에 들 수 있었고 호흡을 들이쉬는 순간 엄청난 바람(기)이 온몸을 부딪쳐 왔고, 내쉬는 순간 엄청난 바람(기)이 쏟아져 나가곤 하였습니다.

그 후 집에 와서 좌정하고 수련에 들면서부터는 매일매일 호흡이 안정되는 시간이 점점 짧게 걸리는 것을 느낄 수 있었습니다. 그 다음번에 스승님 전에서 수련을 하는 도중 백회로부터 피스톤으로 중, 하단 부위까지 엄청난 기감이 내리누르면서 뭔가 뚫릴 것 같았는데, 시간 약속이 돼 있던 날이어서 중간에 그만 일어나게 되었습니다.

아쉬운 감이 엄청 남았지만, 아직 기회가 안 된 모양이구나 생각하면서 서두르지 말고 여유 있게 스승님을 찾아뵈면서 수련 지도를 받으면서 한 발 한 발 전진하자 다짐했습니다. 그런데 그 후엔 스승님께 가뵐 기회를 저 자신이 만들지 못한 것인지 안 만든 것이었습니다. 이유는 훨씬 비중이 더 많은 후자인 것 같습니다. 두 번째 연유에 가서 말씀드리겠습니다.

그 후 나름대로 수련을 하던 중 지난 주 토요일 (10월 13일) 호흡 수련 시에 지난번 미흡했던 부분에서 백회로부터 장강, 회음 쪽으로 기감이 내리누르면서 구멍이 뻥 뚫리는 것이었습니다. 그 다음엔 호흡이 완전히 없어진 것 같더니 이제는 2, 3일 간격 정도에 호흡의 변화가 강하게 거듭되는 것 같습니다. 현재는 기 호흡과 피부호흡(?)을 동시에 시도하지만 호흡 수련 중 혼란이 막 옵니다.

그다음은 어떻게 처리해야 할지 조금 막막하지만 계속 밀고 나갈 것입니다. 이렇게 빨리 진전되는 게 다 스승님께서 도와주신 덕분인데 크나큰 은혜를 입으면서 감사하다는 말씀 한마디 제대로 표현하지 못하다가 이제야 글을 올리는 제 자신이 부끄럽고 안타깝고 죄송스럽기 그지없습니다.

둘째로는 전에부터 제가 식사량이 적은데다 하루 한 번 내지 두 번 식사하는 정도 (아침 식사는 안하고, 점심시간은 좌정 수련하다 보면 식사할 때도 있고 안 할 때도 있고, 수련하고 난 후 배고픔이 잊혀지고 저녁 식사는 제대로 했습니다) 하였는데, 스승님께 생식 처방을 받고 하루 세끼를 거의 부지런히 먹다시피 하지만, 양이 많지 않다 보니 한 달분 처방이 거의 두 달 정도로 되어 스승님을 찾아뵙는 게 면구스럽기 그지없습니다.

스승님께서는 전연 그러하지 않으신데 저 혼자 그런 생각으로 스승님께 누를 끼쳐 드린다고 생각하는지 모르겠습니다. 부족한 제자 자주 찾아뵙지 못하지만, 열심히 삼공 수련에 전념을 하고 있고 할 것입니다. 일단 다음 처방 받으러 갈 때까지 열심히 수련하고 스승님께 누를 끼치지 않고 부끄럽지 않은 제자가 되기 위해 더더욱 정진하겠습니다.

부족한 글로 삼가 인사드리오며 집필하시기도 바쁜 시간을 빼앗아 죄송스럽습니다.

스승님 사모님 환절기 건강하세요. 그럼 다음 존안 뵈올 때까지 안녕히 계십시오.

추신) 첫 번째 수련 과정이 정상적인지 궁금합니다.

오일이 올림

【필자의 회답】

수련이 썩 잘되는 경우입니다. 그리고 정상입니다. 식량이 적어서 한 달분을 두 달 동안에 소비해야 한다고 해도 상관 말고 2주에 한 번씩은 찾아와서 그때마다 수련 상황을 소상하게 말하고 점검을 받고 어떻게 해야 할 것인지 상의하시기 바랍니다.

모르는 사람이 아는 사람에게 묻는 것은 당연한 일입니다. 제자와 스승의 존재 이유입니다. 미안해하거나 부끄럽게 생각할 필요는 없습니다. 기회라는 것은 자주 오는 것이 아니니까 한 번 잡았을 때 잘 활용해야 합니다.

주저주저 하다가 일단 놓쳐버린 기회는 다시 찾아오지 않을 수도 있습니다. 좋은 기회를 놓치고 나서 후회한들 무슨 소용이 있겠습니까? 찾아온 기회를 확실히 잡고 놓치지 않는 것이 성공의 지름길입니다.

〈63권〉

『선도체험기』 읽는 법

다음은 단기 4334(2001)년 10월 21일부터 같은 해 12월 20일 사이에 필자와 수련생들 사이에 있었던 수련에 관한 대화와 필자의 선도 체험 이야기 그리고 독자와의 이메일 문답 내용을 수록한 것이다.

중년 남자 수련생인 오광일 씨가 말했다.

"선생님, 『선도체험기』가 61권까지 나왔습니다. 선도에 관심이 있는 보통 사람들은 한 번 읽어 보고 싶어도 그 부수(部數)에 기가 질려서 읽어 볼 엄두를 못 냅니다. 이 62권을 한 권 정도로 요약 압축해서 그 것만 읽어 보고도 삼공선도의 요점을 파악할 수 있게 하는 것이 어떻겠습니까?"

"62권을 요약하기로 들면 한 권도 너무 깁니다. 차라리 몇 마디 말로 요약하는 것이 좋을 것입니다."

"아니, 어떻게 그렇게 짧게 요약할 수 있겠습니까?"

"충분히 할 수 있습니다."

"어떻게요?"

"남을 위하는 것이 나를 위하는 것이다. 역지사지(易地思之), 방하착

284

(放下着), 애인여기(愛人如己) 여인방편자기방편(與人方便自己方便), 마음공부, 기공부, 몸공부. 이 몇 마디 말속에는 『선도체험기』 1권서부터 61권까지 말하고자 하는 내용이 모조리 다 들어 있었습니다. 이것도 너무 깁니다. 단 세 마디 낱말로 요약할 수도 있습니다."

"그게 뭔데요?"

"바르고 착하고 슬기롭게 살자. 단 네 마디면 되는 데 그것을 무려 한 권이나 되는 책으로 요약할 필요가 어디에 있겠습니까? 사실 따지고 보면 이 네 마디 말도 너무 깁니다. 단 한마디로 말로 요약할 수도 있습니다."

"어떻게요?"

"바르게 살자."

"그건 너무 평범하고 싱겁지 않습니까?"

"평범하고 싱겁긴 하지만 사실은 그 안에 지상의 모든 종교와 구도자가 지향하는 최후 결론이 다 들어 있습니다. 사실 인류가 생로병사의 윤회의 고통에서 벗어나지 못하는 근본 원인도 알고 보면 인생을 바르게 살겠다는 의지가 부족하기 때문입니다. 지금까지 나온 『선도체험기』 62권도 역시 사람이 바르게 살아가는 길을 실체험을 통하여 서술(敍述)한 것에 지나지 않습니다."

"그렇다면 결국 선생님 말씀은 이왕에 선도를 공부할 작정을 했으면 『선도체험기』 62권을 전부 다 읽어 보라 그 말씀이군요."

"그렇습니다. 직장생활을 하는 사람이라도 아무리 천천히 읽어도 『선도체험기』 한 권을 읽는 데 최대한 일주일은 걸릴 것입니다. 1주일에 한 권꼴로 읽는다면 1년이 52주니까 전부 다 읽는 데 1년하고도 9주일 동안은 읽어야 될 것입니다. 『선도체험기』를 1년 2개월 동안 읽는 사이에 일곱 권이 더 발간될 것입니다. 왜냐하면 필자가 살아 있는 한 평균 두 달에 한 권꼴로 새 책이 나올 테니까요.

적어도 1년 4개월은 걸려야 다 읽게 될 것입니다. 그러나 읽는 동안에 가속이 붙으면 일주일에 두 권 내지 세 권을 읽을 수도 있습니다. 그렇게 되면 완독(完讀) 기간은 7개월 내지 4개월 정도로 단축될 수도 있습니다.

술을 담그면 숙성 기간이 꼭 필요한 것과 같이 그리고 곡식을 파종하면 생장 기간이 반드시 있어야 하는 것과 같이, 적어도 한 사람의 무명중생(無明衆生)의 의식이 변화하여 구도자로 바뀌려면 적어도 4 내지 7개월의 숙성(熟成) 기간이 필요합니다. 단 한 권의 책을 읽는 것만으로는 최상근기(最上根器)라면 모를까 보통 민초로는 의식이 근본적으로 바뀌어 환골탈태(換骨奪胎)를 기대하기는 어렵습니다.”

숙성(熟成) 기간이 필요하다

“만약에 속독법(速讀法)을 공부하여 단 며칠 안으로 61권으로 전부 다 독파할 수 있다면 어떻겠습니까?”

“대체적인 내용은 파악할 수 있겠죠. 그러나 읽는 사람의 마음과 기와 몸이 동시에 근본적인 변화를 일으킬 수는 없을 것입니다. 역시 한 사람의 민초(民草)가 구도자로 변신하는 데는 숙성 기간이 필요하기 때문입니다. 쌀을 일어서 솥에 안쳐 밥이 되려면 아무리 시간이 촉박

하다고 해도 솥에 들어간 쌀이 익어서 뜸이 들어야 온전한 밥이 될 수 있습니다. 쌀이 익고 뜸 드는 시간이 없으면 결코 밥이 되지 않습니다.

구도자가 『선도체험기』를 1권부터 62권까지 읽는 것 자체가 바로 공부가 되고 수행이 됩니다. 어떤 사람은 이 책을 읽으면서 책에서 기운을 받아 기문이 열리고 소주천, 대주천의 경지에 오릅니다. 또 어떤 사람은 이 책을 읽으면서 단전호흡을 했더니 중풍으로 굳었던 몸이 서서히 풀리면서 정상을 회복한 사람도 있습니다.

또 자기를 버린 부모를 원망하면서 복수를 칼날을 갈고 있던 어떤 독자는 이 책을 읽는 사이에 인과응보의 이치를 깨달아 부모에 대한 원망이 사라진 일도 있습니다. 또 어떤 사람은 돈을 갈취하려는 친척의 협박 공갈에 시달리다가 우연히 『선도체험기』를 읽으면서 모든 것이 내 탓이라는 것을 깨달았고, 사람이 죽고 사는 것은 천명(天命)이며 천명이 바로 인과요 내 탓이라는 것을 알고는 마음의 평화를 찾았다고 합니다.

속독법으로는 대체적인 내용만 파악할 수 있을 뿐이지 이러한 심신의 변화를 체험할 수 없습니다. 중요한 것은 내용 파악이 아니라 이 책을 읽는 동안 체험을 하고 감동을 하고 깨달음을 얻어 마음과 몸과 기가 바뀌고 진화하는 겁니다."

"결국은 『선도체험기』를 읽는 행위 그 자체가 수행이 된다는 말씀이군요. 그런데 선생님, 『선도체험기』는 불경이나 성경, 사서삼경 같은 경전을 읽을 때와는 또 다른 느낌을 주는데 그것은 무엇 때문일까요?"

"같은 진리에 대한 내용을 기술(記述)했다고 해도 그것을 기술한 시대적, 문화적 배경이 다르고 기술 방법이 다르기 때문입니다. 경전은 석가, 예수, 공자, 노자, 장자, 맹자, 육조 혜능과 같은 성인의 말을 그들의 사후에 제자들이 기억을 더듬어 가면서 그 시대의 독경(讀經) 방식에 알맞게 써 남긴 것입니다.

그러나 『선도체험기』는 독자들과 같은 시대를 사는 작가가 가장 읽기 쉬운 소설 형식을 빌어서 작자가 직접 체험한 이야기를 가감 없이 그대로 쓴 것이므로 읽기에 부담이 없기 때문일 것입니다."

"그리고 『선도체험기』는 처음 읽을 때와 두 번째 읽을 때는 느끼는 감동이 다릅니다. 처음에 읽을 때는 느끼지 못했던 새로운 감동을 두 번째 읽을 때 느끼는 수도 있습니다."

"그러니까 『선도체험기』는 한 번 읽고 집어던져도 아쉬울 것 없는 삼류 연애소설, 무협소설, 만화책 종류와는 다릅니다. 그래서 도서관에 가서 읽으려고만 하지 말고 될 수 있으면 한 질씩 구입하여 머리맡에 놓고 필요할 때마다 읽는 것이 좋습니다."

"결국은 내용을 압축하거나 요약하려고 할 것이 아니라 이왕에 도심(道心)이 싹텄으면 처음부터 차분하게 읽어 보라는 말씀이군요."

"그렇습니다. 대충 훑어보려고만 하지 말고 책의 내용을 일일이 파악해 가면서 정독(精讀)을 하라는 말입니다. 읽어 나가다가 필자의 체험기와 직접적인 관련이 없는 오행생식에 관한 것이라든가 번역된 경전이 나올 때는 처음 읽을 때 한해서 건너뛰었다가 두 번째 충분한 시간을 갖고 읽을 때 정독을 하면 될 것입니다.

『선도체험기』는 흥미 위주로 한 번 읽고 말 책이 아니라 두고두고 읽어도 싫증이 나지 않을 지혜의 샘물이 되어 독자 자신들의 의식과 몸과 기를 근본적으로 바꾸어 전적으로 지금까지와는 차원이 다른 전연 새로운 인생으로 변모시키는 방편으로 이용해야 할 것입니다."

달리기가 몸에 좋은 이유

우창석 씨가 말했다.

"『선도체험기』를 죽 읽어 보면 선생님께서는 등산과 도인체조 이외에 수련 초기에는 103배를 3년 동안이나 하셨습니다. 그러시다가 절수련 대신에 달리기 쪽으로 옮기셨습니다. 요즘은 절 수련을 안 하십니까?"

"안 합니다. 절 대신에 달리기를 합니다."

"왜 절 대신에 달리기로 바꾸셨습니까?"

"사람의 신체 구조상 아무래도 절보다는 달리기가 더 적합한 운동이라고 생각되었기 때문입니다. 절 운동은 아무래도 밀폐된 공간 속에서 해야 되지만 달리기는 탁 트인 무한한 공간 속에서 마음껏 신선한 공기를 마시면서 할 수 있다는 장점이 있습니다."

"그럼 달리기의 장점에 대해서 좀 말씀해 주시겠습니까?"

"첫째, 달리기는 수목이 우거진 곳이라면 더욱 좋지만 탁 트인 공간에서 신선한 공기를 마시면서 할 수 있는 전신 운동입니다. 적어도 하루에 만보(萬步), 즉 6 내지 8킬로를 한 시간 이상 지속적으로 달려야 하므로 심폐 기능과 지구력을 향상시켜 줄 뿐만 아니라 온몸의 근력(筋力)을 향상시키는 데 도움을 줍니다.

어떤 사람은 아령, 역기, 철봉 등의 기구를 이용한 운동을 권하는 사람도 있는데 이러한 운동은 보디빌딩에 효과가 있는 운동으로서 근육을 발달시켜 오히려 체중을 늘려 줍니다. 정상 체중 이상으로 체중이 늘어나는 것은 구도자가 택할 만한 운동은 되지 못합니다.

둘째로, 달리기는 에너지 소모량이 많아서 체중 조절에 가장 적합한 운동입니다. 달리기를 시작하여 30분이 되기까지는 근육 속의 글리코겐을 에너지원으로 사용합니다. 그러나 30분이 지나면서부터는 몸속에 축적된 잉여 지방을 연소시켜 그것을 에너지원으로 하여 달리게 합니다.

이때 비만 체질은 자동적으로 정상 체질로 서서히 바뀌게 됩니다. 이것은 다이어트 즉 절식(節食)을 통한 체중 감소와는 차원이 다릅니다. 절식을 통한 체중 감소는 인위적인 강제성이 수반되므로, 일단 체중이 줄었다가도 절식을 중단하면 언제든지 요요 현상을 일으켜 원상으로 복귀합니다.

그러나 지속적인 달리기만 하면 절식 같은 것은 하지 않아도 됩니다. 먹고 싶은 것 마음대로 먹으면서도 하루에 달리기만 8킬로씩 지속적으로 하면 신장에서 110을 뺀 체중을 누구나 유지할 수 있게 해 줍니다.

셋째, 달리는 사람의 연령, 체력, 건강 상태, 비만 정도에 따라 얼마든지 운동량을 조절할 수 있습니다. 6킬로, 8킬로, 10킬로 등으로 조절할 수도 있습니다. 달리는 속도 역시 그때그때의 컨디션에 따라 얼마든지 조절할 수 있습니다. 때로는 속보로 걷는 사람보다도 늦게 달릴 수도 있습니다.

달리기를 하다가 보면 간혹 자기보다 빨리 걷는 사람을 만나는 수가 있습니다. 이때 자존심이 상한다고 무리하게 그 사람을 따라잡을 필요는 없습니다. 언제나 자기 페이스를 유지하는 것이 좋습니다. 무리한 경쟁은 피로를 가져올 수도 있으므로 조심해야 합니다. 달리기는 언제나 자기 자신과의 싸움이지 남과의 경쟁은 아닙니다.

넷째, 달리기를 시작하여 탄력이 붙게 되면 힘들이지 않고도 몸이 가벼워지면서 저절로 앞으로 나아가는 황홀한 도취의 경지를 맛보는 수가 있습니다. 더구나 달리기를 하면서 속으로 하나 둘 셋 넷 하고 한 발 한 발 번호를 붙이면서 달리게 되면 동작이 리드미컬해지면서 몸과 마음이 일체가 되어 달리는 쾌감과 함께 그러한 도취의 경지가 빨리 오는 수가 있습니다.

이런 현상을 전문 용어로는 러닝 하이(running high)라고 합니다. 베타 엔돌핀이라는 물질이 체내에서 분비되는 이 러닝 하이를 체험하게 되면 누구나 쌓였던 스트레스에서 벗어나게 됩니다. 그뿐만 아니라 우울증, 자폐증 치료에도 큰 도움을 주게 됩니다.

순간순간 무수한 영감과 아이디어가 교차하면서 골치 아픈 문제, 해결점을 찾을 수 없었던 숙제 등도 이때 저절로 풀리게 됩니다. 화두를 잡고 있던 구도자는 이때 화두가 깨지면서 법열(法悅)에 사로잡히기도 하고 작고 큰 깨달음을 얻게도 됩니다. 달리기는 이때 훌륭한 명상이요 참선의 방편이기도 합니다.

다섯째, 달리기는 혈액 순환을 원활하게 해 줌으로써 혈관의 노쇠와 동맥 경화를 방지하고 노화와 성인병 예방에 큰 효과가 있습니다. 달리기를 처음 시작하는 사람은 지루함과 피로감 때문에 장시간 달리기가 무척 힘이 듭니다.

그러나 어떠한 어려운 일도 계속 반복하다가 보면 자기도 모르는 사이에 익숙해지고 이골이 나고 친숙해집니다. 직장에서도 아무리 인상이 나쁘고 미운 사람하고도 어쩔 수 없이 매일 만나고 대화를 나누다 보면 자기도 모르는 사이에 친숙해져서 미운 정 고운 정이 다 들게 마련입니다.

달리기 역시 처음에는 제아무리 힘들고 고되어도 자꾸만 되풀이하다가 보면 어느듯 친숙해지게 되고, 그전보다 몸이 건강해지게 되면 드디어 내 힘으로 어려운 일을 해냈다는 뿌듯한 자신감과 성취감을 맛보게 됩니다. 이러한 자신감과 성취감은 달리기에만 그치지 않고 자기 업무와 다른 일상사에도 얼마든지 연계 확장될 수 있다는 것을 발견하게 됩니다.

이 밖에도 달리기는 테니스, 수영, 축구, 배드민턴, 골프 등과 같은 운동 기구와 파트너를 필요로 하는 운동과는 다른 다음과 같은 특성이 있습니다.

1. 달리기에는 다 알다시피 특별한 기술도 기구도 필요로 하지 않습니다. 남녀노소 누구나 체력만 허용하면 언제 어디서나 마음대로 할 수 있습니다.
2. 운동 상대를 필요로 하지 않습니다.
3. 운동화 이외에는 기구나 장비를 일체 필요로 하지 않으므로 가장 안전하고 경제적인 운동입니다.
4. 시간, 장소, 비용의 제약이 없습니다.
5. 혼자서도 할 수 있고 필요하면 누구와도 어울릴 수 있습니다."

"달리기는 며칠이나 하면 습관이 될 수 있습니까?"

"인간의 모든 행동이나 관행은 적어도 삼칠일(21일간)만 지속적으로 하면 몸에 배이게 됩니다. 거기서 좀더 진행되어 40일, 석 달 정도 계속하면 습관화되어 안 하면 몸이 쑤셔서 안 하고는 못 견디는 경지에 도달할 수 있습니다."

"그것을 운동 중독이라고 하죠. 아마?"

"그렇습니다. 그러나 중독이라고 해서 다 나쁜 것은 아닙니다. 마약이나 도박, 알코올, 니코친 중독이 나쁘지 운동 중독은 얼마든지 걸려도 좋습니다. 등산, 달리기, 도인체조 같은 운동 중독은 평생 지속되어도 백 가지 이익은 있을지언정 해로운 일은 하나도 없습니다."

우리에게 싹수는 있는가?

초가을. 어느 날 새벽 4시경. 서광종 씨는 새벽 달리기를 위해서 집 근처에 있는 왕릉 공원 주위에 접어들었다. 아직 어둠이 덮여 있었고 행인도 보이지 않았다. 공원 정문을 지나 5천 미터나 되는 남쪽 울타리를 중간쯤 달려갔을 때였다.

바로 보도 위에 10여 명의 젊은이들이 둥글게 모여 앉아 소주를 마시면서 화기애애하게 대화를 나누고 있었다. 노상에서 술자리를 갖는다는 것은 낮 같으면 있을 수 없는 일이었다. 인적이 없는 어둠 속이었으니까 가능한 일이었다. 무전여행을 하는 젊은이들일까? 아니면 이 근처 공사판에서 막일하던 일꾼들일까?

비록 노상에서나마 그가 보기에도 사이좋게 소주 파티를 벌이는 장면이 어쩐지 정겹게 느껴졌다. 그러나 그렇게 생각하면서도 서광종 씨는 줄곧 찰거머리 같이 뇌리에 달라붙는 하나의 상념을 떨쳐 버릴 수 없었다. 그것은 저들이 일어설 때 생겨날 쓰레기를 어떻게 처리할까? 하는 것이었다. 그는 매일 새벽 이 공원 주위를 세 번 도는 것으로 일과를 시작한다.

공원 주위를 한 바퀴 도는 데 25분 내외가 걸린다. 그는 달리면서 25분 후 다시 이 자리에 돌아왔을 때 그들은 그대로 술자리를 벌이고 있을까? 아니면 술자리를 파했을까? 만약에 술자리를 파했다면 그들이 깔고 앉았던 신문지, 일회용 컵과 소주병, 안주용 깡통 따위 쓰레기는 어떻게 처리했을까? 하는 생각이 그의 머리에서 떠나지 않았다.

여름 휴가철에 명승지나 해변이나 강변에서 놀던 몰지각한 행락객들처럼 쓰레기를 함부로 버리지는 않았을까? 우리나라 사람들도 언제나 선진국 국민들처럼 산이나 공원, 해변이나 강변에서 놀던 자리에 쓰레기를 버리지 않게 될까? 이러한 상념들이 공원을 한 바퀴 도는 동안 줄곧 떠나지 않았다.

드디어 젊은이들이 술자리를 펼쳤던 자리가 다가오고 있었다. 그런데 이게 어떻게 된 것인가? 술자리가 벌어졌던 자리는 언제 그런 일이 있었던가 싶게 말끔히 청소되어 있었다. 그 순간 서광종 씨는 달리던 발걸음이 깃털처럼 가벼워지는 것을 느꼈다.

그로부터 한 달쯤 뒤 어느 날 새벽. 서광종 씨는 새벽 달리기를 위해 대문을 나섰다. 어둠 속을 뚫고 차들이 간선 도로를 달리고 있었다. 그가 도로 옆 보도에 막 접어들었을 때였다. 마침 도로변에 정차해 있던 승용차 앞 창문에서 무엇이 밖으로 휙 내던져졌다. 음료수를 담았던 빈 패트병이었다. 뒤이어 또 무엇이 툭 떨어졌다. 이번에는 구겨진 휴지였다.

어둠 속에서 남이 보지 않는다고 저런 파렴치한 짓을 하는구나 하고 생각하니 괘씸하기 짝이 없었다. 서광종 씨는 차에 다가갔다. 운전석과 조수석에 두 젊은 남자가 앉아 있었다.

"여보시오. 누가 보지 않는다고 그렇게 쓰레기를 함부로 버리면 되겠소?"

어둠 속에서 갑자기 나타난 사람을 보고는 그들은 당황한 눈치였다.

"잘못했습니다."

"잘못했으면 도루 집어넣으시오."

서광종 씨가 자기도 모르게 한 말이었다. 그러나 그들은 요지부동이었다. 서광종 씨는 어느 새 그들이 내버린 패트병과 구겨진 휴지를 집어 그들이 앉아 있는 운전석 안으로 집어던지고 나서 교차로 쪽으로 달려갔다. 불의에 기습을 당한 그들은 입을 모아 제멋대로 욕지거릴 해댔다.

"야 네가 뭔데 이래라 저래라야? 이 개새끼야!"

"에이 이 못된 놈아!"

서광종 씨는 아무 대꾸도 않고 교차로 쪽으로 계속 달려갔다. 그러나 그들은 차를 몰아 서광종 씨를 따라오면서 욕지거리를 해댔다.

"야 이 ㅇ할 놈아!"

"씨건방진 놈아!"

그러나 서광종 씨는 아무 대꾸하지 않았고 계속 달려가자 그들이 탄 차가 그를 앞질러 도망치듯 달려가고 말았다. 졸지에 욕바가지를 뒤집어쓰기는 했지만, 서광종 씨는 별로 불쾌하지는 않았다. 달리는 발걸음도 유난히 가벼워 평소보다 10분이나 일찍 달리기를 마쳤다. 적반하장(賊反荷杖) 격으로 욕바가지를 뒤집어썼는데도 왜 이렇게 기분은 상쾌하기만 한지 그 자신도 이해할 수 없었다.

그러나 한 시간여에 걸쳐 공원 주위를 세 바퀴 도는 동안 그는 내내 한 상념에 사로잡혀 있었다. 그들은 자신들이 버린 패트병과 휴지를 그 자리에서 도루 밖으로 내던지지는 않았을까? 하는 것이었다. 조깅을 끝내고 해프닝이 벌어졌던 그 자리에 다시 온 서광종 씨는 아무리 눈을 씻고 살펴보아도 그들이 버렸던 패트병과 휴지 쓰레기는 발견할 수 없었다.

환경미화원이 지나간 흔적이 없는 것으로 보아 그들이 쓰레기를 되버리지 않은 것은 틀림없었다. 서광종 씨는 속으로 크게 웃었다. 욕바가지는 뒤집어썼지만 교육 효과는 분명 있었던 것이다. 비록 충격 요법이긴 하지만 다만 한 사람이라도 잘못을 깨우칠 수만 있다면 그런 욕바가지는 얼마든지 뒤집어써도 좋을 것 같았다.

습득물 처리과정

서광종 씨는 또 어느 날 새벽 조깅을 하다가 길가에서 패스포트를 하나 주었다. 무심코 열어 보니 돈이 5천 3백 원이 들어 있고 학생증과 함께 각종 신용카드들이 들어 있었다. 학생증을 보니 S 대학교 지리학과 2학년 도성일(가명)이라는 학생이었다. 주소나 전화번호는 알 길이 없었다.

파출소에 가서 신고를 하자니 일부러 가기가 귀찮고 우체통에 넣자니 그것 역시 마땅치 않아 이왕이면 자기 자신이 본인에게 직접 전달해 주기로 했다. 학생 신분이 확실했으므로 학교에 다음과 같은 엽서를 보냈다.

"도성일 학생은 이 엽서를 받는 대로 아래 전화번호로 연락하면 분실한 돈 5천 3백 원이 들어 있는 패스포트를 돌려주겠으니 찾아가시기 바랍니다."

그러나 엽서를 띄운 지 2주일이 지났는데도 아무 연락이 없었다. 혹시 휴학생이거나 장기 결석 중인 학생이 아닐까? 이 생각 저 생각 다해 보다가 그는 학교에 직접 전화를 해 보기로 했다. 그 학교 지리학과에 전화를 걸었다. 전화를 받은 여직원에게 습득한 패스포트를 전달하려고 한다고 하자, 그 학생의 핸드폰 전화번호를 알려주었다.

핸드폰 번호에 전화를 했다. 번번이 통화 중이어서 몇 번 만에 도성일이라는 학생과 통화가 되었다. 잃어버린 패스포트와 돈을 찾아가라고 하자 아무런 대꾸도 없다가 일방적으로 전화가 툭 끊겼다. 그러나 서광종 씨는 무슨 오해가 있었나 하고 다시 전화를 했더니

"도대체 누가 내 핸드폰 전화번호를 알려 주었습니까?" 하고 물었다.

"지리학과 여직원입니다."

"알았어요."

하더니 전화는 또 일방적으로 끊어졌다.

알려 주면 고마워하면서 찾아갈 것으로 생각했던 일이 이렇게 빗나가 버리자 서광종 씨는 무슨 영문인지 몰라 어리둥절할 수밖에 없었다. 한동안 이 일을 잊어 버리고 있다가 어느 일요일 등산 중에 판사로 일하는 등산 멤버에게 그 이야기를 했더니 그는 이렇게 말했다.

"그 엽서에 선생님 전화번호를 기재한 것이 문제입니다. 나중에라도 패스포트의 분실자가 나타나 엉뚱한 요구를 하면 좋은 일 하시려다가

엉뚱한 봉변을 당하실 수도 있습니다."

"엉뚱한 봉변이라뇨?"

"세상에는 하도 악랄한 범죄자들이 다 있어서 조금이라도 꼬투리가 있으면 그걸 물고 늘어지는 수가 있습니다. 만약에 그 패스포트 속에 거액이 들어 있었다고 뒤집어씌우면 골치 아픈 일입니다."

"그럴 줄 알았으면 그 패스포트를 그 자리에 그냥 놔두는 걸 잘못했군."

"그냥 놔두었다면 사람들은 십중팔구는 집어 보고는 돈만 쏙 빼고 패스포트는 틀림없이 그대로 버렸을 거 아닙니까?"

다른 회원이 말했다.

"물론 그랬겠죠. 누가 그 현장을 보고 고발하지 않으면 그만입니다. 설사 보았다고 해도 누가 일부러 그런 걸 고발하겠습니까? 선진 외국에서 같으면 사람들의 의식 수준이 높아서 돈이 있건 없건 분실물은 그 자리에 그냥 놔두므로 잃어버린 사람이 장시간 뒤에라도 그 자리에 가 보면 그대로 있게 마련입니다.

노르웨이에선가 스웨덴에선가 있었던 일인데, 어떤 한국 관광객이 공원 벤치에 카메라를 놔두었다가 사흘 뒤에 혹시나 하고 가보니 카메라는 바로 그 자리에 그대로 놓여 있더랍니다. 그러나 우리나라는 그렇게 되려면 아직 멀었습니다."

판사가 말했다.

"그럼 이제 어떻게 해야 하죠?"

서광종 씨가 물었다.

"이제라도 늦지 않았으니 해당 지역 파출소에 찾아가셔서 습득물 신고를 하시고 접수증이라도 받아 놓으시는 것이 안전합니다."

판사가 충고했다.

다음 날 서광종 씨는 패스포트를 습득한 장소를 관할하는 파출소를 수소문하여 찾아가 자초지종을 얘기하고 패스포트를 내놓았다. 그러자 30대 중반의 담당 경찰관은 뭘 그런 걸 다 신고하는가? 하는 눈으로 서광종 씨를 찬찬히 아래위를 살펴보고 나서 말했다.

"접수했으니 그냥 돌아가셔도 좋습니다."

서광종 씨는 판사의 말이 생각나서 말했다.

"접수증이라도 하나 써 주실 수 없겠습니까?"

"아직 그런 전례도 없고 접수증 양식 같은 것도 없는데요."

"그래요?" 하고 서광종 씨는 되물으면서 판사가 하던 말을 되뇌었다. 그러자 별 사람을 다 보겠다는 표정을 짓고 있던 그 경찰관은 "그럼 이 자리에서 분실자를 불러서 패스포트를 찾아가는 것을 직접 보여 드리겠습니다" 하고 말하고 나서 서광종 씨가 알려준 문제의 학생의 핸드폰 전화번호로 전화를 걸었다. 마침 통화가 되는 모양이었다.

"도성일이라는 학생이요? 당신이 잃어버린 패스포트와 돈 5천 3백 원 신고 들어왔으니 찾아가시오. 뭐 시간이 없다고? 만약에 지금 와서 당장 찾아가지 않으면 지금까지의 경위로 보아 수상한 점이 많아서 본서 수사과에 보고하여 수사관이 본격적으로 수사하게 할 작정이니 알아서 해요. 본서 수사관에게 불려 다니기 싫으면 지금 당장 찾아가요. 알았어요? 10분 내로 찾아가지 않으면 본서로 넘길 테니까 알아서 해요."

학생의 주소는 인근에 있는 아파트였다. 과연 십 분이 되자 머리를 새빨갛게 염색한 꾸부정한 젊으니 하나가 불쑥 들어왔다. 얼굴에 반가워하는 표정은커녕 귀찮은데 마지못해 왔다는 듯한 표정이 역력했다. 경찰관은 학생증 사진과 그의 얼굴을 유심히 대조해 본 뒤에 패스포트를 빨간 머리에게 넘겨주면서 서광종 씨를 향하고, "이 패스포트를 습득해 오신 분이시니 고맙다고 인사해요" 하고 말했다. 그러나 학생은 서광종 씨를 힐끗 보면서 머리를 숙이듯 말 듯 제대로 고맙다는 인사 한마디 없이 그대로 휙 나가 버렸다.

"연세도 연만하신 어르신께서 그동안 애 많이 쓰셨습니다. 요즘 엔 세대들은 저희들 때와는 달리 금품 아까운 줄을 모릅니다. 자기 소지품을 잃어버리고도 도대체 찾을 생각을 안 합니다. 왜냐하면 잃어버린 물건 찾는 것보다 부모한테 돈 타내어 새로 사는 것이 훨씬 더 빠르고 간편하기 때문입니다. 그러한 아이들도 나쁘지만 자녀를 그 따위로 기르는 부모들이 더 나쁩니다."

기공부는 혼자서 할 수 없는가?

우창석 씨가 말했다.

"선생님, 마음공부와 몸공부는 혼자서도 능히 할 수 있다고 합니다. 그런데 기공부만은 혼자서 할 수 없다고들 말하는데 그게 사실입니까?"

"사실입니다. 마음공부란 바르고 착하고 슬기롭게 사는 것을 말합니다. 이것은 그렇게 하겠다는 의지력만 있으면 일상생활에서 얼마든지 실천할 수 있습니다. 경전을 통하여 성현들의 어록을 읽을 수도 있고 텔레비전이나 라디오나 비디오로도 성현들의 말을 들을 수도 있습니다. 몸공부 역시 마찬가지입니다.

몸공부란 몸을 건강하고 튼튼하게 가꾸는 것을 말합니다. 건강 역시 의지력만 있으면 하루에 한두 시간씩 열심히 걷든가 달리기를 하든가, 일주일에 한 번씩 등산을 하든가, 맨손체조만 규칙적으로 해도 누구나 성취할 수 있습니다. 그러나 기공부만은 자기의 의지대로 잘되지 않습니다. 그러나 간혹 가다가 혼자서도 기공부가 뜻밖에도 잘되는 사람이 없는 것은 아닙니다."

"그런 사람은 특별히 하늘의 축복이라도 받은 것일까요?"

"그렇지는 않습니다. 하늘은 어떤 사람은 특별히 축복해 주고 어떤 사람은 모른 척 내버려두는 일은 절대로 없습니다. 지구상의 생물은 누구나 골고루 호흡을 할 수 있는 것과 같이 사람은 누구나 다 똑같은 기회를 갖고 이 세상에 태어났습니다."

"그런데 어떤 사람은 남에게서 배우지도 않았는데 혼자서도 능히 기공부가 잘되는 경우가 있는 것은 무엇 때문일까요?"

"그것은 기공부에 관한 한 상근기(上根器)에 속하는 사람이기 때문입니다."

"상근기란 무엇인데요?"

"그것도 역시 자업자득(自業自得)일 뿐입니다."

"그게 무슨 뜻입니까?"

"여기서 말하는 상근기란 전생에 기공부를 어느 단계까지 한 사람을 말합니다. 가령 전생에 기공부를 소주천까지 한 사람은 금생에 어떤 계기로 기공부를 시작하면 누구의 도움을 받지 않고도 곧 바로 소주천까지는 일사천리로 수련이 잘 진행됩니다. 또 전생에 대주천까지 수련을 했던 사람 역시 스승의 가르침을 받지 않고도 최단시일 안에 대주천까지는 도달합니다. 이런 사람을 보고 상근기라고 합니다."

"상근기와 천재는 어떻게 다릅니다."

"상근기는 수행 부문에서, 천재는 수련 이외의 재능이나 학문 분야에서 전생에 기량을 닦은 사람을 말합니다. 네 살밖에 안 된 꼬마가 텔레비전에 나오는 명창들의 판소리를 듣고 금방 그 명창 못지않는 판소리를 뽑는 수가 간혹 있습니다. 이것 역시 그 꼬마는 이미 전생에 판소리 명수였다는 것을 말해 줍니다."

"그럼 기공부 분야에서 상근기가 아닌 사람은 어떻게 해야 제대로 공부를 할 수 있겠습니까?"

"천상 스승이나 고수를 만나야 합니다."

"그러나 스승이나 고수를 그렇게 쉽게 만날 수 있겠습니까?"

"간절히 원하는 사람에겐 반드시 좋은 스승이 나타나게 되어 있습니다. 제자가 나오면 반드시 스승도 따라 나오게 되어 있는 것이 이 세상 돌아가는 이치입니다. 씨앗이 있으면 그 씨앗이 자랄 만한 토양도 반드시 있게 마련입니다.

책을 읽고 싶은 사람이 있는 한 책은 있게 마련입니다. 다만 찾지 않으니까 눈에 띄지 않을 뿐입니다. 스승 역시 마찬가지입니다. 진정으로 원하는 사람에게 반드시 스승은 있게 마련입니다. 스승이 없는 것이 아니라 스승을 구하는 마음이 없다는 말이 정확한 표현입니다.

책을 읽으려 해도 시간이 없어서 못 읽는다는 사람은 시간이 있어도 책을 못 읽습니다. 시간이 없는 것이 아니라 마음이 없는 것입니다. 책 읽을 마음이 있으면 책 읽을 시간은 저절로 생겨나게 되어 있습니다."

"선도수련에 관한 한 세상에는 가짜나 사이비(似而非)가 하도 많아서 스승이나 고수를 고르는 일도 보통 어려운 일이 아닌 것 같습니다. 어떻게 하면 참다운 스승을 만날 수 있는 안목을 키울 수 있겠습니까?"

"참다운 스승을 만나고 싶으면 우선 참다운 구도심을 갖는 것이 선결 과제입니다."

"참다운 구도심을 갖는다는 것이 무엇을 뜻합니까?"

"참다운 구도심이란 사심(私心)을 갖지 않는 것을 말합니다. 도를 닦겠다고 하면서 독심술(讀心術), 타심통(他心通), 숙명통(宿命通), 예지력(豫知力), 의통(醫通) 따위의 초능력을 터득하여 생계 수단으로 삼으려

한다든가 그것으로 명예도 얻고 치부도 하려고 한다든가 하면 바로 그러한 이기심을 미끼로 삼는 가짜 스승들에게 걸려들게 되어 있습니다."

"요컨대 욕심을 버리고 마음을 비워야 하겠군요."

"그렇습니다. 일체의 사욕에서 벗어나 순수하게 자기 자신의 존재의 실상을 깨달아 상구보리(上求菩提)하고 하화중생(下化衆生)하겠다는 진정한 구도심을 갖고 스승을 구한다면 반드시 좋은 스승이 나타나게 될 것입니다. 선도 공부를 해 보겠다는 간절한 소망을 가진 사람은 책방에 가서 수많은 책을 둘러보다가도 유난히 『선도체험기』 같은 선도에 관한 책들이 눈에 들어오게 되어 있습니다."

자기를 한정시키지 말라

정상기라는 중년의 수련생이 말했다.

"선생님, 저는 벌써 3년째 단전호흡을 제 딴에는 열심히 하느라고 해오고 있는데도 아직도 단전이 달아오르지 않습니다."

"단전이 미지근하거나 따뜻한 느낌이 들 때도 없습니까?"

"미지근한 느낌이 간혹 들 때가 있기는 한 것 같은데 그것도 제가 하도 단전이 따뜻해지기를 소원하니까 일종의 착각 현상이 아닌지 모르겠습니다."

"혹시 단전 이외의 다른 부위에 무슨 느낌을 받은 일은 없습니까?"

"간혹 가다가 손바닥 중심이 약한 전기에 감전된 듯이 찌르르 할 때는 있습니다."

"그런지는 오래되었습니까?"

"수련 초기부터 그런 일은 있었습니다."

"그 이상의 진전은 없었습니까?"

"네."

"등산과 달리기와 도인체조도 꾸준히 하십니까?"

"하고말고요. 등산은 일주일에 한 번씩 하고 달리기, 도인체조를 거른 일이 하루도 없습니다. 혹시 저는 기질적으로 기 수련이 안 되는 형이 아닌가 합니다."

"그래서 어떻게 하시려고요?"

"일찍이 단념해 버리는 것이 좋지 않을까 하고 생각 중입니다."

"그래 단념키로 결정했습니까?"

"네, 그럴 작정입니다."

"그렇게 되어 마음에서 떠나면 몸에서도 떠나게 되어 기 수련은 더 이상 못 하게 됩니다."

"못 해도 할 수 없다고 생각합니다. 되지 않는 것을 억지로 연연하는 것보다 일찍 단념하는 것이 차라리 낫다고 봅니다."

"정상기 씨처럼 그렇게 자기 자신을 한정해 버리면 그것으로 기 수련과는 인연이 완전히 끊어집니다. 할 수 있다고 생각하고 실천하는 사람은 끝끝내 할 수 있지만 할 수 없다고 스스로 자기를 한정한 사람은 그것으로 끝입니다."

"그렇지만 안 되는 것을 가지고 된다고 생각하는 것은 어리석은 일이 아닐까요?"

"그렇지 않습니다. 인간의 육체는 유한한 것이지만 인간의 정신은 유한한 것이 아닙니다. 우리의 마음이 가능하다고 생각하는 것은 가능한 것이고 불가능하다고 생각하는 것은 불가능한 겁니다. 무슨 일이든지 안 된다고 생각하는 것이 어리석은 것이고 된다고 생각하는 것은 어리석은 것이 아닙니다.

무슨 일이든지 불가능하다고 스스로를 한정시켜 놓으면 그 사람은 자기가 만들어 놓은 그 편견의 벽 속에 스스로 갇혀 버리고 맙니다. 그러나 자신을 무한한 존재로 알고 무슨 일이든지 할 수 있다고 생각하는 사람은 끝끝내 그 일을 해내고 말 것입니다."

"과연 현실적으로 그럴까요?"

"그렇고말고요."

"그 이유가 어디에 있습니까?"

"인간의 정신과 능력은 무한한 것이니까 그렇습니다."

"그러나 실제로는 저의 경우처럼 인간은 무한한 존재가 아니라 유한한 존재가 아닙니까?"

"그렇지 않습니다. 인간이 유한한 존재라고 보는 것은 하나의 착각입니다. 그 착각이 자기를 제한하고 있다는 것을 알아야 합니다."

"그럼 제가 3년이나 단전호흡을 했는데도 단전이 따뜻해지지 않는 것을 어떻게 설명할 수 있겠습니까?"

"왜 자기 자신의 기 수련 기간을 겨우 3년으로 제한하십니까?"

"그럼 더이상 하라는 말씀입니까?"

"그렇고말고요. 4년도 있고 10년도 있고 20년 30년 50년 100년 그리고 그 이상 얼마든지 있는데 왜 고작 3년으로 한정하십니까?"

"100년 이상이면 평생을 해도 안 될 수 있다는 얘기가 아닙니까?"

"그렇습니다. 인생은 한 번의 생으로 끝나는 것이 아닙니다. 겨우 한 생을 가지고 그러십니까? 불경에 보면 부처가 되기 위해 오백 생, 천 생을 수행한 경우도 있습니다. 인간은 무한한 존재이건만 사람들이 스스로 자기 자신을 유한한 것으로 한정을 할 뿐입니다."

"어쩐지 머리가 좀 헷갈리는 것 같은데요."

"인생을 무한한 존재로 보는 사람은 무한히 뻗어나갈 수 있는 구도자(求道者)이고 인생을 유한한 것으로 한정하는 사람은 항상 생로병사의 윤회 속에 자기 자신을 가두어 놓고 다람쥐 쳇바퀴 돌리듯 하는 무명중생(無明衆生)입니다. 어느 쪽을 선택할 것인가? 하는 것은 각자의 선택에 달려 있습니다."

자동충전(自動充電)이 되어야 한다

포항의 모 대기업체에서 기술직으로 일하는 수련생인 박정수 씨가 우리집에 마지막 다녀간 지 6개월 만에 찾아와서 말했다.

"선생님, 요즘은 어쩐지 수련이 잘되지 않습니다. 아무리 생각해도 그 이유가 어디에 있는지 모르겠습니다."

"수련이 어떻게 안 되는지 구체적으로 말씀해 보세요."

"백회로 들어오는 기운발도 그 전처럼 손가락처럼 굵지 않고 면발처럼 가늘어지고 운기도 활발하지 않습니다. 그리고 전에는 피부에 두드러기가 생겼다가도 곧 없어지곤 했었는데 요즘은 없어지기는커녕 점점 더 기승을 부립니다."

"왜 그렇게 된다고 생각하십니까?"

"글쎄요. 저도 확실한 이유를 모르겠습니다. 전에 선생님한테 한 달에 한두 번씩 다닐 때는 그렇지 않았는데, 회사일도 바빠지고 시간을 낼 수 없어서 생식도 택배로 주문해 먹으면서 최근에는 3개월 내지 6개월에 한 번씩밖에 선생님을 찾아뵙지 못하면서부터 그렇게 된 게 아닌가 합니다만, 아직도 정확한 원인은 저 자신도 파악하지 못하고 있습니다. 선생님께서는 어떻게 생각하십니까?"

"내가 보기에는 박정수 씨는 아직 자동충전(自動充電)이 되지 않고 있습니다."

"자동충전이요?"

"네."

"제가 자동차도 아닌데 자동충전이 무슨 뜻입니까?"

"내가 지금 말하는 자동충전(自動充電)이란 자동차의 배터리 얘기가 아니라, 단전에 충분한 축기가 되어 더이상 남의 도움을 받지 않고도 자기 혼자서 대주천 운기를 할 수 있는 경지(境地)를 말합니다. 그러한 경지에 도달하려면 박정수 씨는 그전처럼 한 달에 한두 번씩 나한테 찾아오면서 수련을 더 했어야 하는 건데 너무 일찍이 그만두었기 때문에 지금과 같이 수련이 지지부진한 현상이 생겨나게 된 것입니다.

실례를 들어 말하면 신생아에게는 반드시 수유기간(授乳期間)이 필요한 것과 같은 이치입니다. 다소 차이는 있지만 신생아는 대체로 6개월 내지 1년간의 수유 기간을 거친 뒤에야 비로소 음식물을 자기 힘으로 씹어서 소화할 수 있게 됩니다. 그때부터는 음식만 있으면 스스로 생존할 수 있는 능력을 갖게 됩니다.

그런데 이 수유 기간(授乳期間)이 끝나기도 전에 젖 대신에 음식을 먹이면 제대로 씹을 능력이 없어서 영양분을 제때에 섭취할 수 없어서 정상적인 발육이 불가능하게 됩니다. 박정수 씨는 마치 신생아가 수유 기간이 끝나기도 전에 음식을 먹인 경우와도 같다고 할 수 있습니다."

"그런데 선생님, 『선도체험기』를 읽어 보면 선생님께서는 단전호흡을 시작하시자마자 곧 기를 느끼시고 운기(運氣)도 되시지 않았습니까? 선생님뿐만 아니라 가령 원불교 창시자이신 소태산 같은 분도 순전히 혼자서 남의 도움 없이 기 수련을 하신 것으로 되어 있습니다. 이런 경우는 어떻게 된 겁니까?"

"그런 것은 좀 특이한 경우에 속합니다."

"특이하다니요?"

"기 수련을 금생뿐만이 아니라 전생부터 해 온 사람은 기공부를 시작하자마자 잠재되어 있던 전생의 기억이 되살아나 수련이 의외에도 빠르게 진행되는 수가 있습니다. 가령 전생에 소주천 수련까지 하다가 운명한 사람이 금생에 다시 태어나 기공부를 시작했을 때는 전생에 하다가 중단했던 경지까지는 아주 단 시간 안에 남의 도움 없이 도달할 수 있습니다.

가령 전생에 대주천 수련까지 하다가 사망한 사람이 금생에 태어났을 경우엔 단전호흡을 시작하자마자 최단 시일 안에 대주천까지는 될 수 있다는 얘기입니다. 그러나 그 이상은 좀처럼 진전이 없습니다."

"그럴 때는 어떻게 합니까?"

"그럴 때는 스승이나 고수(高手)를 만나야 더이상의 향상이 있을 수 있습니다. 그러나 그 경우에도 그가 만약에 전생에 자동충전이 되는 경지에 도달해 있었다면 자기 힘으로도 좀 힘겹기는 하지만 꾸준히 노력하면 그 다음 단계로 넘어갈 수도 있습니다.

불경에 보면 석가모니는 부처가 되기 위해서 과거 5백 생(生) 동안 수행을 쌓은 얘기가 나옵니다. 성통공완(性通功完)이나 견성성불(見性成佛)의 경지는 단 한 생으로 이루어지는 것이 결코 아니라는 것을 알 수 있습니다.

또 불경에 의하면 수다원, 사다함, 아나함, 아라한의 네 가지 수련 단계가 있습니다. 이 중에서 두 번째 단계인 사다함을 한문역(漢文譯)으로는 왕래(往來) 또는 일환과(一還果)라고 하는데 이것은 한 생(生)을 더 살다 와야 윤회를 끝낸다는 뜻입니다. 그리고 세 번째 단계인 아나함을 한문역으로는 불래(不來) 또는 불한과(不還果)라고 하는데 이것은 더이상 세상에 태어나지 않아도 된다는 뜻입니다."

"그게 무슨 뜻입니까?"

"더이상 생로병사(生老病死)의 윤회를 하지 않아도 된다는 뜻입니다."

"선생님 그럼 저는 금생에 처음으로 선생님한테 기공부를 시작했다는 말씀입니까?"

"그렇습니다. 처음 시작한 수련생 쳐놓고는 다른 수련생보다 뛰어난 수준이었습니다. 그동안 지극정성으로 수련을 했기 때문이었습니다. 그런데 너무 잘 나가다가 보니까 자기도 모르는 사이에 약간의 자만심이 생겼고 뒤이어 늘 그러하듯 나태심이 따라오게 된 것입니다.

수련생이 직장일이 바빠서 수련할 시간이 없다고 말하는 것은 시간이 남아돌아도 수련할 시간이 없다는 말과 마찬가지입니다. 시간이 없어서 책 읽을 시간이 없다는 사람은 시간이 남아돌아도 독서는 하지 않습니다. 시간이 없는 것이 아니라 마음이 없는 겁니다. 마음이 있으면 시간은 자연히 생겨나게 되어 있습니다. 마음이 떠나면 모든 것이 다 떠나게 되어 있으니까요."

"그럼 선생님, 자동충전이 되는지 안 되는지 어떻게 알 수 있겠습니까?"

"박정수 씨는 나한테 6개월간 오지 않았는데 벌써 기공부가 지지부진한 상태가 되었습니다. 만약에 박정수 씨가 자동충전이 되었다면 6

개월 아니라 6년 10년을 찾아오지 않아도 열심히 기공부만 했더라면 지금과 같은 정체 상태에는 빠지지 않았을 것입니다."

"세상일은 모든 것이 점점 더 쉽고 간편한 쪽으로 발전하고 있지 않습니까?"

"그렇습니다. 컴퓨터나 휴대용 전화기를 포함하여 인류가 발명하는 모든 문명의 이기(利器)들은 날이 갈수록 점점 더 다루기 쉽고 간편한 쪽으로 발달하고 있는 것은 틀림없습니다."

"그렇다면 수련도 좀더 쉽고 간편하게 하는 방법은 없을까요?"

"세상일이란 세속사(世俗事)를 말합니다. 세속사는 생로병사를 당연한 것으로 받아들이고 그 속에서 쉽고 편하게 살아 보자는 것입니다. 그러나 구도자는 이 세속사가 당연한 것으로 받아들여지는 생로병사의 고통 자체에서 벗어나려고 합니다.

따라서 구도자는 수행을 위해서 쉽고 편한 것을 바라지 않습니다. 쉽고 편하게 구원을 바라는 사람은 구도자가 될 것이 아니라 남의 힘에 의존하는 타력 신앙(他力信仰)을 택하는 것이 좋습니다.

건강해지기를 바라는 사람은 열심히 그리고 부지런히 자기 할일을 하면서 절식(節食)과 운동을 생활화해야 하는 것은 하나의 상식입니다. 먹고 싶은 것을 배가 터지게 먹고 편한 것을 탐하여 걷지도 않고 운동도 하지 않는다면 그 사람은 어떻게 되겠습니까?

미구에 비만증 환자가 되어 고혈압, 당뇨병, 관절염, 요통, 견비통, 위장병, 그리고 각종 암에 걸리게 되어 있습니다. 그런데도 불구하고 쉽고 편한 것만 찾다 보니 절식도 운동도 하지 않고 건강하게 해 달라고 하나님한테만 매달려 새벽 기도만 열심히 하거나 절에 가서 108배 하고 기도하고 독경하고 주문만 외운다고 해결이 되겠습니까?"

"물론 기도나 독경이나 주문만 가지고는 해결이 안 될 것입니다."

"그럼 건강해지기 위해서 어떻게 하면 되겠습니까?"

"열심히 일하고 소식(小食)하고 운동해야 된다고 생각합니다."

"그렇습니다. 편하고 간편하게 산다고 해서 탐식(貪食)과 나태(懶怠)를 일삼으면 인생의 파멸밖에는 기다리는 것이 없습니다. 생로병사의 지겨운 윤회에서 영원히 벗어나 보겠다는 구도자가 편하고 간편한 것만 추구한 나머지 기도나 주문에만 매달린다면 무슨 효과가 있겠습니까?

윤회에서 벗어나려면 윤회에 말려들 만한 인과(因果)를 짓지 말아야 합니다. 그러기 위해서는 바르고 착하고 슬기롭게 살아야 합니다. 그러한 삶을 정착시키기 위해서 우리는 마음을 닦고 기공부를 하고 몸을 건강하게 하는 세 가지 공부를 해야 합니다. 이 세 가지 공부를 쉽고 간편하게 하면서도 성통공완하고 견성성불하고 싶어 하는 사람들이 있기 때문에 혹세무민(惑世誣民)하는 사이비 종교가 판을 치는 겁니다."

"그런데 선생님, 이렇게 선생님 말씀을 들으면서 선생님과 마주앉아 있다가 보니까, 차츰차츰 그전 컨디션이 되살아나는 것 같습니다."

"어떻게요?"

"백회로 들어오던 기운발이 그전처럼 손가락만큼 굵어졌고 제 온몸에 골고루 흐르는 기운도 점점 더 활발해지면서 온몸이 훈훈해지고 있습니다. 마치 방전되어 있던 배터리에 새로운 전기가 충전되는 것 같습니다."

"물이 높은 데서 낮은 데로 흐르듯, 바람이 강한 데서 약한 데로 불어가듯, 기운 역시 강한 데서 낮은 데로 흘러가게 되어 있습니다. 오래간만에 사제지간에 기운의 교류가 이루어졌기 때문입니다."

"한 사람의 스승은 만 권의 책보다 낫다는 말이 정말 실감이 나는 것 같습니다. 오늘 참으로 좋은 깨우침을 받았습니다. 선생님 정말 고맙습니다."

그는 갑자기 자리를 박차고 일어나 큰절을 세 번 했다.

책만 보고도 기를 느낄 수 있는가?

40대 중반의 주부 수련생인 박봉숙 씨가 말했다.

"선생님, 책만 보고도 기를 느낄 수 있습니까?"

"물론입니다. 혹시 박봉숙 씨가 직접 체험한 일입니까?"

"네, 저는 남편이 『선도체험기』를 좋아하고 선생님한테 찾아와서 오행생식을 한다고 하길래 그냥 멋도 모르고 덩달아 따라와서 처방을 받아 남편과 함께 생식을 해 왔습니다. 허지만 저는 『선도체험기』는 읽지 않았습니다. 수련도 하지 않았고요.

그런데 2개월 전부터 우연히 저도 남편이 『선도체험기』를 수십 권씩 사다가 하도 열심히 읽기에 도대체 어떤 책이길래 저렇게 푹 빠져 있을까? 하고 호기심이 생겨서 1권을 손에 들고 읽기 시작하면서 저도 모르게 그 책에 깊이 몰입해 들어갔습니다.

책에서 가르친 대로 단전호흡도 하면서 계속 읽기 시작했는데 세 권째 읽으면서부터 저 자신도 모르는 사이에 단전이 따뜻해 오기 시작했습니다. 그러자 온몸에 훈훈하게 달아오르면서 가을이면 늘 입고 지내던 얇은 내의가 후덥지근하고 갑갑해지기 시작했습니다.

그래서 홀떡 벗어 버리자 그렇게 시원할 수가 없었습니다. 기분이 당장 날아갈 것 같고 길을 걸어도 몸이 깃털처럼 가볍고 발이 저절로 앞으로 나아가는 것 같았습니다. 그리고 벌써 10년 전부터 오른쪽 무

318

릎에 신경통이 있었는데 어느 사이에 그 신경통이 싸악 없어져 버렸습니다.

그리고 좀 한가할 때 집에서 혼자 반가부좌를 틀고 앉아 명상에 들면 10분도 안 된 것 같은데 문득 눈을 떠 보면 어느 사이에 세 시간 네 시간이 훌쩍 지나 있었습니다. 그리고 어떤 때는 좌정 중에 삼매지경(三昧之境)에 빠지는 수가 있습니다."

"삼매지경이라니요?"

"앉아 있노라면 어느 사이에 저 자신이 붕 하늘로 떠올라 안개처럼 완전히 사라져 버립니다."

"그때 기분이 어떠했습니까?"

"말할 수 없이 황홀하죠. 속에서 샘물처럼 아무 까닭도 없이 환희지심(歡喜之心)이 무한정 솟구쳐 오르고요. 그리고 세상이 온통 저 자신만을 위해서 있는 것 같은 충족감을 느끼게 됩니다."

"수련이 아주 고속으로 진행되고 있습니다."

"그렇습니까? 책만 보고도 이렇게 수련이 잘되는 수가 있습니까?"

"있고말고요."

"제 남편이 그러는데 책에서도 기운이 나온다고 하는데 그게 사실입니까?"

"사실입니다."

"어떻게 책만 보고도 기운이 느껴지고 단전이 달아오를 수 있을까요?"

"박봉숙 씨는 전생서부터 기공부를 해 왔기 때문에 이생에서도 연대(緣帶)가 맞으니까 그런 일이 일어날 수 있습니다."

"연대가 맞는다는 것이 무엇을 말합니까?"

"좋은 인연을 맞는다는 뜻입니다. 마치 만물이 움트는 따뜻한 봄날에 기름진 땅에 볍씨가 떨어져 적당한 햇볕과 온도와 수분이 가해지면 싹이 돋아나는 것과 같은 이치입니다. 박봉숙 씨의 잠재의식 속에는 전생에 기 수련을 했던 정보가 들어 있는 볍씨와 같은 인자(因子)가 들어 있다가 적절한 때와 환경을 만나 절묘하게 싹이 트게 된 것입니다.

서점에 가서 책을 고르다가 기감(氣感)이 예민한 사람은 유난히 강한 기운으로 자신을 끌어당기는 책을 발견하는 수도 있습니다. 그 책은 그와는 특별한 인연이 있는 책이므로 읽어 보는 것이 유익할 것입니다. 그가 전생서부터 불교와 깊은 인연이 있었다면 불경이나 불교에 관한 서적이 그를 이끌 것이며, 그가 만약 선도와 깊은 인연이 있었다면 삼대경전이나 『환단고기』나 『선도체험기』 같은 책이 유난히 그를 끌어당길 것입니다."

"그럼 선생님, 전 이제부터 어떻게 해야 합니까?"

"그거야 박봉숙 씨가 선택하기에 달려 있지요."

"무엇을 선택한단 말씀입니까?"

"기공부를 계속할 것인지 말 것인지는 오직 박봉숙 씨 스스로 결정해야 합니다."

"당연히 계속해야죠. 저는 지금껏 인생을 살아오면서 요즘처럼 행복하고 황홀한 기분에 젖어 본 일은 일찍이 없었습니다. 마치 천당이나 도원경(桃源境)에 들어와 있는 것 같습니다."

"그럴수록 너무 들뜨지 마시고 자중자애하셔야 합니다. 전생에 무슨

사정으로 중단했던 기공부를 다시 시작했으므로 금생에는 기필코 알
찬 열매를 반드시 맺어야겠다는 새로운 각오를 단단히 하셔야 할 것입
니다."

"꼭 그렇게 하겠습니다. 아무리 생각해도 『선도체험기』가 저를 살려
준 것 같습니다."

"『선도체험기』에서 아무리 기운이 나온다고 해도 그 기운을 받아들
일 자세가 되어 있지 않은 사람에게는 무용지물입니다. 다이아몬드가
지천으로 널려 있어도 그 가치를 모르는 아프리카 원주민들에게는 그
저 흔해 빠진 돌덩이에 지나지 않았습니다."

"무슨 말씀을 하시는지 알 것 같습니다."

"『선도체험기』는 지금 몇 권까지 읽으셨습니까?"

"30권을 읽고 있습니다. 요즘은 『선도체험기』 읽는 재미에 살고 있
습니다. 62권까지 나왔다는 것을 잘 알고 있습니다. 남편은 벌써 62권
까지 다 읽었습니다. 저도 곧 다 읽게 될 것입니다. 선생님께서는 앞으
로 몇 권까지 더 쓸 생각이십니까?"

"내가 이 세상에 살아 있으면서 글 쓸 능력이 있을 때까지는 쓸 작정
입니다."

"부디 백 권, 이백 권, 삼백 권.... 많이많이 써 주시기 바랍니다."

"수요가 있는 한 될 수 있는 대로 그렇게 할 겁니다. 이백 권까지는
몰라도 백 권까지는 쓸 수 있지 않을까 생각하고 있습니다."

"선생님과 이렇게 마주 앉아 대화를 나누고 있으니까 선생님한테서
는 책에서보다 더 강하고 포근한 기운이 들어오고 있습니다. 제 단전

이 난로처럼 달아오르고 있습니다. 선생님 정말 고맙습니다."

"앞으로 『선도체험기』도 스승도 필요 없을 때까지 열심히 수련을 하여 수승화강(水昇火降)이 자동적으로 이루어지도록 하세요."

"깊이 명심하겠습니다. 앞으로 수련은 어떻게 하면 좋겠습니까?"

"지금 하시는 방식대로 꾸준히 밀고 나가십시오."

"그렇게만 하면 되겠습니까?"

"수행 중에 장애가 생기거나 혼자서는 해결할 수 없는 일이 일어나면 그때 상의하러 오시면 됩니다. 아마 앞으로도 당분간은 그런 일이 없을 것입니다."

"왜 그런 말씀을 하십니까?"

"전생에 수련했던 경지까지 가려면 아직은 한참 더 가야 하니까요. 가다가 앞길이 막막하고 진퇴양난에 빠질 때가 반드시 올 것입니다. 그때부터는 전연 생소한 경지입니다. 박봉숙 씨는 그때 나를 찾으셔도 늦지 않습니다."

"그럼 그 전까지는 이미 가 본 일이 있는 길이라는 말씀입니까?"

"그렇습니다."

【이메일 문답】

우유부단을 어떻게 극복할 것인가?

메일을 보내려고 하니 막상 어떤 말부터 꺼내야 할지 망설여지는 것은 당연한 걸까요! 선생님의 책을 처음 접한 것은 고1 때였습니다. 초능력과 이런저런 것에 한참 끌릴 때였으니까요. 하지만 마음 한구석에서는 어떤 만족되지 않는 무엇인가를 찾기 위해서 끊임없이 방황을 했던 시기였다는 생각이 드는군요!

선생님의 책 속에 나와 있는 선원도 다녀 보았어요! 음! ○○○원도 다니다가 책을 읽고 또 분위기가 너무 젊어서 그만두게 되었고, 책에서 추천되어 있던 방배동에 있는 수련원도 그곳 원장이 담배를 피운다는 말을 듣고 그만두게 되었습니다.

생식도 잠깐 해 보았고, 이렇게 이야기 하니까... 별로 열심히 한 것이 없다는 생각이 드는군요.

군대에서 제대하고 나서 압구정동에 있는 삼진선원을 1년 조금 넘게 다녔는데. 너무 욕심을 부려서 호흡을 하는 바람에 위가 나빠져서 맞지 않는 것 같다는 생각이 들어 그만두게 되었습니다.

현재는 명상마을이라는 선원에 몸을 두고 있지만 늘 사람이 처음과 같다면 무슨 일을 해도 성공하리라고 봅니다. 이런 말은 하는 이유는 용두사미 격인 제 자신을 보고 있으면 약간은 한심하다는 생각이 들어서입니다.

그런데 요즘 선생님의 『선도체험기』에서 왜 그런지 약간의 이유를 알 것 같습니다. 아직, 어떠한 수련을 위한 확고한 결심이 서 있지 않았기 때문이라는 것을 알겠습니다. 결단력이 없는 성격에 약간은 우유부단한 성격인 것 같은데, 이러한 점을 고치려고 하지만 잘되는 것 같지는 않습니다.

처음 선생님의 책을 접했을 때는 다른 선도 책에 비해서 상당히 생활적이었기 때문에 많은 매력을 느꼈지만 읽으면서 매력적인 부분과 실망스러운 부분이 겹쳐 있었다는 것이 솔직한 표현이었다고 봅니다.

저는 기에 대해서 무엇인가를 느껴 보고 소주천도 느껴 보고 싶고, 말씀하신 여러 단계를 몸으로 직접 체험하고 싶지만, 아직 노력이 많이 부족한 것을 느낍니다. 단지, 조금 해 보았으면서 많은 것을 바라는 게 염치가 없는 게 아닌가라는 생각이 들 때도 있고요.

아차! 어렸을 때 18살 때인가, 그때에 한번 선생님을 뵙고 싶어서 전화를 드렸는데, 선생님의 차가운 말투 때문에 실망한 적이 있었어요. 나중에 책을 더 읽고 알아서 오해는 풀렸지만요! 그때 한참 댁으로 쳐들어오는 맹신자들 때문이라는 것을 알게 되었거든요.

그 후로 선생님이 제시한 시험 무대에 만족을 하지 못해서 찾아뵙지 못했네요. 현재도 시험 무대를 통과하기에 부족한 점이 많은 것 같습니다. 그나마 다행인 것은 이렇게 현대의 발달된 기술 덕분에 이렇게 글을 적게 되는군요!

선생님의 더욱 향상된 모습을 꿈꾸며 한참 어린 후배가 글을 적어 보내오니 귀엽게 보아 주시기 바랍니다. 늘 건강하시고 책을 통해서 바르고 아름답고 맑은 정신을 사람들의 마음속에 심어 주시기 바랍니다.

강경훈 드림

【필자의 회답】

자기 자신의 성격이 우유부단하다는 것을 알고 있는 사람은 그것을 극복할 잠재력이 있는 사람입니다. 그가 어느 날 문득 우유부단에서 벗어나야겠다는 결심을 하고 그것을 실천에 옮긴다면 그는 능히 그것에서 벗어날 수 있습니다.

알코올 중독자가 그것이 얼마나 큰 해독을 끼친다는 것을 잘 알고 있으면 어떻게 하든지 거기서 벗어나려고 할 것입니다. 장시간을 두고 벼르고 벼른 끝에 드디어 한번 크게 결심하면 언제든지 술을 끊을 수 있는 것과 같습니다. 그러나 알코올 중독자이면서도 자기는 알코올 중독자임을 시인하려고 하지 않는 사람은 평생 그 함정에서 벗어날 수 없습니다.

수행의 승패는 자기성찰을 얼마나 착실하게 하는가에 달려 있습니다. 내가 보기에 메일 보내신 분은 이미 자기성찰을 제대로 하고 있다고 봅니다. 부디 자기 자신 속에 숨겨져 있는 무한한 잠재 능력을 구사하시기 바랍니다. 그리하여 우주의 진기를 호흡하시기 바랍니다.

우주의 진기를 호흡할 수 있는 사람은 우주의 대자연 자체를 숨쉴 수 있습니다. 왜 그러냐 하면 우주를 호흡하는 주체는 바로 우주 그 자체이기 때문입니다. 우주를 숨쉴 수 있는 사람은 바로 우주의 진의와 통해 있으므로 우주가 하고자 하는 말을 자기도 모르게 대신할 수 있습니다.

이것이 바로 우아일체(宇我一體)의 경지입니다. 이처럼 자기 자신 속에 우주를 발견하는 것을 성통(性通)이니 견성(見性)이니 하고들 말합니다. 어렵게만 생각하고 망설이기만 할 것이 아니라 과감하게 부딪쳐 보시기 바랍니다. 무엇을 어떻게 하면 그렇게 될 수 있느냐고 반문하실지도 모릅니다. 『선도체험기』가 늘 말하는 세 가지 공부를 꾸준히 밀고 나가는 겁니다. 부디 분발하시기 바랍니다.

【같은 독자의 두 번째 편지】

호흡이 막힐 경우 어떻게 해야 하나?

메일을 보내고 나서 답장을 기다리는 마음 설레임으로 시간 날 때마다 메일을 확인했답니다. 보내신 메일을 읽고 나서 상당히 부끄럽다는 생각이 들더군요. 아직, 자기성찰에 대해서 제대로 알지 못하는데 그런 말씀을 해 주시니, 그러한 생각이 들었습니다.

먼저 보낸 메일에 이런저런 이야기를 너무 두서없이 적어 보내서 죄송하다는 말씀드리고 싶습니다. 선생님께 메일을 보낸다는 제 생각, 순수한 마음으로 받아 주시기 바랍니다.

선생님의 『선도체험기』를 읽고 마음공부를 시작한 후부터는 저 자신의 수련이나 마음에 대한 문제들은 수행자 스스로 머릿속으로는 깨우쳐야 하는 것이 아닌가 하는 생각이 들 때가 있습니다. 다만, 실천하고자 하는 마음과 그 마음을 실천으로 옮기는 행동이 꼭 있어야 된다고 생각됩니다. 저의 부족한 점이기도 하지요!

수련하는 데 있어서 한 가지 궁금한 것이 있습니다. 수련을 하다가 보면 마음이 먼저 급하게 앞서가서 그런지는 몰라도 하단전까지 숨이 내려가지 않을 때가 있고 어떨 때는 가슴과 명치 사이에서, 어떤 때는 명치와 단전 사이에서 숨이 내려가지 않을 때가 있습니다.

그리고 호흡을 하다가 보면 배의 근육들이 굳는 느낌이 들기도 하고요. 이러한 모든 현상들이 제 스스로 심신을 이완시키지 않은 상태에서 수련을 했기 때문입니까? 수련을 하기 전에 이완을 먼저 하는 것이 전제가 되어야겠지만 그러한 것이 잘되지 않은 이유는 어디에 있다고 보십니까? 이러한 답은 스스로 구해야 하는 것이 맞는 것이겠지요. 어쩌면은 제 스스로 해결해야 할 답인지도 모르겠지만 수련을 하는 한참 후배의 궁금한 점이라 생각하시고 답변을 부탁드리겠습니다.

그리고 세상을 살아가는 데 있어서 궁금한 점이 있습니다. 요즘 젊은 사람들 사이에도 머리가 많이 빠지는 사람들이 많이 보입니다. 이러한 현상은 몸의 한 부분이 이상해서이겠지만 옛날에 비해서 너무 많은 사람들이 이러한 현상을 겪고 있습니다. 저도 약간은 그런 기미가 보이고 있구요!

이런 점은 수련하는 사람이 가져서는 안 되는 욕심이라는 건 알지만 몇 가지 버리지 못하는 욕심 중에 하나거든요... 버리지 못할 욕심이라는 거는 존재하지 않겠지만, 사람은 현재의 주관의 늪에 늘 빠져 살아가는 모습이 대부분이 아닐까 생각이 듭니다.

그리고 한방과 오행생식의 장점과 단점에 대해서도 알고 계신 만큼만 답변을 부탁드리겠습니다. 오행생식으로 오장육부의 불균형함을 바로잡을 수 있는지요? 대부분 사람들의 병은 수승화강이 되지 않아서 생기겠지만 어느 한 장부에 열이 많거나 해서 생기는 것도 있는 것이 아닌가?라는 생각이 들어서 이런 글을 적습니다.

쓰다가 보니 너무 염치가 없다는 생각이 드는 것은 어쩔 수 없군요. 선생님의 귀중한 시간을 많이 빼앗는 것이라는 생각이 들거든요! 이번 메일도 역시 두서가 없다는 생각이 드는군요! 어르신들에게 메일을 보낸다거나 체험을 해 보지 않아서 예절에 대해서는 잘 모르는 편이랍니다.

늘 밝은 자리에 계시고 맑고 바르고 아름다운 경지로 많은 사람들을 이끌어 주시기 바랍니다.

【필자의 회답】

첫 번째 질문에 대한 응답: 단전호흡을 하다가 중간에 호흡이 단전까지 내려가지 않고 가슴이나 명치나 중완에서 막히는 수가 있습니다. 몸이 충분히 이완되지 않아서 그런 수가 있습니다. 이런 때는 수련 전에 도인체조를 충분히 해 주는 것이 좋습니다.

도인체조 이외에도 등산을 하거나 하루에 8킬로 이상씩 달리거나 걷는 것이 호흡에 도움을 줄 것입니다. 하루에 평균 두 시간 이상씩 등에 땀이 흠씬 밸 정도로 조깅을 했는데도 여전히 호흡이 중간에 막히면 천상, 단전호흡으로 일가를 이룬 선배나 스승이나 고수를 찾아가야 합니다. 마음공부와 몸공부는 수행자의 의지대로 할 수 있지만 기공부만은 의지대로만은 안 되는 것이 실상입니다.

두 번째 질문에 대한 응답: 젊은이들의 머리가 빠지는 이유는 점점 악화되고 있는 지구 환경과 오염된 식품에 그 원인이 있는 것으로 보입니다. 오행생식에 대한 의문을 풀고 싶으시면『선도체험기』8, 9. 10권을 정독해 주시기 바랍니다.

【같은 독자의 세 번째 메일】

이왕이면 화끈하게

김태영 선생님께 먼저 죄송하다는 말씀부터 드리겠습니다. 제 자신을 먼저 밝히지 않고 무턱대고 메일을 보내서 혼자만의 이야기만을 장황하게 늘어놓고는 답변을 부탁드렸네요! 저는 현재 나이는 28살이고 현재는 어떻게 운이 좋아서인지 실력도 없는데 모 은행 전산실에서 근무하고 있습니다.

직장생활을 하면서 이런 저런 인간관계 속에서 살아가며 느끼는 것도 있었는데 이번에 구입해서 읽은 책에 그 해답이 나와 있더군요. 모든 사람은 다 장점과 단점이 있는 것 같다는 생각이 맞는 것 같습니다.

물론 자신의 단점도 고치지 못하면서 남의 단점이나 찾는 저의 속물근성이 더욱 문제겠지요! 사회생활을 하면서 느끼는 것이지만 마음을 갈고 다듬는 데는 사회생활을 하면서 여기서 깨지고 저기서 찌그러지면서 마음을 점점 둥글게 다듬는 것이 맞지 않나라는 생각이 듭니다.

혼자 생활하고 마음을 바르게 다졌다고 생각하고 있는데 갑자기 어떤 상황이 닥치면 전혀 마음의 중심이 서 있지 않다는 것을 느낄 때가 많거든요! 화가 날 때도 있고 이런 일로 이렇게 열이 오르나? 하는 생각이 들면서 한심하다는 생각을 한답니다.

그리고 선생님의 메일 답변처럼 그렇게 열심히 몸공부를 한 적이 없다는 생각이 듭니다. 태극권을 하고 있으면 마음도 편해지고 땀도 나는데... 음! 뭐든지 열심히 하지 않는 저의 마음이 문제겠지요! 이것을 고칠 수 있는 것도 제 자신이라는 것이 정답이겠지요? 아차! 선생님께 한 가지 여쭈어 보겠습니다.

먼저 『선도체험기』 8, 9, 10권을 다시 읽어 보겠다는 다짐을 먼저 해야겠네요! 저는 목형이라고 생각을 하고 있습니다. 고등학교 다닐 때 2달 정도 생식을 하기 위해 서울대 근처에 있는 오행생식원에서 점검을 받은 적이 있거든요! 그리고 체질로는 소음인과 소양인에서 소음인

쪽에 약간 가깝구요!

오행생식에 대한 궁금한 점이 있는데 선생님께 생식을 구입하고자 하는 생각이 들어서입니다. 직장생활을 하니 아침은 거의 먹지 않고 회사에 출근하는 일이 많거든요! 그리고 오늘 아침에 출근길에 『선도체험기』에 있는 내용을 보고 마음이 더 끌리기도 하구요!

그리고 솔직하게 말씀드리면 제가 고등학교 때부터 계속 47권까지는 읽다가 선생님의 책의 내용이 마음공부로 들어가면서 제가 읽기에는 저의 마음공부가 따라갈 수 없다는 생각이 들어서 읽지 않다가 최근에 들어서 다시 읽기 시작했답니다. 못 다한 부분을 다 채우려고 생각합니다. 이 점은 죄송하게 생각하고 있습니다.

『선도체험기』의 선생님 사진을 뵈면 처음에는 금형에서 현재의 사진을 제 자신이 생각하기에는 목형과 달걀형에 속하신 것 같다라는 느낌을 받았거든요. 그리고 현재 선생님의 사진을 바꾸어 싣는 것이 어떨까?라는 생각도 해 보았답니다. 책만을 접하는 독자들에게도 도움이 되리라고 생각합니다. 염치없이 이것저것 적어서 또 보내게 되었네요!

늘 건강하시고 맑고 바른 자리에서 많은 후배들에게도 맑고 바른 자리로 이끌어 주시길 바랍니다!

【필자의 회답】

필자한테서 오행생식을 구입하시려면 오행생식 논현동(2012년부터 삼성동으로 바뀌었습니다) 대리점에 전화를 걸어서 안내를 받으시기 바랍니다. 『선도체험기』 표지의 필자의 사진을 바꾸는 문제는 좋은 제안이라고 생각합니다. 출판사 사장과 상의해 보겠습니다.

필자의 사진이 금형에서 목형과 달걀형(사실은 표준형임)으로 바뀌었다고 말한 것은 옳은 관찰입니다. 누구나 오행생식을 맥대로 처방하여 복용하면서 삼공(三功)선도 수련을 계속하면 체질도 얼굴 모양도 점차 좋은 쪽으로 바뀌게 되어 있습니다.

이왕에 수련을 해 보기로 작심했다면 마음을 다부지게 먹고 끈질기고 강력하게 도전하시기 바랍니다. 뜻뜻 미지근하게 하는 듯 마는 듯 어정쩡하게 하는 것이나 화끈하게 달겨드는 것이나 하는 것은 마찬가지입니다. 이왕이면 다홍치마라고 후자를 택하는 것이 백 번 났습니다.

종교에 귀의하는 문제

안녕하십니까?

선생님께서는 단학이나 명상이나 그리고 선(禪), 요가... 다른 종교 등에 귀의해서 수행하는 것에 대해서 어떻게 생각하시는지 궁금합니다.

선생님의 말씀을 기다리고 있겠습니다.

그럼, 안녕히 계십시오.

푸른 하늘 올림

【필자의 회답】

삼공선도(三功仙道) 속에는 단학, 선(禪), 명상, 요가의 요소들이 골고루 다 포함되어 있습니다. 자세한 것을 알고 싶으시면 필자가 쓴 『선도체험기』 시리즈를 1권부터 62권까지 읽어 보시기 바랍니다.

선(禪), 명상, 요가 속에는 마음, 기, 몸의 세 가지 공부가 조화를 이루지 못하고 있다고 판단됩니다. 마음공부는 등한히 한 채 기공부와 몸공부만을 위주로 하는 것이 있는가 하면 기공부와 몸공부는 무시하고 마음공부에만 치중하는 것이 있는 것도 있습니다. 그런가 하면 겉으로는 수행 단체인 척하면서 속으로는 그 단체에의 장(長)을 우상화, 신격화함으로써 사이비 종교 쪽으로 흐르는 것도 있습니다.

그러나 알고 보면 사람은 마음과 기와 몸의 세 가지 요인이 삼위일체가 되어 조화를 이루고 있습니다. 그러므로 마음, 기, 몸 중 어느 하나도 소홀히 하면 전체적인 균형이 깨어져 올바른 수행이 되지 않습니다. 이 점 명심하시기 바랍니다.

그리고 구도자를 보고 종교에 귀의하라는 것은 자기 자신의 힘으로 잘 걸어가는 사람을 보고 남의 등에 업혀 가라고 권하는 것만큼이나 어리석은 일입니다. 구도자는 자기 힘으로 걸어가고 걸어가는 도중에 온갖 것을 알고 체험하고 실천하면서 자기 존재의 실상에 도달하게 되고, 그런 과정을 통하여 하나하나 깨달음을 심화시키게 마련입니다.

그런 사람을 보고 종교에 귀의하여 남의 등에 업혀 가라고 하면 어떻게 되겠습니까? 어른을 보고 부모에게 의존해야만 살아갈 수 있는 어린아이로 되돌아가라는 권고와 같다고 생각되지 않습니까?

제 발로 멀쩡하게 잘 걸어가는 사람을 보고 남의 등에 업혀 가라고 하면 어떻게 되겠습니까? 그렇게 된다면 그 사람은 의타심만 키우게 되어 쓸모없는 맹신자가 될 수도 있습니다. 그러나 남을 업어 주는 사람은 이타행(利他行)을 공부하게 될 것입니다. 업히는 사람은 의뢰심으로 게을러질 것이지만 남을 업은 사람은 그 대신 많은 공부가 될 것이기 때문입니다.

그러나 남을 업는 사람이 마음을 잘못 먹거나 욕심을 품게 되면 백발백중 사이비 교주로 타락하게 되어 사회에 백해무익한 암적 존재가 됩니다. 구도자를 보고 종교에 귀의하라는 것은 석가모니를 보고 신을 믿으라는 말과 같이 어울리지 않습니다.

또한 구도자를 보고 종교인이 되라는 것은 비유해서 말하면 야생 동물을 보고 가축이 되라는 것과도 같습니다. 가축이 된 야생 동물은 제 힘으로 먹을 것을 구하지 않아도 되니까 당장은 편하겠지만 인간에게 순치(馴致)되어 사육당하다 보면 활용하지 못하는 두뇌와 사지는 퇴화되어 마침내 사람의 양식인 식육의 가치로밖에는 인정 못 받는 한심한 존재가 되고 말 것입니다.

인간은 신에게 부림을 당하는 존재가 아니라 신을 부릴 수 있는 존재라는 것을 알아야 합니다. 인간은 구도를 통하여 무한히 뻗어나가 우주와 하나가 될 수 있는 존재이기 때문입니다. 남의 힘에 의존하는 종교인이 됨으로써 자기 자신을 겨우 신에게 부림을 당하는 가련한 존재로 한정시키는 어리석음을 범하지 말아야 할 것입니다.

다시 공부하는 기쁨

김태영 선생님께.

선생님, 어제 전자우편으로도 말씀은 드렸지만 정말 고맙습니다. 저뿐만 아니라 남편과 딸 ○○이까지 기억해 주셔서. 사실은 선생님께서 잘 모르신다 하시면 어떡하나 걱정을 조금은 했거든요. 그리고 갑자기 오랜만에 연락 한번해 놓고는 대뜸 찾아뵙겠다 했으니까요. 근데 역시 선생님께서 한마디 말씀으로 쓸데없는 걱정을 다 녹여 주셨습니다. 감사합니다.

다시 이 공부를 제대로 해야겠다고 생각했을 때, 제일 처음 한 일은 지난번에는 왜 실패(?)했을까 하고 돌아보는 것이었습니다. 올 10월 초쯤인가 경화 언니가 연락을 해 와서는 다시 이 공부를 시작해 보자고 제안을 했을 때, 늘 이 공부를 생각하고 있던 마음과는 다르게 선뜻 "예"라고 대답을 못했습니다. 왜냐하면 저번처럼 흐지부지하지 않으려면 이번에는 철저하게 준비해서 시작하고 싶었기 때문입니다.

그래서 오늘까지 저 자신에게 깊이 또 묻고 물었습니다. 그런 중에 몇 가닥 생각을 잡았습니다. 지난번에는 제가 주인이 되어 수련을 하지 못했구나 하는 것과 전력투구를 하지 않고 건성으로 하는 척만 했구나 하는 것입니다.

마음이 열리지를 못해서 겉돌기만 했던 것이었습니다. 그렇게 묻다가 어느 순간, 좌절도 환상이요 바람이요 과정이지 실체가 없다는 선생님 말씀이 가슴에 와닿으면서 조금은 자신감을 회복해서 나를 다시 추슬러 세웠습니다.

어리석게 미리 걱정하지 말고 지난번 실패 원인을 잘 찾아보고 분석을 했으니 이제는 물샐 틈 없는 준비로 매진하는 일이 남았구나 하는 생각을 하니 몸도 마음도 한결 가벼워졌습니다.

선생님, 이렇게 길게 얘기하지 않아도 한 번 척하니 보고 나면 다 아시겠지만 그래도 이렇게 쓰고 싶습니다. 저한테 하는 다짐이기도 하니까요.

선생님을 99년 6월에 뵙고 그 후로는 찾아뵙지는 못했지만 그래도 마음까지 끊을 수는 없었습니다. 지금 생각하니 얼마나 다행인지 모릅니다. 그 때 "귀농(歸農)"에 대해 제가 얼핏 질문을 한 번 드렸는데요.

그동안 그쪽 생각을 많이 했고 어느 정도 진척이 되고 있습니다. 내년 3월에는 경상북도 상주 근처로 옮겨서 조금은 느리게 소박하고 간소하게 살아갈까 합니다. 남편은 아직 준비가 안 되었다 해서 사천에 조금 더 있기로 하고 일단 저 혼자 먼저 가기로 했습니다.

(아, 남편이 서산에서 경남 사천으로 올해 초 옮겼습니다. 참, 그리고 담배를 단칼에 끊고는 아직까지 피우지 않습니다. 저하고 같이 생식할 때였는데 저도 깜짝 놀랐습니다. 다 선생님 덕분입니다. 선생님께 편지를 쓸 거라고 하니 이 얘기를 꼭 해 달라 하네요. 근데 호흡은 아무리 하려고 앉아 있어도 아무 느낌이 없다면서 기공부는 엄두를 못 내고 있습니다. 몸도 많이 좋아지고 맘도 많이 느긋해졌지만, 아직 피부는 여전히 그렇습니다. 선생님 말씀이 전생과 관계된 거라서 시간이

좀 걸린다 하시면서 계속 무슨 뜻인지 찾아보라 했습니다. 남편도 인연이 닿아 삼공선도를 같이 하고 싶은데 아직 제가 서툴다 보니…)

귀농 준비를 하면서 삼공선도 공부를 처음에는 소홀히 했지만 역시 같은 맥락이라는 걸 곧 알게 되었고 오히려 이 공부가 큰 도움이 되었습니다. 그래서 달리기나 등산, 해인사 정경 스님의 참선 요가를 꾸준히 할 수 있었고 이제는 하루 두 끼를 먹어도 배가 크게 고프거나 힘이 없거나 하지는 않습니다.

하지만 마음공부, 기공부가 거의 안 되다 보니 호흡을 한다고 30분씩 앉기는 했지만 단전이 뜨겁지는 못하다가 요즘 조금씩 따뜻해지고 있습니다. 축기부터 해야 한다는 건 알지만은 아직까지 저는 기의 방도 안 만들어져서 계속 그쪽에 의식을 두고 공부를 시작하려 합니다.

쓰다가 보니 많이 길어졌습니다. 잘 보면 큰 얘기도 없는데 선생님 시간을 빼앗았습니다. 그래도 다 읽어 주셔서 감사하고요 이번에는 열심히 해 보겠다는 말씀을 감히 올립니다. 안녕히 계십시오.

부산에서
이미숙 올림

【필자의 회답】

민경화 씨에 이어 늘 단짝으로 다니던 이미숙 씨의 소식도 함께 접하고 보니 기쁘기 한량이 없었습니다. 그렇지 않아도 그렇게도 열심히 수련하시던 두 분이 그동안 보이지 않자 어떤 수련생이 말하기를 두 분이 사이비 종교에 빠진 것 같다는 소문을 들었다고 하기에 그럴 분들이 아닌데 이상하다고 생각했었습니다. 역시 잘못 전해진 소문이었고 한 2년 동안 사실은 나름대로 꾸준한 자기성찰이 있었다는 소식을 접하니 크게 마음이 놓였습니다.

그리고 11월 29일에 막상 2년여 만에 두 분을 모습을 직접 대하고 보니 그동안 수행의 끈을 조금도 놓지 않았다는 것을 알 수 있었습니다. 민경화 씨는 신장과 체중이 160에 51, 이미숙 씨는 155에 43의 표준 체중을 유지하고 있는 것을 보고는 그동안 체력 관리에도 한 치의 빈틈도 없었다는 것을 알고 내 일처럼 반가웠습니다.

더구나 부군이 단칼에 그 백해무익한 담배를 끊었다니 얼마나 다행한 일입니까? 기 수련이 지지부진하다니 다음에 오실 때는 될 수 있는 대로 같이 오시기 바랍니다. 내가 도울 수 있는 일이라면 기꺼이 돕겠습니다.

삼화취정(三花聚頂)

선생님 안녕하십니까?

선생님께서 베푸신 은혜에 늘 감사하고 있는데 이제야 지면으로 감사의 인사를 올립니다. 지난 토요일 날 선생님을 뵙고 수련을 하는 도중에 일어난 일을 말씀드리려고 했는데 다른 분들과 대화를 계속하시는 중이라 그냥 돌아왔습니다. 수련 중에 일어난 일을 말씀드리겠습니다. 벌써 선생님 문하에 드나든 지가 일 년이 되었습니다.

그날은 특별히 3시가 되기 전에 선생님 댁에 도착하였습니다. 선생님께서는 제가 인사를 드리자 오랜만이라고 하셨습니다. 아마 넉 달쯤 되지 않았냐?고 하셨습니다. 저는 "아니 그렇게 오래되지는 않았습니다"고 하자 선생님께서는 기록을 찾아보셨습니다.

9월달 들어서 두 번, 마지막이 9월 20일이니 두 달 만이군 하셨습니다. 저는 선생님을 오랜만에 뵈었으나 뵌 지가 한 달도 되지 않았는 줄 알았는데 두 달 만에 뵈온 것입니다. 아마도 선생님의 모습이 한결같아서 그랬는가 봅니다.

직장에 다니는 관계로 토요일마다 뵈오려고 하였지만, 각종 일이 하필이면 토요일 날 많이 생겼습니다. 저의 변명에 지나지 않습니다. 앞으로 자주 뵙고 수련을 열심히 하겠습니다.

선생님 앞에서 수련 중에 눈앞에서 붉은 꽃이 몇 개 피어올랐습니다. 그리고 몇 개의 꽃가지에 붉은 꽃송이가 주렁주렁 매달려 몸 쪽으로 날아왔습니다. 곧이어 꽃이 만개하여 품안으로 쏟아져 들어왔습니다. 아마 복숭아꽃인 듯하기도 하고 무슨 꽃인지 모를 새빨간 꽃이 수천 수만 송이 날아왔습니다. 그러다가 다시 흰 매화꽃이 송이송이 피어올랐습니다.

가지에 꽃이 총총히 매달려서 피어올라 전면으로 날아왔습니다. 곧이어 수많은 하얀 꽃송이가 하늘 가득차게 피어올라 품안으로 쏟아져 들어왔습니다. 그리고 꽃이 사라지자 원추형의 통로가 몸 앞에 생겼습니다. 처음에는 녹색 빛이 피어오르다가 하늘색의 통로가 생겼습니다.

몸 앞은 원추의 넓은 쪽으로 몸 옆으로 지나 몸을 감싸고 저 앞쪽으로 한없이 뻗어나간 곳에 원추가 형성된 형태입니다. 원추의 양 옆으로 어떤 기운이 몸 쪽으로 빠른 속도로 흘러 들어오고 있었습니다.

약간 오른쪽으로 기울어 있어서 몸을 틀어서 정면으로 보고 호흡을 하였습니다. 얼마간 있다가 옆에서 얘기를 하는 소리에 눈을 뜨고 보니 제가 선생님을 정면으로 보고 앉아 있었습니다. 그동안은 단전에 집중하고 호흡을 하면 붉은색 원추형의 통로가 생겼었는데 한 달 전쯤부터는 흰색이 섞인 하늘색으로 통로가 생겼으며 며칠 전부터는 녹색 빛이 약간씩 일어나곤 했었습니다.

오늘 선생님 앞에서 수련 중에 선명하게 하늘빛 원추형 통로가 생겨서 기운이 몸안으로 쏟아져 들어왔습니다. 집에 와서도 선정에 들면 오색 빛이 약간 어리는 듯하다가 하늘빛 통로가 앞으로 더욱 멀리 형성됩니다.

예전에는 끝이 막혔다가 열렸다가 하였는데 지금은 끝이 열려 있습니다. 호흡을 하는 도중에는 머리 위에서 어떤 기운이 머리 가까이에서 빙글빙글 도는 느낌이 들면서 머리 위에서 기운이 많이 들어옵니다.

한 달 전까지는 행공은 하지 않고 단전 축기에 전념하였습니다. 그러다가 한 달 전쯤부터 행공을 하였는데 지난주부터는 임맥과 독맥으로 기운에 흘러가는 느낌이 듭니다. 아직 기감이 둔하여 어떤 경지에 이르렀는지는 모르나 몸의 상태는 매우 좋아졌습니다. 모두가 선생님의 덕분입니다. 더욱 수행에 정진하겠습니다. 선생님 뵈올 때까지 안녕히 계십시오.

수행자 유영봉 올림

【필자의 회답】

수련이 일정한 단계에 오르면 심신에 자정작용(自淨作用)이 일어납니다. 몸안에 잠재되어 있던 각종 독소가 빠져나온 뒤 오장육부의 오행의 기운이 머리 위에 모여서 빙글빙글 돕니다. 이것을 오기조원(五氣朝元)이라고 합니다.

우리 몸은 정(精) 기(氣) 신(神)의 세 가지 에너지로 이루어져 있습니다. 정 에너지로부터는 붉은 꽃이 나타나고, 기 에너지로부터는 은색 꽃이 나타나고, 신 에너지로부터는 금빛 꽃이 나타나곤 합니다. 이것을 삼화취정(三花聚頂)이라고 합니다. 정 기 신의 삼보(三寶)가 쏜 빛이 마치 꽃이 허공에 떠 있는 것 같이 보이는 상태를 말합니다.

그러나 이러한 일이 일어났다고 해서 거기에 무슨 큰 의미를 부여하거나, 신비하게 생각하여 도취하거나 집착할 필요는 없습니다. 모두가 수련이 잘 진행되고 있다는 징후로 받아들이고 수련의 한 과정으로 간주하고 계속 기공부와 자기성찰을 해 나가다 보면 그런 현상도 씻은 듯이 사라지게 됩니다.

원추형의 통로가 열리고 기운이 쏟아져 들어오는 것은 막혔던 임독의 기혈이 열리면서 소주천이 유통되고 운기가 활발해지는 징후입니다. 수련이 고속으로 진행되고 있으니 이런 때릴수록 만사에 자중하시고 계속 관을 하시기 바랍니다. 축하합니다.

앞에 나타나는 현상

안녕하세요?

답장 반갑게 받았습니다. 바쁘신 중에도 곧바로 답을 보내 주셔서 너무나 감사합니다. 선생님의 친절한 해설과 충고 감사합니다. 12월 8일 선생님 댁에서 수련을 하고 집에 돌아와서 11시경 선정에 들었을 때 방울토마토와 비슷한 붉은 과일이 몸 쪽으로 한없이 쏟아져 들어왔습니다. 몇 분이 지나자 포도색을 띤 모습으로 변해서 들어오다가 멈추었습니다.

그 이후에 붉은 토지 위에 채소가 심어진 모습이 보이다 그 채소가 점점 자라서 밭이 무성해진 장면, 우거진 살림의 모습 등의 장면들이 계속 이어서 보였습니다. 그날은 다른 날보다 지루하지 않아서 근 한 시간 동안 선정에 들 수 있었습니다.

작년 12월 기운을 느낀 후부터 호흡을 하면서 눈을 감고 단전에 의식을 두면 처음에는 검은 바탕에 붉은 점이 생긴 후 점차 붉은 점이 확대되면서 원추형으로 멀어지다가 빛이 중심으로 빨려 들어가곤 했습니다. 특히 등산을 한 30분 정도 하다가 멈춰 서서 눈을 감고 호흡에 열중하면 그 상태가 되곤 했습니다. 집에서 선정에 들면 10여 분 정도 지나면 붉은 색의 원추형의 터널이 생겼다가 몇 분이 지나면 없어지곤 하였습니다.

그 이후에는 나무가 우거진 산이나 초원 등이 많이 보였습니다. 본인이 비행기를 타고 가면서 보듯이 선명하게 눈앞에 보이곤 했습니다. 그러다가 지난 4월 몸살을 보름 정도 하였습니다. 그때 오후에 선정에 든 적이 있었는데 원추형의 끝이 열려서 그 속으로 들어갔습니다. 마치 대장 내시경을 보듯이 선명한 내장 속을 카메라가 들어가듯이 창자 속의 장면 같은 것이 눈앞에 전개되는 것이었습니다. 그 속은 창자 속처럼 티 하나 없이 선명한 살색이었습니다. 몸은 몸살기로 피곤했지만 기분은 좋았습니다.

아 나의 내장이 이렇게 깨끗하구나 하는 생각이 들었습니다. 그러나 그 장면이 너무나 오랫동안 계속되어서 내장이면 이렇게 길지는 않을 텐데 하는 생각도 들었습니다. 한 20여 분 정도 계속하다가 그만 멈추고 말았습니다.

그 후에 몸살은 나았습니다. 그러다 7월 1주일 단식을 하였는데 그때도 창자 속을 여행하는 듯한 장면이 몇십 분 계속되었습니다. 그때도 그 장면이 끝나기 전에 선정에서 벗어났습니다.

그 후부터는 선정에 들어 단전을 의식하면 붉은색 외에 흰색이 섞인 밝은 하늘색 원추가 생겨서 중심으로 기운이 빨려 들어가곤 하였습니다(착시 현상에 의해서 나오는지도 모름). 9월에 들어서 사우나를 할 때은 타일로 만든 사우나에 들어가 일어선 채로 호흡을 할 때였습니다.

처음에는 원추형의 터널이 생겨서 끝 부분으로 기운이 빛살처럼 빨려 들어가다가 그 속으로 카메라가 이동하듯이 들어갔습니다. 긴 터널 속이었는데 양 옆의 벽은 옛 성벽같이 벽돌로 쌓아져 있었는데 양 옆의 벽이 몸 쪽으로 달려오고 파란빛의 안개가 앞으로 나아갔습니다. 차를 타고 터널을 갈 때의 현상처럼 보였습니다.

얼마쯤 가다가 보니까 그 벽돌이 군데군데 무너져서 밑에 쌓여 있었습니다. 그러자 내 몸 쪽에서 짙은 청색 안개가 앞으로 나아가니 터널 밑과 옆의 벽돌을 스치고 지나가자 양 옆의 벽과 바닥의 벽은 타일을 새로 바른 듯이 튼튼하게 변했습니다.

무너진 곳이 있으면 속도가 느려지고 무너진 곳이 없으면 속도가 빠르게 전진하는 것이었습니다. 5분 정도 그렇게 전진하다가 청색 안개가 더욱 짙어지고 열기에 견디지 못할 것 같아서 사우나실을 나왔습니다.

그 후에 사우나에 갈 때마다 그런 현상이 일어났습니다. 터널을 가다 보면 양옆에 건물 같은 것도 있고 광장같이 넓은 곳을 지나갈 때도 있습니다. 혹 길이 두 곳으로 갈라지는 곳도 있는데 의지와는 상관없이 어느 한곳으로 진행하곤 합니다.

멀리서 약간의 빛이 보이는데 그곳을 향하여 가는 것입니다. 근래에 와서는 기존의 좁은 터널이 있는데 그것을 몇 배나 더 넓은 터널로 넓게 확장시켜 나가고 있는 장면이 많이 나옵니다. 어떤 때는 방에 앉아서 선정에 들었을 때도 그런 장면이 나오기도 합니다.

지금까지 30여 회 이상이 보였으며 어떤 때는 처음 구멍이 나란히 세 곳이 형성되다가 어느 한쪽으로 형성되기도 합니다. 원추형 터널의 생김새는 자세히 관찰을 해보니 배꼽을 밖에서 들여다봤을 때의 모습을 100배쯤 확대해 놓은 것과 같습니다.

살갗의 갈라진 모습까지 확대해서 보는 것 같이 보이고 끝 부분은 어두워서 보이지 않습니다. 처음에 그렇게 보이다가 곧 빛살 같은 것이 정점으로 빨려 들어가서 처음의 살갗 같은 모습은 사라지고 빛살로 이루어진 원추형이 됩니다. 12월 들어서는 원추형의 터널이 초기에는 붉은색, 노란색, 오색이 어리는 원추형이 형성되었다가 대부분 흰빛이 섞여 있는 하늘빛 형태가 됩니다.

이따금 원추형이 머리 위로 올라가서 온몸을 한 바퀴 돌면서 비추다가 머리 위쪽에서 고정되어 있기도 하는데 전설에서나 나오듯이 하늘에서 빛이 내리비추듯이 한참 동안을 그렇게 비추며 그때는 마음이 한없이 편안해집니다.

12월 18일 밤에는 머리 위에서 빛이 비추어지는 상태에서 앞쪽에서 원추형 터널이 생겨서 구름처럼 하얀 빛, 분홍빛보다 진한 빛, 녹색 빛,

연한 하늘색 빛 등이 여러 번에 걸쳐서 나타나곤 했습니다. 한 시간여 동안에 걸쳐서 그러한 현상이 일어났습니다.

이러한 현상에 집착하지 말라는 선생님의 말씀을 명심하겠습니다. 이런 여러 가지 현상이 보임으로써 수련에 자극을 주는 것은 사실입니다. 눈을 감았을 때 어두운 암흑 상태보다는 환하게 무엇이 떠오르면 오랫동안 수련을 계속하곤 합니다. 지난 일 년 동안 저에게 일어났던 현상에 대해서 정리해 보았습니다. 선생님의 지도 말씀을 기다리겠습니다. 다음에 뵈올 때까지 안녕히 계십시오.

불초 제자 유영봉 올립니다.

【필자의 회답】

원추형이 나타나고 그 속으로 빨려 들어가는 것은 일종의 유체이탈(幽體離脫) 현상입니다. 유체(幽體)가 진화하면 영체(靈體), 영체가 진화하면 신체(神體)가 됩니다. 그러나 보통 유체라고 하면 영체와 신체도 다 포함해서 하는 말입니다. 몸에서 유체가 빠져나가서 자신의 머리 위에 떠 있으면 자신의 모습을 위에서 내려다 본 형상으로 보이게 됩니다.

유체가 하늘 높이 떠오르면 마치 비행기를 타고 가면서 지상을 내려다보았을 때와 같은 광경이 전개됩니다. 그런데 그 유체가 자기 자신이나 남의 내장 속으로 들어가면 마치 내시경으로 각종 장기 속을 관찰하는 것과 같은 투시 현상이 일어나게 됩니다. 이 모두가 기공부가 고속으로 진행될 때 일어나는 현상입니다.

유영봉 씨의 경우 유체가 이탈되어 아직은 지상과 자기 자신의 내장을 관찰하는 정도지만 앞으로 이것이 더 진전되면 전생과 내생을 관찰할 수도 있고 거기서 한 단계 더 도약하면 여러 층의 천계나 선계 또는 다른 별에도 순간 이동을 할 수 있습니다.

그곳에서는 지구상에서 보지 못했던 별별 희한한 광경을 목도하게 될 것입니다. 그러나 여기서 조심할 것은 이 모든 현상을 그저 흘러가는 강물을 보듯 관찰만 하고 무심하게 흘려보내야 한다는 겁니다. 그 어느 장면에든지 현혹되거나 집착하게 되면 시험에 빠져져 영영 헤어나오지 못하는 수도 있습니다.

그 모든 것들이 하나같이 가공할 초능력의 함정이 될 수도 있습니다. 자칫 잘못하여 천안통(天眼通), 숙명통(宿命通), 타심통(他心通)에 얽매이다 보면 한갓 초능력자로 전락될 수도 있습니다. 중국에서는 이런 초능력자가 나타나면 온 마을에 축제가 열리고 국가의 특별 보호하에 그 초능력만을 개발하게 한다고 합니다. 국가 경쟁력에는 이득이 될지 몰라도 개인에게는 불행이요 재앙일 수도 있습니다.

수련의 경지가 높아지면 선정에 들더라도 아무 것도 보이지 않아야 합니다. 그래야 진정으로 무사무념(無思無念)의 무아지경(無我之境)에 들 수 있습니다. 무엇이 자꾸만 보인다는 것은 아직은 수련이 초보 단계에 있다는 증거입니다.

그러므로 수련 중에 어떠한 현상이 나타나더라도 냉정하게 관찰만 하셔야 합니다. 관찰이 정확하고 용의주도하면 그 뜻을 자연히 알 수 있을 것입니다. 그 의미를 이해하고 흘려보낼 때마다 공부는 한 발 한 발 앞으로 나아가게 될 것입니다. 그래야만이 순차적으로 수련의 단계를 높여 나갈 수 있습니다.

전생의 장면들

선생님 이렇게 인터넷으로 인사를 드리며, 다음과 같은 경험에 대해 묻고 싶습니다.

1. 상단전에서 양 같은 것이 들판을 뛰어감.
2. 상단전에서 지구가 보이는데 아마도 제가 지구로 가는 것으로 보임.
3. 우주 공간에서 저인지, 또는 제가 꿈꾸는 이상형 같은 모습을 봄. 온몸에서 황금빛이 뿜어져 나오고 얼굴은 편안한 표정이었음.
4. 마음으로 전생을 봄. 그 모습은 지금 모습이 아니었으나 위에서 보는 각도로 보였고, 마음으로 저임을 알았습니다. 그 모습은 중이었습니다. (장소는 한국인 것 같음)

이런 경험들은 제가 전생에 수련생이었으나 도를 완전히 이루지 못했을 것이라고 추정됩니다. 실제로 상당 수준의 수련을 하고도 다시 환생하는 경우가 많기 때문입니다. 그것은 오직 하나뿐인 길인 단전수련을 하지 않았기 때문이라고 생각합니다.

많은 그림에서 본 것과 같은 수련은 그 차원을 이동할 수 있게는 할 수 없습니다. 그러나 선도-단전 수련은 차원까지도 이동시켜서 근본으로 돌아갈 수 있게 해 주는 것이라고 생각합니다.

제가 선생님께서 봐 주셨으면 하는 것은 제가 과연 과거에 중이었고, 실제로 수련을 했었던 것일까? 하는 부분입니다. 이것이 만일 화면과 비슷한 마음의 환상이라면 문제일 수 있기 때문입니다. 어쨌거나 과거의 사실은 시간 속에 그대로 잠재되어 있기 때문입니다.

실례로, 화면을 통해 과거의 전생을 보는 것 등이 거짓된 것도 많이 보았기 때문입니다. 실제로 어떤 프로그램에서는 전생을 통해 애인의 과거를 보는데 그 전생이 춘향이었다고 합니다. 저는 춘향이는 단지 실제가 아닌 소설로 알고 있습니다.

따라서 제가 본 것은 제 마음의 상일 뿐인지 아니면 실제로 과거 시간에서 있었던 것인지를 알고 싶습니다. 그것을 구분해 주시거나 아님, 이런 의심 자체에 대한 해결은 오직 선생님께서만 해 주실 수 있다고 생각되어 선생님께 여쭤보게 되었습니다.

읽어 주셔서 감사합니다.

참, 참고로 제 수련 단계는 현재 기의 방을 느끼는 단계입니다. 4년간 노력했으나 이 정도입니다. 하지만 수련이 될수록 수련이 무엇인지 더욱 느낄 수 있으며, 대단한 성과라고 생각하고 있습니다. 보통 한의학이나 대중들이 말하는 기가 아닌 좀더 꽉 잡힐 것 같고 힘 있고, 인도의 쿤달리니의 그림 속의 뱀처럼 정확히 느끼고 있습니다.

조만간 찾아뵙고 인사드리겠습니다. 감사합니다.

아무쪼록 짧아도 좋으니 꼭 답변 주셨으면 합니다.

【필자의 회답】

1. 상단전에서 양 같은 것이 들판을 뛰어가는 것은 질문자의 먼 전생이 양이었던 때도 있었음을 말해줍니다. 양, 사슴, 소, 학, 거북이 같은 것은 금수(禽獸) 중에서는 도인급에 속하는 동물입니다.

2. 지구가 보이고 지구로 들어가는 것으로 느꼈다는 것은 다른 별의 생명체였다가 어떤 인연으로 지구로 이동해 들어왔다는 것을 말해 줍니다.

3. 다른 별에서 상당 수준의 수련을 쌓은 존재로서 지구로 이동해 들어오는 장면, 편안한 얼굴을 한 것이 그것을 말해줍니다.

4. 다른 별에서 지구로 옮겨온 후 이미 쌓아 온 수련과 비슷한 불교 수행을 하는 장면. 단군 조선 시대와 삼국 시대의 불교는 선도를 통해서 정착했으므로 고대의 한국 불교는 선도의 압도적인 영향을 받았으므로 불자라고 해도 선도수련을 겸한 경우가 흔했습니다.

따라서 질문자의 경우는 환상이 아니라 전생에 실제로 있었던 일입니다. 전생에 선도수련을 해 온 경험이 있었기 때문에 현생에서도 혼자 힘으로 기의 방을 형성할 정도로 수련을 진행시킬 수 있었던 것입니다. 기의 정체를 느낌으로 포착했다면 이미 상당한 경지에 도달한 것을 말해 줍니다.

부디 좋은 스승이나 고수를 찾아가 수련의 단계를 계속 높여 나가야 합니다. 그것이 금생에 성취해야 할 사명입니다.

애인의 전생이 춘향이었다는 것은 반드시 춘향전에 등장하는 가공 인물만을 말한 것이 아니라 그녀와 비슷한 기질이 있는 곧은 절개를 가진 여인이었음을 상징적으로 보여준 경우일 수도 있습니다.

도움을 청합니다

김태영 선생님께.

선생님, 부산에 사는 오경숙입니다. 선생님 좋은 말씀 덕분에 생식 먹는 것은 곧 거부감 없이 잘되고 있고 4시간 산행과 3~4km 달리기도 요가도 다 자연스럽게 하고 있으며 축기도 열심히 하고 있습니다.

근데 고민이 있습니다. 번뇌는 보리라고 여기고 혼자서 풀려고 애쓰다가 너무 힘들어서 선생님께 의논을 드립니다. 다름이 아니라 제 남편 문제입니다.

사실 제 남편은 전에도 제가 이 공부를 하는 것을 좋아하지는 않았습니다. 물론 제가 몸이 좋아지고 짜증을 안 내고 편안해 보이니까 크게 내색을 않고 그냥 지켜만 보다가 잠시 따라도 했을 뿐이지 제가 서울을 안 가니까 그래서 그 공부를 그만둔 걸 알고는 내심으로 좋아하기도 했습니다. (그때 저 따라 서울 간 것도 사실은 의심 반 호기심 반으로 간 겁니다.) 하지만 그래도 삼공 공부한 것이 조금은 바탕이 되었는지 크게 무리 없이 잘 지냈습니다.

그러다가 올봄에 심하게 다투었습니다. 그 이유는 제가 밖에서 만나는 사람에게만 관심이 있고 자기를 무시하고 무관심하게 대한다는 것이었고 저는 그때 그 사람 마음을 헤아리지 못하고 같이 화를 내고 원망을 해서 남편 마음에 큰 상처를 남겼습니다.

조금 더 시간을 두고 말했더라면 좋았을 것을, 저는 애정에 목말라 하는 남편에게 그건 자신의 문제라고 단호하게 냉정하게 말하여 버렸습니다. 그래서 남편은 절망하며 분노했고 그때서야 저는 시기가 맞지 않았음을 바로 알고는 오래도록 남편을 달래고 그 상처 난 마음을 다독거려 주려고 애를 썼습니다.

그래서인지 남편은 많이 편해지고 좋아지는가 싶었는데 시간이 지나면 또 다시 애정이 부족하다며 그 투정(?)을 합니다. 그러기를 몇 번. 급기야 이번엔 저도 터져 버렸습니다. 지금까지 참았는데 조금만 더 참을 것을 후회했지만 이번에는 이왕 이렇게 된 걸 지혜롭게 해결할 수 없을까 생각 중입니다. 너무 불쌍합니다.

원래 남편은 큰 어려움 없이 막내로서 사랑만 받다가 자란 화초 같은 사람입니다. 그리고 늦도록 TV 보고 아침에는 늦잠을 자고 손 하나 까딱 안 하면서 아이도 챙겨 보지 않던 사람이어서 결혼 초에는 무던히 속을 끓였는데 제가 이쪽으로 마음공부를 하면서 같이 변했던 착하고 좋은 사람이었습니다. (지금은 집안일도 잘 도와주고 아이하고 놀아 주기도 합니다. 게으른 것은 여전하지만 제가 마음을 편하게 가지니까 그런 면에서는 다툼이 없습니다.)

근데 요즘은 사람이 이상합니다. 초등학교 2학년짜리 딸도 제가 이런저런 연유로 등산, 달리기를 하러 혼자 두고 가도 제 일을 챙겨서 하고 편안하게 있는데 오히려 남편은 그걸 섭섭해하고 혼자 삐쳐 있습니다.

혼자 수련하고 그 기쁨을 혼자만 즐기고 자기는 전혀 고려하지 않는다고요, 번번이. 그런데 제가 진짜 그냥 말도 안 했냐 하면 그것도 아니고 다 양해를 구한 일인데도 말입니다. 본인도 사내로서 마누라에게 애정 타령하는 것이 부끄럽다 하면서도 자꾸 되풀이합니다. 어제는 급기야 "네가 수련을 열심히 하면 할수록 내가 발목을 꽉 잡고 늘어져서 오히려 수련이 더 잘되겠네"라고 비꼬기까지 했습니다.

남편이 너무 불쌍합니다. 같이 수련을 하면 이런 일이 없거니 해서 애를 써 보기도 했지만, 저도 아직 공부가 미진하다 보니 힘이 부족합니다.

선생님, 제 생각에는 남편이 그동안은 굉장히 바쁘게 지내다가 올해 갑자기 여유가 많이 생기면서 자기 자신이 공허해서 그런 게 아닐까 싶습니다. 자기 자신에게 투자하지 않았기 때문에 허전하고 그러니까 자꾸만 저한테 화살을 돌리고 있는 게 아닐까요? 물론 제가 잘못한 부분도 있지만 그것이 전부는 아닌 듯싶군요. 아직 남편은 밥도 혼자 못 먹고 뭘 사러 갈 때도 꼭 제가 같이 가서 이래저래 수다를 떨어야 하고 끊임없이 자기에게 무슨 이야기를 해 주기를 원하는데 저는 참 덤덤하고 학교에서 또 말로써 지치다 보니 집에 오면 큰 말이 없습니다. 그리고 저는 혼자 있는 시간이 편합니다만 남편은 불안해하고 힘들어합니다.

중요한 것은 남편이 홀로서기를 하지 못하고 있기 때문에 그런 모습이 저에게 부담이 많이 되고 그러다 보니 저도 사람인지라 남편이 가끔은 싫어지기도 했다는 겁니다. 하지만 잘 풀고 싶습니다. 금생에 그 이유가 없다면 전생에 그럴 만한 이유가 있을 거라 위로는 해 보지만 아직 역부족입니다.

그래도 낙심하지 말고 다시 일어서서 다짐한 바를 실천하려고 노력하겠습니다. 죄송합니다. 선생님, 모든 문제에는 다 답이 있는데 못 찾는 것뿐이라 하셨는데 스스로 숙제를 풀지 못하고 도움을 청합니다. 긴 글, 두서없는 글 읽어 주셔서 감사드립니다. 안녕히 계십시오. (행여 도움이 될까 하여 남편이 최근에 자기 심정을 얘기한 메일을 같이 보냅니다. 참고가 되었음 합니다.)

【필자의 회답】

부군의 e메일도 함께 읽었습니다. 나는 오경숙 부부 상을 객관적으로 볼 수 있는 제삼자의 위치에 서 있습니다. 문맥으로 보아 부부 중에 여러 면에서 아내가 가정생활 전반을 이끌어 나가는 것 같습니다. 부군은 단지 아내를 추종하는 형이고.

왜 이런 현상이 벌어졌을까요? 그것은 지어미 쪽이 지아비 쪽보다 기가 드세기 때문입니다. 분명히 아내와 남편의 관계이면서도 어느 면에서는 숙명적으로 그리고 심정적으로는 누나와 철없는 남동생, 그리고 어머니와 아들 사이처럼 되어 있습니다. 전생의 모자 관계가 부부로 환생한 경우입니다.

이런 경우 남편은 항상 지어미에 대하여 애정 결핍증을 호소하게 됩니다. 잠재의식화 되어 있던 전생의 습관이 그대로 현생에 노출되기 때문입니다. 이런 때는 아내가 남편에게 마음을 활짝 열고 애정 결핍증에서 벗어나도록 항상 배려해 주어야 합니다. 그러나 그것이 그렇게 생각대로 손쉽게 이루어지지 않는 것이 또한 현실입니다.

최명희의 대하소설 『혼불』을 읽어 보면 이런 삽화가 나옵니다. 어떤 여자가 사별한 남편과의 사이에서 난 어린 아들을 데리고 새로 시집을 갔습니다. 새 남편에게도 같은 또래의 전실 아들이 있었습니다. 여자는 자기 깐에는 성의를 보인다고 전실 아들에게는 항상 쌀밥에다가 좋은 반찬을 먹이고 친아들에게는 아무렇게나 거친 음식을 먹였습니다. 시집 식구들과 이웃 사람들은 이구동성으로 여자의 착한 마음씨를 칭찬해 주었습니다.

그런데 그렇게 잘 걷어 먹이는데도 전실 자식은 장작개비 모양 삐쩍 마르고 얼굴에는 허연 버즘이 번져 가면서 시들시들했습니다. 한편 남들이 먹다 남은 찌꺼기를 아무렇게나 걷어 먹이는데도 친아들은 살이 피둥피둥 찌고 건강하고 활기차고 씩씩하게 잘 자랐습니다.

시어머니가 이상하다고 생각하던 끝에 어느 날 밤 하루 종일 밭일과 집안일에 시달려 세상모르고 골아 떨어져 자고 있는 며느리와 그 옆에 나란히 누어서 자고 있는 그녀의 친아들과 의붓아들을 유심히 살펴보았습니다.

처음에는 시어머니의 눈에 어둠 속에서 자고 있는 모습들만 어렴풋이 보였는데 어느 사이에 여자의 가슴에서 마치 떡가래와도 같은 흰 줄이 뻗어 나와 친아들의 가슴에 꽂히더니 마치 물줄기와도 같은 기운이 힘차게 흘러들어 가는 것이었습니다. 그런데 의붓아들에게는 실낱같은 가는 줄기가 겨우 연결되어 있었습니다. 이것을 본 시어머니는 무릎을 치면서 친 모자간에 흐르는 정은 인위로 어떻게 할 수 없다는 것을 깨달았다고 합니다.

오경숙 씨의 지금의 남편은 전생에 잘 돌보지 못했던 아들이 그때 이루지 못했던 한을 풀려고 이번에는 남편으로 환생하여 나타난 것입니다. 오경숙 씨가 마땅히 치루어야 할 인과응보입니다. 그 누구를 탓하겠습니까? 만약에 오경숙 씨가 남편을 귀찮게 여기면 여길수록 애정 결핍증은 점점 더 심해질 것입니다.

그럼 어떻게 해야 할까? 지금부터라도 마음을 바꾸어 남편에게 듬뿍 애정을 쏟아부어야 합니다. 그러나 방금 전에도 말했지만 그게 그렇게 쉬운 일이 아닙니다. 전생부터 이어져 온 습관을 하루아침에 타파해 버릴 수 없기 때문입니다.

그러나 이것도 마음먹기에 달려 있습니다. 처음엔 하루에 10분씩만 집중적으로 남편을 생각합니다. 그리고 그 시간을 매일 5분씩 늘여나 갑니다. 시일이 흐르면 하루에 한 시간씩 남편을 생각하는 시간을 늘여 나갈 수 있을 것입니다.

아내의 마음이 이처럼 남편에게 집중하다가 보면 지금까지 몰랐던 남편에 대한 여러 가지를 알게 될 것입니다. 남편을 생각하는 강도가 세어지면 세어질수록 남편에게 향하는 기운줄도 굵어지게 됩니다. 마음이 가 있는 곳에 반드시 애정도 기운도 따라 흐르게 되어 있습니다. 모자 사이에 떡가래와 같은 기운줄이 흐르듯 아내와 남편 사이에도 이러한 애정과 신뢰의 기운줄이 흐르게 될 것입니다.

이 기운줄만이 남편을 구해줄 것입니다. 하루에 한 시간씩 남편을 집중적으로 관할 수 있게 되면 둘 사이에 아무런 대화가 없어도 이미 남편은 아내를 보는 눈이 달라져 있게 될 것입니다. 남편에게 관심을 집중하면 할수록 지금까지 눈에 띄지 않았던 많은 것들이 눈 안에 들어오게 될 것입니다. 해결책은 그 안에 다 들어 있습니다.

이 우주 안에 마음이 해결할 수 없는 것은 아무것도 없습니다. 단지 문제가 되는 것은 그 마음을 의식적으로 어느 한곳에 집중시킬 수 있는 능력입니다. 낮에 햇볕은 도처에 있지만 그것을 한곳에 집중시킬 수 있는 능력과 기술이 있어야 비로소 에너지로 이용할 수 있는 것과 같습니다.

수련자가 지향하는 것이 바로 마음을 한곳에 집중할 수 있는 능력을 기르는 겁니다. 그 능력이 바로 관이고 자기성찰입니다. 구도자의 여의봉(如意棒)은 바로 자기성찰입니다. 자기성찰의 힘으로 우리는 생로병사의 윤회에서도 탈출할 수 있습니다.

낙랑 공주가 남편인 온달에게 해 낸 일을 오경숙 씨가 못 해낼 이유가 없습니다. 이것은 오경숙 씨가 자기 존재의 실상에 도달하는 데 반드시 타고넘어야 할 험한 고개라는 것을 아셔야 합니다. 문제의 해법은 항상 자기 자신 속에 있으며, 사랑은 주면 줄수록 더욱더 샘솟는다는 것을 아셔야 합니다.

【오경숙 씨의 두 번째 메일】

제 잘못입니다

선생님 말씀을 찬찬히 읽으면서 참 많은 생각을 했습니다. 어미가 제대로 돌보지 않아 한이 맺혔던 아들이 남편으로 환생하여 나타난 것이라는 말씀에는 더이상의 여지가 없었습니다. 다 제 인과응보인 것을 자꾸 남편을 보고 홀로서기를 하라고 종용했으니 그동안 얼마나 괴로웠겠습니까?

선생님, 그것을 인정하기가 쉽진 않았지만 돌아보니까 제가 남편에게 무관심했던 것은 사실이었습니다. 제가 좋아하는 일의 1/3이라도 관심을 주었더라면 이런 지경까지 가지 않았을 텐데라고 생각하니 더 맘이 아픕니다.

그리고 이제 제가 무엇을 해야 할지 알겠습니다. 이렇게 답을 다 일러 주시는데도 실천하지 않는다는 건 말이 안 되겠지요. 선생님 말씀처럼 오래된 습관이라 하루아침에 금방 고쳐지기야 하겠습니까마는 한번 해 보겠습니다. 그리고 아직 마음을 한곳에 집중할 수 있는 능력이 부족하다 보니 가끔은 벽에 부딪히기도 하겠지만 좌절하지 않고 지혜롭게 잘해 보겠습니다. 미리 두려워하지 말고 차분하게 진지하게요.

부끄러운 제 가정에 대한 얘기이다 보니 참 어려웠는데 제 얘기를 잘 들어 주시고 용기 주시고 배려해 주셔서 감사합니다. 진심으로 남편에 대해 관하겠습니다. 그럼 안녕히 계십시오.

【필자의 회답】

회답을 보내고 나서도 오경숙 씨가 과연 어떻게 받아들일까? 하고 다소 불안했었는데 메일을 받고 나니 이제 마음이 푹 놓입니다. 나 이외의 가족이나 이웃을 배려하는 애정은 쓰면 쓸수록 무한정 늘어나게 되어 있습니다. 사랑은 베풀면 베풀수록 자기 자신을 더 풍요롭게 해 주고 더 유능하게 해 줄 뿐만 아니라 한층 더 지혜롭게 해 줍니다.

남을 위해 주는 것이 알고 보면 자기 자신을 위해 주는 것입니다. 불교의 승려는 수행을 위해서 인위적으로 세속 인연을 끊고 가정의 울타리를 탈출하지만, 우리는 도리어 가정을 평화롭게 다스리면서도 구도의 목적을 달성하려고 합니다. 전자는 대아(大我)를 위해 소아(小我)를 희생한다는 명분이 있습니다. 그 대신 후자는 소아도 살리면서 대아도 함께 살려 나가자는 것입니다.

냉정하게 살펴보면 성공률은 다 같이 반반이어서 어느 쪽이든 만만치 않습니다. 그러나 나는 단언할 수 있습니다. 마음이 크게 열린 사람은 어느 자리에 있든지 겁낼 것이 없습니다. 다시 말해서 마음이 크게 열린 사람은 조용한 산사(山寺)에서 참선을 하든지 시끄러운 시장 바닥에서 장사를 하든지 그가 앉아 있는 바로 그 자리가 열반이요 천당이라는 얘기입니다.

마음이 열린 사람은 지옥의 염라대왕도 잡아갈 수 없고 그 무엇으로도 어쩔 수 없는 금강불괴신(金剛不壞身)이요, 그 누구도 쓰러뜨릴 수 없는 오뚝이요, 아무도 침몰시킬 수 없는 부표와 같은 존재입니다. 마음이 열린 사람은 전후상하 사방 막힌 데가 없으므로 통하지 않는 데가 없습니다. 그러므로 보이는 삼라만상을 조종하는 보이지 않는 우주의식과 하나가 될 수 있습니다.

여기서 문제가 되는 것은 어떻게 하면 마음을 열 수 있을까? 하는 것입니다. 마음을 여는 비결은 마음을 텅 비우는 길밖에는 없습니다. 어떻게 하면 마음을 비울 수 있을까? 그건 아주 간단합니다. 나만을 생각하는 사욕을 버리면 됩니다. 사욕을 완전히 비우면 무한을 포용할 수 있기 때문입니다.

여기서 또 문제가 되는 것은 그럼 어떻게 하면 사욕을 버릴 수 있을까? 하는 겁니다. 사욕만 버릴 수 있으면 만능의 여의봉을 거머쥘 수 있으니까요. 그 방법은 문제가 발생했을 때 자기 자신을 냉정하게 바라볼 수 있는 능력을 키우는 겁니다. 자기 자신을 객관적으로 바라볼 수 있는 사람은 궁극적으로 우주 전체를 꿰뚫어 볼 수 있는 능력을 갖게 되어 있습니다.

왜냐하면 나 자신은 우주 그 자체니까요. 나 자신 속에 일체가 다 들어 있습니다. 나를 바로 볼 줄 아는 힘을 지금부터라도 기르기 바랍니다. 처음에는 금생의 나의 출생지가 보이고 그 다음에는 수많은 여러 전생이 보이고 차츰 깊어지면서 자기 존재의 실상이 보이게 될 것입니다.

오경숙 씨가 지금 당하고 있는 문제가 오경숙 씨 자신의 실상을 포착할 수 있는 전화위복의 계기가 되기 바랍니다.

【오경숙 씨의 세 번째 편지】

전화위복의 기회로 삼겠습니다

김태영 선생님께.

날씨가 갑자기 춥다고 다들 난리인데 저는 이런 날씨가 상쾌하게 느껴집니다. 마음의 큰 의문 하나를 풀어서일까요?

며칠 되지는 않았지만 (금요일 저녁부터 월요일 새벽까지 어쩌면 주말부부인 저희에게는 긴 시간일수도 있는 시간이지만) 저는 진심으로 남편을 바라보면서 남편의 이런저런 많은 얘기를 들었고 그러면서 제가 진짜 남편에게 무관심했고 아내로서 소홀히 했음을 가슴 저리도록 알고 나니 너무 미안했습니다.

선생님, 저, 남편에게 솔직하게 다 털어놓았습니다. 사실은 이러이러해서 고민을 하다가 선생님께 의논을 드렸고 그래서 이런 답을 받았노라고. 이해를 못 해 주면 어쩌나 조금은 불안했지만 남편을 믿고 얘기를 솔직하게 다 했습니다. 진심이 통했는지 제 걱정과는 달리 남편은 그 이야기에 아! 그랬구나 하고 수긍하며 빠르게 바뀌고 있습니다. (물론 처음은 창피해했지만요.)

남편은 유독 아내만 생각하면 왜 그렇게 불안하고 소홀한 대접을 받는 것 같고 자기를 버릴 것만 같은지를 몰라 많이 고민한 때문인지 금세 그 곁가지에 엉켜 있던 다른 부정적인 생각들도 떨쳐낸 듯 목소리도 밝고 발걸음도 가볍고 사람이 환해졌습니다.

사실 저는 삼공선도 공부를 알고 나서는 절이나 수도원 같은 곳에 들어가겠다는 생각은 이미 떨쳐 버렸는데도 남편은 지금도 제가 그 생각을 하고 있는 줄 알고 있었습니다. 역시 제 잘못입니다. 지어미로서 미안하기 그지없고 지금부터라도 제 역할을 철저히 하여 그 맺힌 한을 다 풀어야겠다고 생각했습니다.

선생님.

사실 두 번째 답장은 기대를 하지 않아서 조금은 놀랐고 그러면서 제가 선생님께 답을 소홀히 하여 걱정을 하시는구나 하고 생각하니 정말 죄송하고 한편 감사한 마음에 눈물이 핑 돕니다.

선생님, 사실 저는 채 영글지 않은 생각으로 실수를 할까 봐 또 진지하게 더 구체적인 방법을 찾아보기 위하여 그런 것입니다. 그러니 마음놓으시고 지켜봐 주십시오. 제 답장이 짧고 구체적인 내용이 없어 조금은 불안하신 듯 상세하게 다시 한 번 일러주신 따스한 마음 깊이 새기겠습니다. 정말 감사합니다.

선생님 말씀처럼 제 자신을 객관적으로 바라볼 수 있도록 계속 관해 보겠습니다. 욕심을 버리는 방법이 이토록 쉽고 가까이 있는 것을 참 멀리도 돌아왔다는 느낌이 듭니다. 저의 고민을 전화위복의 계기로 만들어 주신 만큼 수련에 전력투구하겠습니다. 그럼 추운 날씨에 안녕히 계십시오.

부산에서 오경숙 올립니다.

(참, 선생님. 요즘은 자다가도 가끔 깨면 단전 생각을 하고 있는 저를 발견합니다. 수련하는 꿈도 꾸고요. 단전도 뜨겁게 느껴지기도 합니다. 선생님 덕분입니다. 그리고 욕심을 버리고 나니 이렇게 마음 바꾸기도 쉬운 것을 어리석게 움켜쥐고 있었습니다. 이제는 몸에 마음에 힘 빼고 주위 사람에게 저 자신 대하듯 하겠습니다.)

【필자의 회답】

메일 읽고 나니 내 마음도 활짝 밝아집니다. 회답 보내기를 정말 잘했고 과연 쓸 만한 후배를 한꺼번에 둘이나 얻었구나 하는 느낌이 들었습니다. 부디 상부상조하는 의좋은 부부가 되어 주시기 바라며 그것만으로 끝나지 마시고 거기서 한 번 더 비약하여 부디 훌륭한 도반이 되기 바랍니다.

저자 약력

경기도 개풍 출생
1963년 포병 중위로 예편
1966년 경희대학교 영어영문학과 졸업
코리아 헤럴드 및 코리아 타임즈 기자생활 23년
1974년 단편 『산놀이』로 《한국문학》 제1회 신인상 당선
1982년 장편 『훈풍』으로 삼성문학상 당선
1985년 장편 『중립지대』로 MBC 6.25문학상 수상

저서로는 단편집 『살려놓고 봐야죠』(1978년), 대일출판사, 민족미래소설 『다물』(1985년), 정신세계사, 장편 『소설 한단고기』(1987년), 도서출판 유림, 『인민군』 3부작(1989년), 도서출판 유림, 『소설 단군』 5권(1996년), 도서출판 유림, 소설선집 『산놀이』 ①(2004년), 『가면 벗기기』 ②(2006년), 『하계수련』 ③(2006년), 지상사, 『선도체험기』 시리즈 등이 있다.

약편 선도체험기 13권

2021년 10월 29일 초판 인쇄
2021년 11월 10일 초판 발행

지 은 이   김 태 영
펴 낸 이   한 신 규
본문디자인 안 혜 숙
표지디자인 이 은 영
펴 낸 곳   글터
주소   05827 서울특별시 송파구 동남로 11길 19(가락동)
전화   070 - 7613 - 9110 Fax02 - 443 - 0212
등록   2013년 4월 12일(제25100 - 2013 - 000041호)
E-mail geul2013@naver.com

ISBN 979 - 11 - 88353 - 36 -1   04810   정가 20,000원
ISBN 979 - 11 - 88353 - 23 - 1(세트)